Ullstein Krimi

Ullstein Krimi
Lektorat: Georg Schmidt
Ullstein Buch Nr. 10450
im Verlag Ullstein GmbH,
Frankfurt/M – Berlin
Titel der amerikanischen
Originalausgabe:
Roses Are Dead

Deutsche Erstausgabe

Umschlaggestaltung & Fotorealisation:
Welfhard Kraiker & Karin Szekessy
Alle Rechte vorbehalten
© 1985 by Loren D. Estleman
Übersetzung © 1987 by
Verlag Ullstein GmbH,
Frankfurt/M – Berlin
Printed in Germany 1987
Gesamtherstellung:
Ebner Ulm
ISBN 3 548 10450 9

Juni 1987

Vom selben Autor
in der Reihe der
Ullstein Bücher:

Detroit Blues (10256)
Der Tod in Detroit (10283)
Mitternacht in Detroit (10308)
Die Straßen von Detroit (10338)
Frühling in Detroit (10354)
Der Oklahoma Punk (10369)
Kill-Zone (10377)

CIP-Kurztitelaufnahme
der Deutschen Bibliothek

Estleman, Loren D.:
Rosen für den Killer; e. Peter-Macklin-
Roman / Loren D. Estleman. Übers.
von Karin Weingart. – Dt. Erstausg. –
Frankfurt/M; Berlin: Ullstein, 1987.
  (Ullstein-Buch; Nr. 10450:
  Ullstein-Krimi)
  Einheitssacht.: Roses are dead <dt.>
  ISBN 3-548-10450-9
NE: GT

Loren D. Estleman

Rosen für den Killer

Ein Peter-Macklin-Roman

Übersetzt von Karin Weingart

Ullstein Krimi

Für meinen Bruder Charles

1

Die ist in Ordnung, dachte Goldstick.

Mit der säuerlichen Würde eines professionellen Sargträgers hielt der junge Anwalt der nachlässig gekleideten Frau im dunklen Rock und beigefarbener Seidenbluse die Tür auf, glitt an ihr vorbei und rückte ihr einen Stuhl vor dem Schreibtisch zurecht. Als sie sich setzte, blitzte in der Taillengegend, wo sie einen Knopf übersehen hatte, ein kleines Dreieck nackten Fleisches auf. Aus der Schultertasche, die sie neben sich auf den Boden stellte, quollen Unmengen zerknüllter Papiertücher. Aber es war eine teure Tasche.

Von der anderen Seite des Schreibtischs aus gefiel ihm das, was er sah, sogar noch besser. Ihr leicht aufgedunsenes Gesicht wurde von dichtem blonden Haar eingerahmt, durch das sich schon einige graue Strähnen zogen. Ihr ganzes Erscheinungsbild verriet Wut und Rachsucht, bis hin zu ihrem schlampigen Aufzug und der wuchtigen Art, wie sie dasaß, als füllte sie mit ihrem Körper ein Loch in einer Festungsmauer aus. Die würde ihm am Verhandlungstisch nicht matschig werden und das erstbeste Angebot vom Anwalt ihres Mannes akzeptieren. Das versprach eine einträgliche Geschäftsbeziehung zu werden, die einen aufstrebenden jungen Anwalt mit dem Glück und Riecher eines Galahad innerhalb der Kanzlei ein gutes Stück vorwärts bringen würde.

Mit der Spitze seines harten Bleistifts tippte er auf einen Zettel mit Notizen, die seine Sekretärin schon am Telefon aufgenommen hatte. »Ihr Mann heißt Peter Macklin?«

»Richtig.«

»Sie sind seit siebzehn Jahren verheiratet?«

»Im vergangenen Mai.«

»Und Sie haben einen sechzehnjährigen Sohn, Robert?«

»Er wird nächsten Monat siebzehn.«

Nächsten Monat, also November. Goldstick überschlug kurz die Daten und beschloß dann, nicht weiter darauf herumzureiten. Er gehörte dieser Generation an, die sich immer ein bißchen wundert, wenn sie merkt, daß sie den vorehelichen Geschlechtsverkehr nicht erfunden hat. »Aus welchem Grund wollen Sie sich scheiden lassen?«

»Wie man das juristisch nennt, ist Ihre Sache. Ich für mein Teil hab' es einfach satt, mit dem Scheißkerl verheiratet zu sein.«

»Ehe zerrüttet« schrieb er an den Rand seines Zettels.

»Darf ich fragen, wer Ihnen unser Büro empfohlen hat?«

»Meine Nachbarin, Marge Donahue. Sie hier haben ihre beiden Scheidungen abgewickelt, und sie fährt jetzt einen Mercedes.«

Das war ganz nach seinem Geschmack. Laut aber sagte er: »Mrs. Macklin, das Ziel ist nicht, Sie reich zu machen. Obwohl Ihre Versorgung natürlich gewährleistet sein muß. Aber wir sind vor allem daran interessiert, daß Sie eine angemessene Abfindung für die Jahre erhalten, die Sie in das Ge..., ich meine, in die Ehe investiert haben.«

»Mr. Goldstick.« Sie zündete sich eine Zigarette an und entjungferte den unbefleckten Messingaschenbecher auf dem Schreibtisch mit dem abgebrannten Streichholz. »Ich bin vor allem daran interessiert, diesen Mistkerl für jeden Cent ranzukriegen, den er besitzt. Und Sie sind vor allem daran interessiert, auf Ihren Schnitt zu kommen. Lassen Sie uns das ein für allemal klarstellen, bevor wir weiterquatschen.«

Er sah sie einen Moment lang an. Ihrem Aussehen nach zu urteilen, mußte sie mindestens vierzig sein, aber nach allem, was er aus den Statistiken über Eltern von Teenagern wußte, war sie vermutlich jünger. Ihr Gesicht setzte langsam Fett an und bekam die ersten Whiskyfalten. Aber die Augen waren noch strahlend und recht hübsch. Fünfzehn Pfund abnehmen, jeden zweiten Cocktail auslassen... Wie er aus Erfahrung wußte, kam es häufig zu solchen Veränderungen, wenn der Druck einer miesen Ehe erst einmal weg war. Er stellte noch einige weiteren Fragen, achtete aber nicht besonders auf die Antworten, sondern ließ sich von dem plätschernden Rhythmus der Stimmen einlullen, um die konspirative Atmosphäre zwischen ihnen herzustellen, die für einen erfolgreichen Scheidungsprozeß so entscheidend ist. Seine Sekretärin würde anschließend noch Zeit genug haben, das ganze Zeug schriftlich festzuhalten.

»Was arbeitet Ihr Mann, Mrs. Macklin?«

»Er ist Killer.«

Er hatte ihre Antwort ganz mechanisch notiert. Aber als er sie so vor sich hatte, stutzte er und blickte auf. »Sie haben mich wohl mißver..., wollen Sie sagen, daß er Sie schlägt?« Seine innere Registrierkasse piepste schrill.

»Nein, ich will sagen, er wird dafür bezahlt, Menschen umzubringen. Er ist Auftragskiller.«

Goldstick lächelte versuchsweise. Ihre Miene blieb unbewegt. Der Zigarettenrauch kringelte sich vor ihrem Gesicht. »Das war wohl ein Scherz?«

»Erkundigen Sie sich doch bei den Witwen seiner Opfer.«

»Ein Hit-Mann.«

»Ein Killer.«

Er nickte, machte mit dem Bleistift zwei Punkte auf seinen Zettel, lehnte sich zurück und kratzte sich mit dem Radiergummiende des Stifts am Ohr. »Und sein Bruttoeinkommen?«

Jack Dowd fuhr auf den kleinen Parkplatz hinter dem Appartementhaus in Southfield, entdeckte den silbernen Cougar und parkte zwei Lücken weiter.

Er stieg nicht aus. Mit sechsundvierzig, davon zweiundzwanzig Jahren im Ermittlungsgeschäft, war er nicht mehr so dumm, sein Objekt vor der eigenen Haustür, auf feindlichem Boden also, anzusprechen, wo es nur einen Rückzugsweg gab, wenn der Auftrag erledigt war. Er folgte ihm lieber auf neutrales Gebiet und übergab das Schriftstück dort, vorzugsweise in der Nähe eines Zaunes, über den er sich danach absetzen konnte, und unter Zeugen, nicht so sehr, um das Gelingen der Aktion zu bestätigen, als um sich vor Prügeln zu schützen, wie er sie ganz am Anfang seines Jobs einmal von einem Chrysler-Vorarbeiter hatte einstecken müssen. Das Gericht hatte Dowd damals 2500 Dollar Schmerzensgeld zugesprochen (*dieses* Schriftstück hatte jemand anders zugestellt), und er hatte seither niemanden mehr die Gelegenheit gegeben, sich von ihm anzeigen zu lassen.

Draußen war es frisch, aber die Sonnenstrahlen, die durch die Windschutzscheibe fielen, machten es im Wagen ermüdend mollig. Um nicht einzudösen, kurbelte er das Fenster runter, kippte den runden Filzhut in die Stirn und schob sich einen neuen Zahnstocher aus der Tasche, in der er sonst die Zigaretten hatte, zwischen die Zähne. Dadurch wirkte sein Kiefer breiter und das plumpe Kartoffelgesicht etwas bulliger. In dieser Pose hatte er sich auch für die Anzeige im Branchenbuch fotografieren lassen.

Nach zwei Stunden verließ sein Mann in Jeans und einem weißen Strickhemd das Haus, stieg in den Cougar und fuhr los. Dowd verglich das Äußere des Mannes flüchtig mit dem Foto, das er von ihm hatte. Ein Durchschnittsgesicht, nicht mehr ganz jung, die Züge scharf geschnitten, überlagert von einem undurchdringlichen Schleier von Müdigkeit und innerer Unruhe, stark ausgeprägte Geheimratsecken. Er ließ ihm zwei Blocks Vorsprung und düste dann hinterher.

Der Cougar war schnell und sein Fahrer einer von der Sorte, die nie bei Orange anhält. An der Eleven Mile Road mußte Dowd bei Rot durchfahren, um mithalten zu können. Der Cougar peste noch etwa eine Minute und fünfundsiebzig Sachen weiter, wechselte dann unvermittelt die Spur und bog an der Twelve Mile auf das Gelände eines kleinen Einkaufszentrums ein. Dowd wollte ihm gerade folgen, als der Fahrer eines blauen Caravans rechts hinter ihm wie wild auf die Hupe drückte. Er riß das Steuer wieder herum und blieb in seiner Spur, raste bis zur nächsten Kreuzung, bog dort ab und fuhr von der anderen Seite auf das Gelände. Durch das Manöver hatte er den Cougar aus den Augen verloren.

Während er scheinbar ziellos auf dem Parkplatz herumfuhr, begann er sich Sorge zu machen. Es war zwar nichts Besonderes dabei, abgehängt zu werden, so etwas passiert, wenn man als einzelner jemanden beschattet. Dann wartet man eben die nächste Gelegenheit ab. Aber die Vorstellung, der Mann könnte ihn aufs Kreuz gelegt haben, gefiel ihm ganz und gar nicht. Er wußte nichts über ihn als seinen Namen, Macklin, die Autonummer und daß er Freiberufler war. Normalerweise bestand er darauf, mehr Informationen zu bekommen, aber diese spezielle Anwaltskanzlei ließ sich das Recht, mit verdeckten Karten zu spielen, ganz schön was kosten. Und Dowd wollte sich mit fünfzig zur Ruhe setzen. Immerhin, je älter der Mensch wird, desto mehr kriegt er von den Verrücktheiten um sich herum mit.

Als er schließlich den Wagen zirka vierhundert Meter vom Eingang mit der Schnauze zur Ausfahrt entdeckte, war er wieder ganz beruhigt, fuhr rückwärts in eine Parklücke gegenüber dem Mittelgang und wartete wieder einmal.

Diesmal wesentlich kürzer. Als Macklin mit einer großen Papiertüte auf dem Arm im Mittelgang auftauchte, stieg Dowd aus und ging, die Augen ganz woanders, auf ihn zu. Er tat sehr eilig, dienstbeflissen vom Scheitel bis zu den Zehenspitzen. Was er ja auch war, wenngleich etwas anders, als er den Mann glauben machen wollte. Während sie aufeinander zugingen, streifte ihn Macklins Blick flüchtig, er wandte ihn sofort wieder ab.

Als sie fast auf gleicher Höhe waren, griff Dowd mit zwei Fingern in die Innentasche seines Jacketts nach dem Schriftstück. In derselben Sekunde wurde sein Handgelenk mit eisernem Griff gepackt und er mit dem eigenen Arm in den Schwitzkasten genommen. Er spürte einen harten Gegenstand an der rechten Niere. Mehr im Unterbewußtsein nahm er wahr, daß einige Apfelsinen und Konservenbüchsen aus Macklins Papiertüte über den Boden kullerten. Als er zwischen zwei parkenden Wagen eingezwängt wurde, stolperte er über eines dieser Dinger.

Eine Frau von etwa dreißig, die im nächsten Gang einen Einkaufswagen vor sich her schob, in dem vorne ein kleines Kind saß, blickte kurz herüber, beschleunigte dann ihre Schritte und starrte stur geradeaus.

»Ich bin unbewaffnet«, keuchte Dowd.

Zögern. Dann wurde der harte Gegenstand in seinem Rücken entfernt, und von hinten tastete ihm eine Hand Brust und Unterleib ab, besonders die Innentasche des Jacketts, in die er hatte langen wollen. Macklin griff hinein und holte das zusammengefaltete, eng bedruckte Papier heraus. Dowd spürte seinen Atem am Ohr und flüsterte gepreßt: »Scheidung.«

Bei der weiteren Durchsuchung förderte Macklin Dowds Ausweispapiere und seinen Stern zutage. Dann wurde er mit einem heftigen Stoß entlassen. Er hielt sich am Türgriff eines abgewrackten Lkw fest, um nicht hinzufallen. Als er sich umdrehte, gab ihm Macklin seine Marke und den Ausweis zurück. Unter seinem weißen Hemd drückte sich in Taillenhöhe ein Gegenstand ab.

»Okay, das war's«, sagte er. »Verschwinden Sie.«

Dowd wartete das unausgesprochene »oder ...« gar nicht erst ab, rückte seinen Hut zurecht und ging mit eingezogenen Schultern, das ganze Körpergewicht auf den Ballen, zu seinem Wagen zurück. Er spürte noch immer den Gegenstand an seiner Niere.

Ein lauter Knall störte den Frieden des Parkplatzes. Dowd schrie auf. Zwei Gänge weiter starrte ein Lehrling vom Supermarkt mit orangefarbener Schürze und Kunstlederkrawatte einen Augenblick lang neugierig zu ihm herüber und sammelte dann wieder seine Einkaufswagen ein. Er schob schon eine ganze Schlange davon ratternd vor sich her. Dowd setzte sich wieder in Bewegung. Sein Zahnstocher war weg. Er hoffte nur, daß er ihn nicht verschluckt hatte.

Als er in seinen Wagen stieg, dachte er: Vier Jahre bis zur Rente ist eigentlich zu lange.

Peter Macklin wartete, bis Dowds Wagen verschwunden war, bevor er sich die Vorladung näher ansah. Es las sie ganz durch, faltete das Schreiben zweimal und steckte es in die Hosentasche. Er blickte mißmutig auf die Lebensmittel, die verstreut auf dem Boden herumlagen. Gebraucht hätte er sie nicht. Er hatte den Supermarkt nur betreten, um den Mann zu ködern, der ihn schon hinter seinem Haus beobachtet hatte.

Als er sich bückte, um die Sachen wieder aufzusammeln, piekste ihn etwas in den Magen. Er richtete sich auf, zog eine unreife Banane unter dem Hemd hervor und steckte sie zu den anderen in die Tüte. Dann packte er auch die restlichen Büchsen ein. Ein Mann, dem die Scheidung bevorsteht, kann es sich nicht leisten, Lebensmittel zu vergeuden.

2

Howard Kleggs Praxis sah aus wie die Anwaltskanzleien, die man in alten Filmen vorgesetzt bekommt: ein gemütlicher alter Latschen von Raum, an einer Wand ein schwindelerregender Turm in Leder gebundener Bücher, Fenster mit Blick auf eine nicht gerade feine Gegend, großer ausgebleichter Schreibtisch nebst Schwingsessel dahinter und in einer Ecke eine Couch mit zwei grünen Ledersesseln. Das einzig Wertvolle war ein mit Gold- und Silberfäden durchwirkter Perserteppich, der die Dielen ringsum bis auf sechzig Zentimeter bedeckte.

Der Anwalt registrierte Macklins Blick auf den Teppich und fühlte sich bemüßigt zu erklären: »Von einem Mandanten, der kurzfristig in Zahlungsschwierigkeiten war. Anstelle meines Honorars. Tja, die Zeiten sind hart. Aber mit Hühnchen und selbstgebackenem Apfelkuchen lasse ich mich bis auf weiteres noch nicht abspeisen.«

Macklin nahm in einem der Sessel Platz und verkniff sich eine Anspielung auf Kleggs Achthundert-Dollar-Anzug und seine rubinbesetzten Manschettenknöpfe. Aber abgesehen davon, und wenn man auch die aufwendige Maniküre oder den Schnitt seines schlohweißen Haares nicht rechnete, der bestimmt ein Vermögen gekostet hatte, ging es dem Anwalt vielleicht tatsächlich so mies, wie er behauptete. Er war geradezu mitleiderregend dünn, als hätte er seit Wochen nichts gegessen. Macklin hatte anderthalb Stunden auf ihn gewartet, bis er vom Lunch im Renaissance-Club zurück war.

Während Klegg sich Macklins Vorladung durchlas, ging er im Zimmer auf und ab, peinlich darauf bedacht, bloß nicht auf den kostbaren Teppich zu treten. Er puhlte sich mit der Zunge in einer Backentasche herum, und Macklin war so, als könnte er die Prozedur durch die transparente Haut hindurch mitverfolgen.

»Das hat schon alles seine Ordnung, hübsch antiquiertes Gewäsch mit allem, was dazugehört«, bemerkte er und gab Macklin das

Dokument zurück. »Aber warum kommen Sie damit ausgerechnet zu mir? Unser Büro hat noch nie etwas mit Scheidungen zu tun gehabt.«

»Sie sind im Moment der einzige Anwalt, den ich kenne, und ich dachte, Sie könnten mir vielleicht einen Ihrer Kollegen empfehlen. Den alten Zeiten zuliebe«, fügte er hinzu.

»Sie brauchen mich gar nicht an frühere Freundschaftsdienste zu mahnen, Macklin. Wenn ein Mann sich nicht mehr für Frauen interessiert, muß das nicht gleich heißen, daß er auch senil geworden ist.«

Macklin glaubte nicht einmal, daß Klegg das Interesse an Frauen verloren hatte. »Wie geht's eigentlich Maggiore?« frage er.

»Wird wohl die Nase gegen den Wind halten. Aber mit seinen Rechtsproblemen habe ich nichts zu schaffen. Zwar vertrete ich seinen Vorgänger vor Gericht, ihn selbst aber nicht. Übrigens wird nächsten Monat über Bonifaces vorzeitige Haftentlassung befunden.«

»Ja, ich habe davon gehört.« Um diese Verhandlung zustande zu bringen, hatten neun Menschen sterben müssen, alle von Macklins Hand.

»Ich habe ihn gestern besucht. Er will, daß Sie wieder für ihn arbeiten. Natürlich mit einer ordentlichen Gehaltserhöhung.«

»Richten Sie ihm meinen herzlichen Dank aus.«

»Freiberufler haben's nicht leicht heutzutage. Bestimmt fällt es Ihnen jetzt schon manchmal schwer, Ihre Frau mit durchzuschleppen. Aber wenn Sie erst einmal geschieden sind, werden Sie sich noch umgucken. Boniface kann das regeln. Er läßt Ihnen pro forma eine Einkommensbestätigung ausstellen, die jedem Richter die Tränen in die Augen treibt. Das ist eines meiner Spezialgebiete. Und dann wäre auch noch über den Rechtsbeistand zu sprechen, den Sie im Falle einer Verhaftung genießen könnten. Sie wissen ja, so etwas ist in Ihrem Beruf nie ganz auszuschließen.«

»Ich will nur den Namen eines guten Scheidungsanwalts von Ihnen.«

»Sie haben sich offensichtlich noch immer nicht klargemacht, wie großzügig Ihr ehemaliger Arbeitgeber Ihnen gegenüber ist. Das Wort Kündigung gibt es im Sprachgebrauch dieser Organisation nicht. Daß Ihr Fall nicht wie die anderen behandelt wurde, haben Sie doch ausschließlich Ihrer Vergangenheit zu verdanken.«

»Außerdem kann es sich Boniface nicht leisten, Arbeitskräfte zu verlieren.«

Klegg schlug die Augen nieder. Dabei wurde ein Netz winziger blauer Äderchen sichtbar. Als er die Augen wieder öffnete, nickte er kurz. »In der Scheidungssache vertrete ich Sie.«

»Sie sind mir zu teuer. Ich besitze keinen Perserteppich.«

»Ich biete Ihnen ein Geschäft an. Eine Hand wäscht die andere.«

»Sie wollen, daß ich . . .«

»Nein.« Der Anwalt ging zu seinem Schreibtisch, schrieb etwas auf das oberste Blatt eines gelben, linierten Blocks, riß es ab und kam damit zu Macklin zurück. »Das ist die Nummer einer jungen Frau namens Moira King. Ihr verstorbener Vater, Louis Konigsberg, war mein Partner. Wir haben diese Kanzlei zusammen aufgebaut.«

»Und was will sie?«

»Das weiß sie nicht. Noch nicht jedenfalls. Ich aber schon, und wenn Sie ihr ein bißchen auf den Zahn fühlen, wird's Ihnen auch klar. Eine Ihrer Aufgaben wird darin bestehen, sie davon zu überzeugen.«

»Ich bringe Menschen um, Mr. Klegg, aber ich bequatsche sie nicht.«

»Deshalb ja.«

Macklin guckte auf den Zettel, den Klegg noch immer in der Hand hielt. »Also gut, ich treffe mich mit ihr. Aber für alles übrige gelten meine üblichen Honorarforderungen.«

»Das müssen Sie mit ihr ausmachen.«

Macklin las die Nummer, ohne den Zettel zu berühren, und prägte sie sich ein. In fremder Umgebung faßte er so wenig wie möglich an, er behielt gerne den Überblick über seine Fingerabdrücke. Schon im Stehen sagte er: »Ich rufe sie an, übernehme aber keine Garantie.«

»Ist auch nicht erforderlich.«

Klegg war wieder an seinem Schreibtisch und hatte die Hand am Telefonhörer. »Meine Sekretärin soll ein Treffen mit dem Kollegen Goldstick vereinbaren.«

Im Flur ging Macklin am Fahrstuhl vorbei und öffnete die rotgestrichene Feuertür, die ins Treppenhaus führte. Er benutzte schon seit Jahren keinen Aufzug mehr; als ein Kollege von ihm in einem Fahrstuhl zu Emmentaler geschossen wurde, hatte er es sich abgewöhnt. Außer bei der Arbeit war er nie bewaffnet. Er verduftete lieber, statt sich mit einer unregistrierten Waffe erwischen zu lassen. In seiner Branche errechnet sich der Geschäftserfolg in Lebensjahren.

Er war gerade drei Stufen gegangen, als unten seufzend eine Tür ins Schloß fiel. Das Treppenhaus hallte von schweren Schritten wider, die eilig näher kamen. Macklin zögerte nur den Bruchteil einer Sekunde und machte sich dann auf den Rückweg. In diesen automatisierten Zeiten traf er so gut wie nie jemanden auf der Treppe.

Als er schon wieder auf dem Absatz war, keuchte ein Schwarzer mit Walroßschnauzer, gekleidet in einen schweren Drillichoverall, die letzten Treppen hoch. Rasseln begleitete jeden seiner Schritte. Auf dem Rücken schleppte er an einem Gurtband einen viereckigen Kanister mit sich, der in grünes Segeltuch gehüllt war. In der rechten Hand barg er das Ende eines Rohres, aus dem ein schlappes Flämmchen züngelte. Ihre Blicke trafen sich, als Macklin die Stahltür freigab und ins Schloß warf.

Der Mann ging in Stellung, drückte den Auslöser an seinem Rohr und versuchte zu verhindern, daß die Tür zuging. Ein Vulkan von flüssigem Orange und Gelb ergoß sich über die Treppe, spritzte gegen die Tür, daß die Farbe Blasen warf, und züngelte an den feuerfesten Wänden entlang. Im Nu war es siedendheiß im Treppenhaus. Unter seinem dicken Overall brach dem Mann der Schweiß aus, er verdampfte, sowie er mit der Hitze in Kontakt kam. Der Schwarze schnappte verzweifelt nach Luft. Seine Lungen verdorrten mit einem Schlag. Das Herz kam sofort zum Stillstand. Sein Overall, die Haare und der Schnauzer fingen Feuer. Während sein Körper im freien Fall einen hohen Bogen die Treppe hinab beschrieb, barst der Benzintank auf seinem Rücken, die Explosion erschütterte die Backsteinmauern des alten Gebäudes und zertrümmerte jede einzelne Fensterscheibe.

Gerade als Macklin die Tür zu Kleggs Büro erreichte, sprang sie auf. Abgesehen von einem etwa fünf Millimeter langen, roten waagerechten Strich, der zu bluten anfing, als Macklin ihn fixierte, war das Gesicht des Anwalts so weiß wie sein Haar. Sein Blick schnellte an Macklin vorbei auf seine Sekretärin, die sich langsam vom Boden aufrappelte, dann wieder zurück. »Was...«

Der Killer packte Klegg an den Revers seines Seidenanzugs. Dem Anwalt sackten die Knie weg, aber Macklin hielt ihn fest und schob ihn rückwärts, bis er hart auf dem Schreibtisch aufsetzte. Dabei gab das Telefon ein müdes Scheppern von sich. Macklin ließ nicht locker. Sein Gesicht war gallegelb.

»Eine Falle«, sagte er. »Wer...«

Seine Stimme war unnatürlich ruhig. Durch die Fensterhöhle drang von Ferne das hohe Jaulen der Feuerwehrsirenen. Klegg murmelte: »Ich habe keine Ah...«

»Es kommt nur jemand in Frage, der genau weiß, daß ich nie einen Aufzug benutze, der obendrein mitgekriegt haben muß, wann ich Ihr Büro verlassen habe, und dann das Signal gegeben hat.«

»Denken Sie doch mal nach, Macklin. Warum sollte ich Sie umbringen wollen?« Klegg hatte die Finger um die Unterarme des Killers geklammert, seine mageren Handgelenke staken wie Sektkelche im schlotternden Weiß der Manschetten.

»Das Wort Kündigung gibt es im Sprachgebrauch dieser Organisation nicht«, äffte Macklin Kleggs quengeligen Tonfall nach.

»Hier in meinem eigenen Haus? Noch dazu mit dem Getöse?«

Logik. Das ist die Waffe, auf die sich Anwälte verstehen. Auf der glatten Wand vor ihm tat sich ein Riß auf, und Klegg setzte sein ganzes Können daran, ihn weiter aufzureißen. »Ich bin nicht weniger Profi als Sie. Wie sonst glauben Sie wohl, hätte ich mich mit meinem Ruf bei den Behörden so lange halten können?«

Macklin behielt den Griff an den Revers bei. Seine Miene war unergründlich. Der Anwalt machte sich sein Schweigen zunutze. »Sehen Sie zu, daß Sie hier wegkommen, bevor die Polizei eintrifft. Rufen Sie mich später an.« Er gab Macklin seine Privatnummer. »Können Sie sich die merken? Nach sechs.«

Die Sirenen tobten, das laute Gellen der Feuerwehren mischte sich nun mit dem sonoren Bellen der Polizeiwagen. Macklin ließ Klegg los. An den Stellen, an denen er seine Fäuste gehabt hatte, war das Seidenjackett zerknittert. »Sekundensache, Sie zu töten.«

»Nehmen Sie die Hintertreppe.«

Macklin nahm den Aufzug. Ein Anwalt von Kleggs Ruf, der noch dazu seine Praxis in dieser Gegend hatte, war zu geizig, an einem Tag gleich *drei* Killer zu engagieren. Macklin tauchte in der Menschenmenge, die sich vor dem Bürogebäude gebildet hatte, unter und stahl sich davon.

Als der erste Feuerwehrmann in Helm und wasserabweisender Uniform ins Foyer des Bürohauses lief, kamen ihm durch die Ritzen jener Feuertür schwarze Rauchflusen entgegen, an denen der süßliche Geruch von verbranntem Fleisch hing.

»Mr. Klegg?«

»Ja.«

»Mein Name ist George Pontier, Inspektor beim Detroiter Morddezernat.« Mit einer lässigen Drehung aus dem Handgelenk schnippte er das Lederetui mit seinem Dienstausweis auf und zu.

»Komisch. Wie ein Franzose sehen Sie gar nicht aus.«

Der schwarze Polizist grinste mitleidig. Er war groß und drahtig, aber längst nicht so rappeldürr wie der Anwalt; seinen weichen Schnauzer und den grauen Kinnbart hatte er sich so stutzen lassen, daß kein Mensch auf seine Glatze achtete, sondern nur auf die prägnanten Gesichtszüge. Seine Haut war so dunkel wie polierter Palisander, die Augen dagegen von geradezu verblüffendem Grau.

»Es wird mir ewig ein Rätsel bleiben, warum die Leute im Präsidium so wenig von Ihnen halten. Witzchen dieser Preislage macht nur ein ganz besonderer Menschenschlag, wo sich doch jeder vorstellen kann, wie oft ich den schon gehört habe.«

»Tut mir leid, Inspektor. Aber ich habe Ihren Leuten gerade eben zum fünftenmal erzählt, was sich hier abgespielt hat, und jetzt sieht es ganz so aus, als könnte ich gleich wieder von vorne anfangen.«

»Meine Leute waren das nicht. Die sind vom Brandstiftungsdezernat. Aber wegen der Leiche fällt die Angelegenheit auch in mein Ressort. Allerdings kann es ja nicht so lange dauern, denn wie ich höre, haben Sie keine Ahnung, was sich hier abgespielt hat.«

Kleggs Mundwinkel zuckten. »Sie haben Jura studiert, Inspektor, geben Sie's zu.«

»Zwei Semester, länger sind wir nicht miteinander klargekommen.« Er schüttelte sich. »Kühl hier.«

»Ich hatte leider noch keine Zeit, den Glaser anzurufen.«

Pontier machte eine einladende Handbewegung zum Telefon hin, und Klegg klingelte seine Sekretärin an und bat sie, das schnell zu erledigen. In der Zwischenzeit betrachtete der Inspektor das Büro. Der Schreibtisch, vor dem Klegg stand, hatte einiges abbekommen, und auf dem Fußboden glitzerten die Glassplitter aus der zerbrochenen Fensterscheibe. Der Großteil war durch die Druckwelle nach draußen gepreßt worden, aber mindestens eine Scherbe war mit solcher Wucht durch den Raum geflogen, daß sie den Anwalt an der Backe geritzt hatte. Da trug er jetzt ein frisches rosa Heftpflaster. Für den Rest des Tohuwabohus hatten vermutlich die Polizisten gesorgt, die in den letzten zwei Stunden hier rein- und rausgetrampelt waren. Sie sahen jeden Raum, den sie betraten, als ihren Arbeitsplatz an und verhielten sich dementsprechend.

»Sie kannten den Toten also nicht?« fragte Pontier, als Klegg den Hörer auflegte.

»Das habe ich nicht gesagt.«

»Sie haben ihn jedenfalls nicht identifiziert.«

»Ich wurde nach unten geführt und bekam im Treppenhaus ein verkohltes Etwas vorgesetzt, das mein Bruder sein könnte, wenn ich einen hätte. Oder ein gegrilltes Steak. Oder die Sitzbank eines abgewrackten Chevrolets. Darf ich fragen, warum von allen Leuten in diesem Haus, das von Zeugen nur so wimmelt, ausgerechnet ich für diese ganze Fragerei herausgepickt wurde?«

»Der oberste Stock ist für den Anfang immer ganz gut. Außerdem sind Sie der Besitzer dieses Hauses.«

»Und sonst?«

»Darüber hinaus haben Sie mehr Leute mit italienischen Namen verteidigt, als Campbell Suppen herstellt. Und in dieser Stadt kommt es nicht jeden Tag vor, daß sich ein Mann in einem feuersicheren Treppenhaus mit einem Flammenwerfer selbst garkocht.«

»Ich habe eine rechtmäßige Anwaltskanzlei und führe sie nach den ethischen Grundsätzen meines Berufsstandes.«

»Es gibt bequemere Arten, Selbstmord zu verüben. Das Rohr war auf jemand anders gerichtet. Wenn nicht auf Sie, dann auf einen Ihrer Mandanten.«

»Das ist nicht übertrieben präzise, Inspektor. Kein Wunder, daß Sie das Jurastudium an den Nagel gehängt haben.«

»Ihre Sekretärin gibt an, daß Sie gegen zwei vom Essen zurück waren. Die Explosion wurde um zwei Uhr zweiundvierzig gemeldet. Was haben Sie in der Zwischenzeit gemacht?«

»Ich war in einer Besprechung.«

»Das sagt sie auch, aber sie will mir nicht verraten, mit wem.«

»Ich würde sie auch feuern. Das Berufsgeheimnis gilt für alle, die mit der Justiz zu tun haben.«

»Sie werden entschuldigen, wenn ich mir gerade mal die gespaltenen Haare hier von den Schuhen abwische«, sagte Pontier.

Klegg zog die Schultern hoch. »Sehen Sie, ich arbeite genau wie Sie für die Justiz. Wir sind beide zur Verschwiegenheit verpflichtet. Und nun leben wir in einer Welt, in der sich jeder, der irgendwelche Stimmen hört, eine Knarre kaufen, in eine Imbißstube rennen und jede Menge Unschuldiger zusammenballern kann. Aber deshalb können wir doch nicht jedesmal, wenn ein Irrer durchdreht, unsere Prinzipien über den Haufen werfen.«

»Wie komme ich bloß auf die Idee, daß Sie mir nicht weiterhelfen wollen.«

»Wenn Sie keine weiteren Fragen mehr haben, würde ich jetzt gerne noch ein paar Telefonate führen. Sie können sich ja vorstellen, wie sich das alles hier auf meinen Terminkalender auswirkt.« Klegg ging hinter seinen Schreibtisch. Als er saß, stützte sich der Inspektor mit beiden Händen auf die Schreibtischplatte.

»Was mein Studium betrifft, täuschen Sie sich übrigens«, meinte er. »Der Grund, warum ich es aufgegeben habe, sitzt vor mir.«

Pontier fuhr mit dem Fahrstuhl ins Erdgeschoß. Im Foyer war die Luft zum Schneiden. Der Geruch feuchter Asche verband sich mit dem bitter metallischen Gestank des Tetrachlorkohlenstoffs aus den Feuerlöschern. Als sie die Leiche zur gerichtsmedizinischen Untersuchung abgeholt hatten, waren die Türen zum Treppenhaus offengeblieben. Im Kreise einiger uniformierter Beamter, die da herumstanden, erkannte der Inspektor einen Dicken in einer zerknitterten gelben Sportjacke. »Lovelady!«

Der Dicke wabbelte herum. Er hatte eine rote Ponyfrisur, und sein Gesicht war mehlig und so platt wie ein Fladen. Einzelne Züge versteckten sich zwischen Pockennarben. »Seien Sie so gut«, bat ihn Pontier, »und geben Klegg in den Computer ein. Ich will wissen, mit wem er Umgang hat.«

»Alle?« Seit Lovelady in Pontiers Abteilung war, hatte seine Stimme einen Sprung, aber der Inspektor hatte längst die Hoffnung aufgegeben, daß der Sergeant noch einmal aus dem Stimmbruch herauskommen würde.

»Und dann möchte ich noch, daß ihr jeden in diesem Haus fragt, wer heute zwischen eins und drei das Gebäude betreten oder verlassen hat. Personenbeschreibungen!«

»Ach du liebes bißchen.«

»Ja, ja, ich weiß.« Zusammen verließen sie das Gebäude.

Das Urvieh öffnete die Tür, beäugte den kleineren Mann, der vor ihm auf den Steinfliesen stand, und ließ seinen rechten Daumen am Revers seines Jacketts kleben. »Lieber nicht«, warnte ihn der Kleinere.

Cordy, ein Bulle ganz in Schwarz, mit riesigen Ballonnarben

anstelle von Augenbrauen zögerte. Sein kaputtes Gesicht war keiner sichtbaren Regung fähig. »Knarre?«

»Nein«, antwortete Macklin.

»Was willst du?«

»Deinen Boß sehen.«

»Du weißt doch, wie er aussieht.«

Hinter dem großen Tudorhaus, das mitsamt seinem Rasengrundstück durch ein zweieinhalb Meter hohes Schmiedeeisengitter vom übrigen ländlich-sittlichen Grosse Pointe abgeschieden war, schimmerte der Lake St. Clair in der Nachmittagssonne. Die Wasserfontäne eines automatisch rotierenden Rasensprengers plätscherte auf die Steinfliesen.

»Denk dran, bei all deiner Größe kann ich dich jederzeit fertigmachen«, mahnte Macklin.

»Ich weiß.«

Mal prasselte der Rasensprenger auf die Fliesen, mal war nur ein Flüstern auf dem Gras zu hören. Schließlich kroch ein wölfisches Grinsen über Macklins untere Gesichtshälfte, seine Augen blieben davon unberührt.

»Egal, was er dir zahlt, Gordy, sieh zu, daß du eine Lohnerhöhung kriegst.«

»Willst du sonst noch was?«

»Ich will immer noch dasselbe.«

Das Urvieh schwieg.

»Heute hat jemand versucht, mich umzubringen«, sagte Macklin.

»Na, das ist aber eine Überraschung.«

»Und zwar in dem Haus, in dem Klegg seine Praxis hat, mit einem Flammenwerfer.«

»Mr. Maggiore war's nicht, wenn du das meinst.«

»Sieh mal einer an, so intim ist er also mit dir.«

»Das nicht, aber um einen Mord zu planen und in Auftrag zu geben, braucht man Zeit. Und gerade daran fehlt es ihm. Er ist nämlich mit seinen Steuerberatern zugange, jeden Tag, seit einem Monat geht das nun schon so. Das letzte, wofür der jetzt Zeit hätte, wäre, jemanden um die Ecke zu bringen.«

»Du vergißt etwas Entscheidendes: Ich bin nämlich der Grund dafür, daß er jetzt mit seinen Steuerberatern zugange ist. Wenn Boniface nicht vorzeitig aus dem Knast freikäme, könnte sich Maggiore in aller Ruhe dessen Beziehungen weiter zunutze machen, und das Finanzamt hätte kein Blut geleckt.«

»Kann schon sein, aber ich habe ja gesagt, daß er für solche Mätzchen keine Zeit hat.«

»Du bist wirklich ein Bulle«, meinte Macklin anerkennend, »bestimmt noch so kräftig wie zu der Zeit, als du noch im Boxgeschäft warst.«

»Kräftiger.«

»Aber wenn es darauf ankommt, wirst zu zweiter. Denn du bist nicht so reaktionsschnell wie ich. Das ist der einzige Unterschied.«

»Ich weiß.«

Plötzlich entspannte sich Macklin. »Also, fordere deine Lohnerhöhung lieber gleich und schieb's nicht auf die lange Bank.«

»Er hat den Kopf zu sehr voll mit anderen Dingen.«

Gordy war der einzige Mansch, den Macklin kannte, der imstande wäre, ihm die Tür vor der Nase zuzuknallen. Der Killer betrachtete sie einen Moment lang versonnen. Das war einer von den Augenblicken, in denen er bedauerte, daß er nicht mehr rauchte. Ein Mann mit einer brennenden Zigarette im Mundwinkel sieht niemals verwirrt oder verlegen aus. Schließlich drehte er sich um und ging zum Wagen zurück, wobei er versuchte, dem plätschernden Bogen des Rasensprengers auszuweichen.

Charles Maggiore saß in einem sonnendurchfluteten Raum, den er seine Bibliothek nannte, obwohl er kein einziges Buch enthielt, am Schreibtisch. Als Gordy eintrat, blickte er von einem Wust von Rechnungsbüchern und Zahlenlabyrinthen auf. Zwei Brillenträger in blauen Anzügen hockten auf Besucherstühlen vor dem Schreibtisch. Der eine hatte schon graue Haare, der andere war bestimmt noch keine dreißig. Als das Urvieh näher kam, verglichen sie höchst konzentriert Zahlenkolonnen mit Steuertabellen.

»Wer war das?« erkundigte sich Maggiore.

»Peter Macklin.«

Schweigen. Der grauhaarige Steuerberater ließ Maggiore jetzt nicht aus den Augen. Unter der gepflegten Sonnenbräune des Sizilianers war alle Farbe entwichen.

»Was wollte er?«

Gordy sagte es ihm. Auch der andere Steuerberater blickte nun kurz auf, aber nur, um sich sofort wieder in seine Zahlen zu vertiefen.

»Und du hast ihm gesagt, daß ich nichts damit zu tun habe?«

»Logo.«

»Hat er es dir abgekauft?«

»Er ist ja nicht hier, oder.«

19

»Du bist unter anderem dafür da, daß das auch so bleibt.«

»Logo.«

»In Ordnung.« Maggiore wandte sich wieder seinem Papierkram zu.

Gordy verließ die Bibliothek. Der Grauhaarige gab vielstellige Zahlen in die Rechenmaschine und sagte beim Tippen: »Sie wirken aber ganz schön erleichtert.«

»Er hatte vermutet, daß es um etwas anderes ginge.«

4

Er fuhr nicht nach Hause. Für einen Mann auf der Flucht verbot sich seine gewohnte Umgebung von selbst. Und Macklin, der in seinem Leben mindestens soviel Zeit im Untergrund verbracht hatte wie in der Legalität, maß materiellen Besitztümern, die er ohnehin aufgeben mußte, wann immer sich die Situation wieder zuspitzte, wenig Bedeutung bei. Obwohl er stramme neununddreißig Jahre alt war und – wenigstens eine gewisse Zeitlang noch – sogar Familienoberhaupt, hing er nicht mehr an diesen Dingen als ein Kind, das zuviel Khalil Gibran gelesen hatte.

Obwohl sein silberner Cougar an sich auch eine ideale Zielscheibe war, trennte er sich nicht von ihm, weil er Räder den Füßen allemal vorzog. Natürlich hätte er jeden x-beliebigen Wagen in weniger als drei Minuten aufbrechen und kurzschließen können, aber wenn er das Risiko eingehen wollte, wegen Autodiebstahls verhaftet zu werden und eine Nacht im Gefängnis von Wayne County zu verbringen, hätte er sich auch gleich an einer Schießscheibe anschnallen können.

Dasselbe galt für geschlossene Telefonhäuschen. Die paar Zellen, die Muttchen Bell in ihrem Wahn, ihren Kunden auch noch den letzten Rest von Intimsphäre zu beschneiden, übersehen hatte, schieden von vornherein aus. Auf der Suche nach einem Apparat in strategisch günstiger Lage kurvte Macklin durch die City und hielt in zweiter Spur oder in Ladezonen vor Drugstores und kleinen Restaurants. In einem kleinen Lokal mit Bar und Grillroom wurde er schließlich fündig. Das Telefon stand am Ende des Tresens. Von dort aus hatte er den ganzen Raum und die Eingangstür im Auge. Und durch den Grillroom konnte er für den Fall der Fälle verschwinden. Also stellte er seinen Wagen ordnungsgemäß ab, ging wieder in das Lokal zurück und rief Howard Kleggs Privatnummer an. Die Dämmerung brach schon an, und das Lokal wurde nur schummrig von roten Lampen hinter dem Tresen beleuchtet.

Er wollte nach dem elften Klingeln gerade aufhängen, als der Anwalt den Hörer abhob. Er war außer Atem.

»Sind Sie allein?« fragte Macklin.

»Ja. Tut mir leid, aber die Polizei war länger bei mir, als ich erwartet hatte. Komme gerade in diesem Moment durch die Tür.«

»Haben Sie die Fackel schon identifiziert?«

»Noch nicht. Wird wohl auch noch ein Weilchen dauern. Wo sind Sie?«

»Wer steckt dahinter?«

»Ich selbst kann das nicht rauskriegen. Aber morgen treffe ich Boniface wieder, der will in der Zwischenzeit mal sehen, ob er etwas in Erfahrung bringen kann. Nicht, daß er Ihnen gegenüber zu irgend etwas verpflichtet wäre, aber er hat ein Herz.«

»Sie scheinen einen anderen Boniface zu kennen als ich.«

»Der Knast hat ihn sanftmütig gestimmt.« Nach kurzem Zögern sprach er weiter. »Sie glauben wohl immer noch, daß ich es war?«

»Wollen wir mal so sagen: Ich bin immer noch nicht davon überzeugt, daß Sie es nicht waren. Da muß einer gewußt haben, daß ich bei Ihnen war, und dann das Signal gegeben haben, als ich Ihr Büro verließ.«

»Ich lasse mein Büro mehrmals im Monat von einem Spezialisten auf Wanzen hin überprüfen. Alles tipptopp.«

»In Ihrem Fall heißt das gar nichts.«

»Was uns heute morgen noch als elektronisches Wunder anmutet, kann am Nachmittag längst überholt sein«, gab Klegg zu bedenken. »Soweit ich weiß, könnte uns sogar von Toledo aus jemand mit einem Richtmikrofon abgehört haben. Hören Sie, ich bin jetzt seit dreißig Jahren für Boniface und seine Freunde tätig, aber wohlgemerkt immer als Anwalt beziehungsweise Strafverteidiger. Ich werde doch keine Menschen per Knopfdruck umlegen.«

Eine hochgewachsene blonde Serviererin stellte ihr Tablett neben Macklin auf den Tresen, gab eine Bestellung weiter und wartete, bis der Wirt die Gläser gefüllt hatte. Solange sie dastand und Macklin hin und wieder einen Blick unter buntschillernden Augendeckeln hervor zuwarf, sagte er keinen Ton.

»Macklin?«

Die Bedienung ging mit ihrem Tablett und den Getränken fort. »Bin noch dran.«

»Werden Sie Moira King anrufen?«

Die hatte er völlig vergessen. »Ich hab' noch nicht darüber nachgedacht.«

»Sie sehen, wenn ich Ihnen an den Karren fahren wollte, würde mir bestimmt etwas Besseres einfallen. Übrigens habe ich Kontakt mit dem Anwalt Ihrer Frau aufgenommen. Damit ist mein Teil unserer Abmachung am Anlaufen. Also rufen Sie sie an.«

Allmählich begann der Killer die Nachteile einer freiberuflichen Tätigkeit zu spüren. Den größten Teil seines Geldes hatte er in der Wohnung zurückgelassen und war jetzt entsprechend knapp bei Kasse. Er würde wohl oder übel mit der Frau sprechen müssen, auch wenn nichts Gescheites dabei herauskam.

»Eines brauche ich noch von Ihnen, bevor ich irgend etwas planen kann.« Sie sprachen noch einige Minuten weiter, dann legte Macklin den Hörer auf und verließ das Lokal durch den Grillroom. Nur für alle Fälle.

Der Name Bakersfield sagt alles.

Im Spätsommer war Fred Chao an das frische feuchte Windchen San Franciscos gewöhnt. Und nun stand er hier in einer Wellblechbaracke am Rande dieses Nests mit dem bezeichnenden Namen und wischte sich mit einem Batisttaschentuch, das schon völlig durchnäßt war, den Schweiß vom Hals und von den Handgelenken. Das Salz stach ihm in den Augen, und er fühlte sich in seinem Anzug, der für das Küstenklima Kaliforniens gebaut war, unbehaglich und schmuddelig. Für einen chinesisch-amerikanischen Geschäftsmann in mittleren Jahren war die Wüste nicht das Richtige. Schon hundertmal hatte er sich gefragt, was das eigentlich alles sollte, hier in Schweiß gebadet herumzustehen auf dem einzigen Fleckchen Schatten im Umkreis von zehn Meilen platten, gelben, sonnenverbrannten Landes. Er hätte jetzt genausogut von seiner Wohnung aus den vollklimatisierten Blick auf die Golden Gate Bridge genießen und Gimlets schlürfen können. Halb hatte er sich schon entschlossen, in seinen Leihwagen zu steigen und zum internationalen Flughafen von L.A. zurückzufahren, als der Mann, den er hier treffen wollte, hinter einer rot-weiß gestrichenen Zweisitzer-Aeronca auftauchte, die in der Flugzeughalle stand, und sich die Hände an einem öldurchtränkten Lumpen abputzte.

»Mr. Chow?« Die Hand, die er ihm entgegenstreckte, hatte auch nicht entscheidend schmutziger sein können, bevor er sie sich abgewischt hatte.

Der andere tippte sie nur widerwillig an. »Chao.«

Seinem Gegenüber schien der gewisse Unterschied in der Aussprache zu entgehen, denn er zuckte auf diese unnachahmliche Weise eine seiner schmalen Schultern, die nur die Landschrate des mittleren Westens fertigbringen. Im Vergleich zu dem Chinesen war er mit seinen ein Meter fünfundachtzig ein Riese, sehr mager, eine nur wesentlich zu kurz geratene Bohnenstange in einem grauen Overall mit schwarzen Ölflecken. Der Schirm seines Käppis, auf dem in großen Lettern OSHKOSH stand, gönnte nur seinem Krokodilskiefer ein Sonnenbad, der Rest lag im Schatten. Er hatte sich lange nicht rasiert, und sein Gesicht war mit entzündeten Aknepusteln übersät.

»Mein Kumpel sagt, daß Sie nach Mexiko wollen.«

»Ja, nach Mazatlán.«

»Drogen oder so 'n Zeug nehme ich nicht mit.«

»Sie sollen nur mich mitnehmen.«

»Sie werden doch wohl nicht gesucht oder so was? Es ist nämlich von wegen dem FBI. Illegale heißt immer Ärger mit dem Grenzschutz und dann bleche ich, vielleicht ist sogar die Lizenz futsch. Leavenworth is' wieder was anderes.«

»Ich werde nicht gesucht. Ist alles völlig legal. Habe auch einen Paß.«

»Dann brauchen Sie mich ja nicht. Fliegen Sie doch mit der Pan Am, oder fahren Sie mit dem Wagen. Ist auch viel billiger.«

»Ich möchte nur nicht, daß mein Name auf irgendwelchen offiziellen Dokumenten erscheint.«

Der Mann kratzte sich mit dem Lumpen am Kinn, die Prozedur hinterließ eine weitere schmierige Schmutzspur.

Chao griff in die Jackentasche und förderte einen Umschlag mit zehn Hundert-Dollar-Scheinen zutage. »Vielleicht beschleunigt das die Angelegenheit.«

Bohnenstange nahm den Umschlag an sich und blätterte die Scheine durch. Beim Zählen bewegte er die Lippen und feuchtete seinen ölverschmierten Daumen zweimal an. Er zog den Reißverschluß an einer seiner Overalltaschen auf und schob das Bündel mit den Scheinen hinein.

»Ein Koffer. Elf Uhr.«

Chao blickte mechanisch auf die Armbanduhr. Es war gerade halb vier. »Warum so spät?«

»Ich muß die Maschine noch fertig abschmieren, Öl wechseln und die Zündkerzen saubermachen. Sie haben doch wohl nicht im Ernst damit gerechnet, daß wir auf der Stelle starten können.«

»Und was soll ich in der Zwischenzeit anfangen?«

»In der Stadt gibt es Motels.«

Die Stadt hatte er gesehen. Nein danke. »Dann lieber Los Angeles. Und wer sagt mir, daß Sie auch hier sind, wenn ich wiederkomme?«

»Na, Sie haben vielleicht Nerven, Mann. Das hier gehört mir. Allein in dem Schuppen stecken mehr als tausend Kröten. Und wegen einer heißen Nacht in Tijuana soll ich das einfach so mir nichts dir nichts in den Wind schießen?«

Seit er Los Angeles verlassen hatte, hatte Chao nichts gesehen, für das er tausend Dollar ausgegeben hätte. Aber er hielt den Mund und stieg in seinen Wagen. Zum Diskutieren war es einfach zu heiß.

In ein Hotel am Flughafen fuhr er lieber nicht. Falls sie ihn bis hier unten verfolgt hatten, würden sie ihn dort zuerst suchen. Also stieg er in einem Achtzehn-Dollar-Motel in Hollywood ab. Die Klimaanlage machte jede Menge Krach, beförderte dafür aber um so weniger frische Luft ins Zimmer. Der Fernseher war kaputt. So etwas hätte er vermutlich auch in Bakersfield kriegen können, aber in der Zivilisation fühlte er sich doch wohler. Er schloß zweimal hinter sich ab und vergewisserte sich, daß die Fenster auch fest geschlossen waren. Dann zog er sich Jackett, Krawatte, Hemd und Schuhe aus und streckte sich aufs Bett.

Aber er schlief nicht gleich ein. Er mußte wieder an den Mord denken. Wie der alte Chinese blutverschmiert in der Tiefgarage zusammengebrochen war ... an die beiden geschniegelten jüngeren Asiaten, an die lange Klinge, die dem einen in der Hand funkelte. Und wie er selbst rannte, rannte, rannte. Seitenstechen. Sein Herz raste. Und dann kam er endlich ans Tageslicht und unter Menschen. Lief allmählich langsamer. Er dachte an die Zeitungsmeldungen über die Morde der Tongs, an die Verhandlungen vor der Anklagekammer. Und daß er nur zur Arbeit und schnell wieder nach Hause huschte, da saß und grübelte und niemandem erzählte, was er gesehen hatte. Und wie er sich dann nach und nach wieder sicherer gefühlt hatte. Bis die Polizei mit ihren Fragen kam. Und wie er am nächsten Tag die Haustür aufmachte, das chinesische Schriftzeichen war noch feucht von der Farbe. Er war in den Staaten geboren und kannte das Zeichen nicht einmal, aber was es bedeutete, wußte er nur zu genau. Und dann drangen sie am nächsten Tag einfach so in seine Wohnung ein, als gäbe es für sie überhaupt keine geschlossenen Türen, und töteten seinen Hund. Der Hundekopf auf dem Küchentisch. Und da hatte er dann die Nummer auf der Visitenkarte angerufen, die er schon länger mit sich herumtrug. Und nun war er also hier in diesem lauten, stickigen Motelzimmer in Hollywood und wartete darauf, daß er endlich mit einer Privatmaschine von diesem Bakersfield in ein mexikanisches Küstenkaff mitgenommen würde. Das Leben war schon verrückt.

Als er die Augen aufschlug, war es draußen dunkel. Er konnte sich nicht erinnern, eingeschlafen zu sein. Er tastete nach dem Lichtschalter und guckte auf die Uhr. Halb neun. Plötzlich hielt es ihn nicht mehr im Bett. Er schaltete den Fernseher ein und wollte sich einen Film ansehen, aber der Empfang war mies, das Bild verzerrt und der Ton von atmosphärischen Störungen überlagert. Er stellte die Kiste aus und zog sich an. Er hatte vor, so lange in der Gegend herumzufahren, bis es Zeit war für den Abflug.

Sein Koffer lag im Wagen. Er vergewisserte sich, daß die Schlüssel und seine Brieftasche in der Jackentasche waren, und tastete auch nach den fünftausend Dollar, die er in kleinen Scheinen in das Futter eingenäht hatte, knipste das Licht aus und öffnete die Tür zum Flur, der nur von dem Hinweisschild zum Notausgang beleuchtet war.

Ein Schatten huschte heran und erwischte ihn rechts am Halsansatz. Ein scharfer, heißer Schmerz flackerte auf, er konnte sich nicht mehr bewegen. Aber bevor er zusammenbrach, traf ihn noch ein zweiter Hieb am Brustbein. Es splitterte wie morsches Holz im Wasser. Schläge prasselten auf Kopf, Magen und Unterleib nieder. Er trudelte wie eine Puppe in der Waschmaschine zwischen den Türpfosten hin und her. In roten und weißen Wogen brach der Schmerz über ihm zusammen. Dann stürzte er in tiefe Dunkelheit.

Als Chao keinen Mucks mehr von sich gab, blieb der junge Asiate, ganz in Schwarz, noch volle fünf Minuten lang neben ihm stehen und blickte auf ihn hinab. Sein Atem ging allmählich wieder ruhiger. Er war von kleinem Wuchs und bartlos, das Haar, stufig geschnitten, ging ihm bis über die Ohren und wirkte wie eine blauschwarz lackierte Pickelhaube. Es war ein wenig zerzaust. Nach einer Weile strich er es mit den Händen glatt. Im herkömmlichen Sinne war er nicht bewaffnet. Er hatte nichts in den Händen. Von hinten wurde er mit seinem schmächtigen, feingliedrigen Körper leicht für einen Knaben gehalten. Aber die schwarzen Augen in seinem mongolisch geschnittenen Gesicht waren uralt. Als er schließlich in den Flur zurückging und die Tür hinter sich offenließ, bewegte er sich mit solch gleitender Leichtigkeit, daß Bewegung schon fast zuviel gesagt wäre.

Der Wagen, mit dem er das Motel verließ, war gestohlen. Er hatte sich gerade dieses Modell herausgepickt, weil es in Bauart und Farbe so unauffällig war, daß man mit ihm einen Fliehenden von Los Angeles nach Bakersfield und zurück verfolgen konnte, ohne bemerkt zu werden. Jetzt stellte er das Fahrzeug einen Block von der Stelle, an der er es entwendet hatte, wieder ab und legte die viereinhalb Kilometer bis zu dem Haus, das er sich etwas abseits des Küsten-Highways gemietet hatte, zu Fuß zurück.

Als er die Tür aufschloß, klingelte das Telefon. Er beachtete es nicht, guckte nach den Sittichen, die in einem mannshohen Käfig vor sich hin trällerten, schüttete ein paar Körner in ihr Futternäpfchen, machte es sich in einem Hängekorbstuhl bequem und nahm beim sechzehnten Klingeln den Hörer ab.

»Ja.« Auch seine Stimme war die eines Kindes.

»Detroit für Chih Ming Shang«, meldete sich das Telefonfräulein.

Er korrigierte die Aussprache seines Namens und bat sie, das Gespräch durchzustellen. Die Sittiche trällerten.

5

Das schmale Holzhaus mit dem hohen, spitzen Dach war bedeutend besser in Schuß als seine Kollegen in jener Sackgasse im Örtchen Taylor, obwohl es schon mehr Jahre auf dem Buckel hatte. Damit keine Motorräder auf dem Grundstück abgestellt wurden, war der Rasenstreifen davor mit weißgetünchten Steinplatten eingefaßt. Macklin stellte seinen Wagen ab und ging auf die offene Veranda zu, um zu klopfen. Zwar gab es auch eine Klingel, aber Leute, die sie benutzten, waren in diesem Haus nicht gern gesehen. Sie konnten lange läuten.

Einen Moment lang knarrten innen die Dielen. Als es dann wieder totenstill wurde, wußte Macklin, daß er durch den Spion beäugt wurde. Eine Vorlegekette klirrte, und dann schnappte eine ganze Batterie von Schlössern auf. Die Tür wurde sperrangelweit aufgerissen. »Macklin! Komm rein.«

Er trat ein. Wie ein Pianist probeweise mit dem Finger über die Tasten seines Instruments fährt, schnippte der Hausherr die Schlösser mit einer einzigen Bewegung des Zeigefingers wieder zu. In seiner Hand blitzte für einen winzigen Augenblick blauglänzendes Metall auf. Dann verschwand es in der Hosentasche. »Du hast vielleicht Nerven, hierherzukommen. Weißt du denn nicht, daß du glühst wie eine Herdplatte?«

»Was weißt du?«

»Daß gestern jemand versucht hat, dir in dem Bürohaus, das Howard Klegg gehört, den Arsch zu Bouletten zu verarbeiten.«

»Für einen Mann, der so gut wie nie seine vier Wände verläßt, hörst du aber eine ganze Menge.«

»Man verhält sich ruhig, macht die Ohren auf, und dann kommen die Leute schon ganz von selbst und erzählen einem dies und jenes.«

Durch einen länglichen Gang kamen sie in ein kleines, sonnendurchflutetes Wohnzimmer. Der Mann vor Macklin war nicht viel breiter als hoch und hatte sich in ein weißes Hemd und prall sitzende grüne Arbeitshosen gezwängt, in deren rechter Seitentasche sich die Waffe abdrückte. Er hatte sich das spröde schwarz-grau gesprenkelte Haar zu einer enormen Bürste gestriegelt, wodurch sein ohnehin sohlenförmiges Gesicht mit den müden Augen, dem breiten Mund und einer Nase, die, genau in der Mitte gespalten, einem Hintern ähnelte, noch länger wirkte. Für einen Weißen war sein Teint ziemlich dunkel, zumal er nur alle Jubeljahre einmal an die Sonne kam. Er duftete ganz leicht nach Schmieröl.

»Ich dachte, du betrittst kein fremdes Haus mehr als einmal.«

»Ich brauche eine Waffe, Treat. Du bist der einzige Schieber, bei dem ich in den letzten fünf Jahren mehr als einmal war. Für meine Verhältnisse fast ein Vertrauensbeweis.«

»Ich beliefere Maggiore. Falls er also etwas mit dem Anschlag auf dich zu tun hat, muß ich dich enttäuschen. Mit Moral hat das nichts zu tun, ich habe nur meine Eier ganz gerne da, wo sie hingehören.

»Maggiore steckt nicht dahinter.«

»Das kann ja jeder sagen.«

»Schau, ich kann dich ebensogut auf der Stelle umlegen und mir die Knarre nehmen.«

»Ohne Knete rührst du keinen Finger.«

»Darauf würde ich mich an deiner Stelle nicht verlassen. Treat.«

»Bist wirklich ein eisenharter Bursche. Na, komm schon.«

Der Kleine führte ihn durch einen U-förmigen Gang erst in den hinteren Teil des Hauses und dann in ein winziges Schlafzimmer, kaum groß genug für das Bett, von dem aus eine steile Treppe nach oben führte. »Zieh die Birne ein.«

Macklin machte sich ganz klein, um sich den Kopf nicht an der nach oben aufgeklappten Luke anzustoßen, durch die Treat auch zu voller Größe aufgerichtet paßte. Im schlauchförmigen Dachjuchhe trafen sich die Gipswände, über und über mit schematischen Zeichnungen der verschiedenen Waffengattungen sowie einer Abbildung einer Panzerabwehrwaffe mit dem Stempel *U.S. ARMY ORDNANCE* tapeziert, im spitzen Winkel über nackten Dielen. Wie die Orgelpfeifen hingen an der linken Wand, sorgfältig verpackt, zahlreiche Gewehre und Schrotflinten in den dazugehörigen Haltern und gegenüber dem Eingang, an filzbezogenen Haken, eine große Auswahl an Handfeuerwaffen. Rechts an der Wand stand eine Werkbank mit einer Arbeitsplatte aus Stein, auf der die Einzelteile einer Maschinenpistole herumlagen.

»Schmeisser«, erklärte Treat. »Ein Scheißdreck gegen die, die nach dem Krieg in Mitteleuropa aufgekommen sind. Aber bei einem Deal mit einem Bolivianer habe ich mir zwei Kisten davon andrehen lassen, und ich glaube, daß ich sie an so ein paar Desperados in North Carolina verkloppen kann, die ich da kenne.« Er setzte sich auf einen Holzschemel und schloß mit einem Schlüssel, den er in einem Stahlfutteral am Gürtel trug, eine Schublade der Werkbank auf.

»Wie, keine Flammenwerfer?«

»Nein, verdammt noch mal. Wenn du dich auf die Militärscheiße einläßt, hast du es im Nu mit dem Geheimdienst zu tun und kannst dich auf zwanzig Jahre im Knast von Milan einrichten. Wenn nicht lebenslänglich. Also ich habe den Mann nicht ausgerüstet.«

»Aber vielleicht hast du ihn gekannt.« Macklin beschrieb ihm den Treppenhäusler.

Treat wühlte in den Untiefen der Schublade und schüttelte den Kopf. »Der war nicht aus der Gegend, oder wenn, dann erst ganz kurz. Denn ich kenne hier alle, die man kennen muß. Ja, hier, das ist genau das Richtige für dich.« Er öffnete den Pappdeckel einer Styroporbox, holte eine längliche Pistole heraus und gab sie Macklin.

Der Killer drehte die Waffe in der Hand herum. Sie war anscheinend ganz aus einem Guß, vom Griff bis zum Lauf aus hellem Nickelstahl und etwas über zwanzig Zentimeter lang. Er drückte den Magazinhalter nach hinten, und das Magazin kam heraus, es war leer. Er ließ es zurückgleiten. »Neun Millimeter?«

»Zehn.«

»Zehn Millimeter ist ja Quatsch, so etwas gibt es ja gar nicht.«

»Brandneu. In der Armee werden sie die hier anstelle des alten fünfundvierziger Colt Automatic einsetzen.

»Noch nichts davon gehört.«

»Die Armee auch nicht. Aber verlaß dich drauf, genau das wird passieren. Hält genausoviel aus wie der Armee-Colt, ist aber leichter, und es steckt mehr Power dahinter. Selbst unsere hochverehrten Damen bei der Armee werden damit wie Pik-As ballern.«

»Und wie ist es mit Munition?«

»Ein Kistchen kannst du ganz günstig kriegen.«

Macklin gab Treat die Pistole zurück. »Ich mag einfach keine automatischen.«

»Mit Brontosauriern zu diskutieren, bringt nichts«, entgegnete Treat. »Dann guck dir eben den Trödel an der Wand an.«

Macklin überflog das Angebot und suchte sich einen achtunddreißiger Smith & Wesson mit hautfleischfarbenem Griff aus. Er schloß seine Finger darum. »Fühlt sich wie menschliches Fleisch an.«

»Ist Naturgummi. Ich kann dir aber einen anderen Griff anmontieren, wenn du möchtest.«

»Nein, der ist in Ordnung.«

»Es gibt aber bessere Waffen als gerade die, die die Polizei auch hat.«

»Nicht für mich. Wieviel?«

»Sechs.«

Macklin sah ihn an. »Beim letztenmal ware es aber noch drei.«

»Damals hast du auch noch nicht auf eigene Faust gearbeitet. Wenn ich es mit Selbständigen zu tun habe, muß ich den Preis entsprechend dem Risiko berechnen. Du behauptest, Maggiore hätte dich nicht auf dem Kieker. Okay, nehmen wir mal an, das stimmt. Aber vielleicht jemand anders, den ich beliefere. Weißt du, Komplikationen dieser Art bringen mich nicht gerade aus dem Häuschen vor Begeisterung. Oder meinst du etwa, ich wäre mit dieser Nase auf die Welt gekommen?«

»Darauf war ich schon immer neugierig.«

»Brauchst du nicht. Glaub mir, ein Gewehrkolben ist wie der andere. Du hast wirklich Nerven, hier so mit einem Mann herumzufeilschen, den du vor zehn Minuten noch umlegen wolltest.«

»Das kann ich jederzeit nachholen und die sechshundert sparen.«

»Wirst du aber nicht.«

»Etwa weil wir Freunde sind?«

Treat stützte sich mit einem Ellbogen auf die Werkbank. »Als Freunde kannst du uns eigentlich nicht bezeichnen. Wir haben uns noch nie gegenseitig nach Hause zum Essen eingeladen. Ich weiß noch nicht einmal, ob du Frau und Kinder hast oder ob du dienstags kegeln gehst. Aber wenn du in der Gegend rumrennst und Leute umnietest, die nicht deine Feinde sind, überleg mal, was da noch übrigbleibt.«

»Schwer zu sagen bei diesen Preisen.«

»Hör zu, ich brauche dir keine Waffe verkaufen. Viele meiner Kollegen würden es schlichtweg ablehnen. Und mir kommt allmählich auch schon der eine oder andere Zweifel.«

Macklin blätterte ein paar Scheine aus seiner eisernen Reserve in der Brieftasche auf die Werkbank. »Fünfhundert, mehr habe ich nicht.«

»Häng den Revolver zurück.«

Macklin stand mit der Waffe in der Hand da. Streicheln tat er sie nie. »Wenn du das nächste Mal bis zum Hals in der Scheiße steckst, wirst du vielleicht an diesen Moment zurückdenken.«

»Hey, mir kommen gleich die Tränen.« Dann verfiel Treat in tiefes Schweigen und rieb sich mit einem ölverschmierten Daumen über die Spalte in seiner Nase. Macklin fragte sich, ob es das wohl war, was diesem Organ zu seiner Formschönheit verholfen hatte: jahrelanges Reiben mit dem Daumen. »In Ordnung. Aber Munition besorgst du dir selbst.«

Das Geld wechselte den Besitzer. Macklin schwenkte den Trommelzylinder aus, blickte in die einzelnen Kammern und ließ die Trommel zurückschnappen. »Halfter?«

»Jesses, jetzt reicht's aber langsam.« Treat warf ihm ein abgeschubbertes, steifes Gürtelhalfter aus schwarzem Leder aus der Schublade zu.

Macklin packte den Achtunddreißiger hinein und befestigte das Halfter unter dem Hemd innen am Hosenbund. Er ließ sein Wolfsgrinsen spielen. »Du scheinst wirklich keine Angst vor mir zu haben. Wie kommt das eigentlich?«

»Ich habe vor all den üblichen Dingen Angst. Und noch vor einer ganzen Reihe anderer. Aber wenn man mit Tigern arbeitet, zeigt man sich nicht von hinten. Nimm bitte die hintere Tür, ja? Um zehn kommt eine Junge zur Trompetenstunde.«

Macklin hatte ganz vergessen, daß Treat als Tarnung für seine Geschäfte im Dachjuchhe Musikstunden gab. »In Ordnung. Und danke auch.«

»Laß es dir gutgehen.«

»Die Marine auf der drei«, meldete Lovelady. »Ein Lieutenant Willmot von der Rekrutierung.«

»Übernehmen Sie ihn bitte, seien Sie so gut.« Inspektor Pontier war mit dem Autopsiebericht über den unbekannten Toten beschäftigt. Hitzschlag.

»Ich könnte mir denken, daß Sie das lieber von ihm selbst hören möchten.«

Pontier blickte auf, direkt in den Fladen von Gesicht mit seinen Pockendellen. Wie ein geschmolzener Golfball. Er legte seine Lesebrille zur Seite, hob den Hörer auf und nahm das Gespräch auf Leitung drei entgegen. Er hörte einige Minuten lang zu, warf nur hin und wieder eine Frage ein. Dann dankte er für den Anruf und legte auf. Lovelady war immer noch im Raum.

»Ein Punkt für Sie«, lobte Pontier den Sergeant. »Es war eine prima Idee, zuerst bei der Armee nachzufragen. Die Zahnanalyse hat einen Corporal Keith Alan Delong ergeben, Marinereserve, drei Jahre Westdeutschland, je eine Woche Beirut und Grenada. Ausgebildet an 45er Automatik, M-1, M-16-Sturmgewehr, Browning Automatik, Panzerfaust . . .«

»Flammenwerfer?«

»Ferner Stativmaschinengewehr und Panzerabwehrwaffen. Er schien sich nicht richtig ausdrücken zu können. Schwarzer, achtundzwanzig Jahre. Letzte bekannte Beschäftigung Bauarbeiter. Letzte bekannte Adresse 1809 Livernois, Detroit, Appartement 36. Schicken Sie jemand hin.« Er riß das Blatt mit seinen Gesprächsnotizen vom Block ab und reichte es Lovelady. »Geben Sie das in die Maschine ein, und dann ein Telex nach Washington. Irgend etwas Neues in Sachen Zigarettenanzünder?«

Der Sergeant schüttelte den Kopf. »Die Seriennummer ist weggebrannt. In Michigan ist in letzter Zeit kein Überfall auf Waffenkammern bekanntgeworden. Teufel auch, man kann diese Dinger bei jedem zugelassenen Händler kriegen, mal ganz abgesehen von den Schiebern, die sich aus Armeebeständen versorgen. Gegen ein bißchen Schmiergeld.«

»Flammenwerfer! Ich frage mich im Ernst, was an einem guten alten Ballermann so übel ist.«

Das Telefon schnurrte. Pontier spießte den Hörer auf und machte Lovelady ein Zeichen, der daraufhin gehorsam aus dem Raum trottete. Es war der Deputy Chief.

»Fuhrwerken Sie immer noch an dieser Brandstiftung herum?« Im Hintergrund plätscherte Musik.

»Es handelt sich nicht mehr nur um Brandstiftung, Chef. Allmählich sieht alles nach einem professsionellen Mordanschlag aus, der in den Arsch gegangen ist, wenn Sie den Ausdruck gestatten.«

»Wenn er nun selbst dabei umgekommen ist, handelt es sich

technisch gesehen nicht um Mord. Ist nicht einmal versuchter Mord, jedenfalls nicht, solange niemand Klage erhebt. Sie haben meine volle Unterstützung, George. Schieben Sie's den Leutchen von der Brandstiftung wieder auf den Schreibtisch, und kümmern Sie sich um die nächsten Fälle.«

»Geben Sie mir eine Woche, bitte. Ich knabbere noch an dieser Geschichte herum. Howard Klegg steckt bis zur Halskrause drin. Und Sie wissen ja, wie lange der uns schon piesackt.«

»Howard Klegg?«

Jesses, stöhnte Pontier stumm und erklärte ihm, wer Howard Klegg war.

Die Musik dudelte. »Können Sie mal bei der Abteilung organisiertes Verbrechen anrufen? Der Bürgermeister hat eine Vorliebe dafür, der Präsident einen Haß darauf, und da stecken Millionen an Steuermitteln drin.«

»Wenn ich recht habe und Klegg tatsächlich in die Geschichte verwickelt ist, brauche ich niemanden anzurufen.«

»Also gut, eine Woche. Wenn Sie irgendwas Handfestes herauskriegen, informieren Sie mich. Der Chef wird eine Pressekonferenz einberufen wollen. Sie nehmen natürlich auch teil.«

Du mich auch Presse, dachte Pontier.

Nachdem der Vize das Gespräch beendet hatte, piepste Pontier Lovelady an seinem Schreibtisch an. »Ich habe ganz vergessen zu fragen«, sagte er, »was haben Sie eigentlich über Kleggs Umfeld herausgekriegt, was machen die Personenbeschreibungen der Zeugen?«

»Zwei Identifizierungen, dreimal ›vielleicht‹. Ich warte im Moment noch auf den Rest, den uns das FBI versprochen hat.«

»Machen Sie denen mal ein bißchen Feuer untern Hintern, seien Sie so gut.«

»Warum denn plötzlich diese Eile?«

»Politiker«, schnaubte der Inspektor verächtlich. »Deren Uhren arbeiten doch immer viel schneller als das Hirn.«

»Wie? Die haben Hirne?«

Pontier meinte noch, er solle sich wieder an die Arbeit machen. Dann wandte er sich selbst wieder dem Autopsiebericht zu. Er erwischte sich dabei, daß er die Melodie vor sich hin summte, die er über die Leitung gehört hatte. Sofort hörte er auf damit. Konservenmusik haßte er noch mehr als Politiker und Mafiaanwälte.

Als Brown das schmächtige Figürchen des Asiaten betrachtete, war er reineweg entsetzt. »Aber das ist doch noch ein Kind.«

»Er ist siebenunddreißig«, sagte der Zuschauer neben ihm.

Sie beobachteten, wie sich die beiden Männer auf der Matte voreinander verbeugten. Der Asiat, eine halbe Portion verglichen mit seinem Gegner, in dem weißen pyjamaartigen Aufzug, der von einer einfachen Kordel zusammengehalten wurde, ließ das höfliche Zeremoniell mit wachsender Ungeduld über sich ergehen. Als es schließlich zu Ende war und der andere anfing, im Kreise herumzutänzeln, katapultierte er einen Fuß gegen den Solarplexus seines Gegners. Dieser wich in allerletzter Sekunde aus und bekam nur einen leichten Tritt unterhalb der rechten Schulter ab. Er wirbelte herum und holte aus, da sich der Kleinere aber duckte, schlug er ins Leere. Der Asiat konterte mit gerade durchgedrücktem Arm. Ein weiteres Mal verpaßte er das empfindliche Sonnengeflecht seines Kontrahenten, aber seine Faust traf wenigstens die Rippen, und er stieß ein zufriedenes Grunzen aus.

Die beiden umkreisten einander eine Weile lang, täuschten Angriffe vor und gingen wieder in Deckung. Dann machte der Größere eine plötzliche Drehbewegung auf dem Ballen des linken Fußes und schleuderte den rechten in die Luft, an den Kopf seines Gegners. Diesmal duckte sich der Asiat nicht, sondern packte das Fußgelenk in der Luft, machte gleichzeitig einen Ausfallschritt und zog ihm das Standbein weg. Im Fallen versuchte der andere in die Seitenlage zu kommen, um sein Gewicht besser am Boden abfangen zu können, aber der Kleinere versetzte ihm einen Handkantenschlag und traktierte ihn so schnell mit Händen und Füßen, daß das Auge nicht mehr folgen konnte, bis der andere zusammengekrümmt und keuchend auf der Matte lag. Der Asiat drehte sich weg. Zischend wie eine Echse sprang der Mann vom Boden auf und warf sich auf seinen Gegner. Der wirbelte herum und landete einen gezielten Schlag am Hals. Aus dem Zischen wurde ein dumpfes Krächzen, der Größere klappte wie ein Taschenmesser zusammen, wälzte sich auf der Matte hin und her, eine Hand an die Gurgel gepreßt, den Mund weit geöffnet. Kein Laut kam heraus.

»Rufen Sie einen Krankenwagen«, sagte Brown in aller Ruhe.

Der Mann, der neben ihm den Kampf beobachtet hatte, machte sich wortlos davon. Die Sporthalle war weiträumig und hoch, da, wo das

Tageslicht durch die Milchglasluken auf den Boden fiel, schimmerte der Lack des Parketts. Ohne sich auch nur nach seinem geschlagenen Gegner umzublicken, huschte der Asiat durch eine Tür in den Umkleideraum. Brown folgte ihm, ohne anzuklopfen. Er war von wuchtiger Statur, aber nicht dick, breit wie ein Ringer gebaut, und an den Schultern spannte sein Anzug, der ansonsten wie ein Sack an ihm herunterhing. Sein Quadratgesicht war teigig bleich, nur die untere Hälfte bläulich von dunklen Bartstoppeln, das dichte, leicht angegraute dunkle Haar frisierte er sich mit den Fingern nach hinten. Seine Augen hatten die unbestimmte Farbe des Kabeljaus.

»Mr. Shang?«

Der Asiat stand nackt vor dem offenen Spind, stopfte den weißen Anzug in eine lederne Sporttasche und sagte keinen Ton. Ohne Kleider sah er noch jünger aus, kaum Muskeln, am ganzen Körper kein einziges Härchen. Sein Penis war nicht größer als der eines Knaben. Ohne im geringsten von Brown Notiz zu nehmen, zog er den Reißverschluß seiner Tasche zu und drehte sich zum Spind um, um seine Kleider herauszunehmen.

Brown machte einen vorsichtigen Vorstoß, ein Gespräch in Gang zu bringen. »Die Duschen hier sind ganz ausgezeichnet. Ein Druck dahinter, der einen ausgewachsenen Mann umnieten könnte.«

»Ich habe mich nicht so verausgabt, daß ich hätte schwitzen müssen.«

»Das habe ich gesehen. Aber hätten Sie wirklich gleich so hart rangehen müssen? Kung-Fu-Kämpfer sind eine kostspielige Angelegenheit und hierzulande schwerer zu kriegen als in Kalifornien. Nun werden wir ihm zusätzlich zu den Krankenhauskosten noch ein hübsches Extrasümmchen zahlen müssen, damit er nicht zu den Behörden rennt. Vorausgesetzt, er überlebt.«

»Ich arbeite nicht für Westler.«

Zwischen seinem leicht singenden Akzent und Browns sorgsam gepflegtem, sonorem Amerikanisch lagen Welten. Shang knöpfte sich sein blaues Hemd zu und stieg in schwarzwollene Schlabberhosen. Unterwäsche trug er keine.

»Dann ist es wohl bestimmt nicht zuviel verlangt, wenn ich Sie frage, warum Sie unsere Einladung angenommen haben, sich in ein Flugzeug zu setzen und herzukommen.«

»Ich war noch nie in Detroit.«

»Und Sie sind ganz sicher, daß es da nicht noch einen anderen Grund gibt?«

Shang donnerte das Spind zu, in der Hand hielt er ein Paar Lackslipperchen, und drehte sich um. »Wie war doch gleich Ihr werter Name?«

»Nennen Sie mich Mr. Brown.«

»Nicht lieber Smith?«

»Brown gefällt mir im Moment ganz gut. Chih Ming Shang.« Er ließ den Namen auf der Zunge zergehen, seine Aussprache war perfekt. »Wissen Sie, ich verstehe ein bißchen von dem Pekinger Dialekt. Ihr Name bedeutet ›tödliche Wunde‹, nicht wahr?«

Shang schlüpfte mit nackten Füßen in die Slipperchen, richtete sich auf und hielt den Mund.

»Auch gut. Dann will ich Ihnen sagen, warum Sie hier sind: In Michigan sind Sie ein unbeschriebenes Blatt, während Ihnen an der Westküste Ihre beginnende Popularität schon allmählich im Wege steht. Wenn man erst einmal einen Spitznamen weg hat, ist man nur noch halb soviel wert. Und die Tongs nennen Sie doch den ›Schatten-drachen‹, oder?

»Die Tong ist eine Erfindung des Westens.«

»Aber gewiß doch. Und die Mafia und das KGB sind den miesen Hirnen billiger Romanschreiberlinge entsprungen. Aber die Organi-sationen, die diese merkwürdigen Namen tragen, existieren wirklich. So. Jetzt wissen Sie also, daß wir Sie nicht haben kommen lassen, damit Sie dieses Haus hier gehörig bewundern. Übrigens bin ich der Besitzer dieses Gebäudes, aber es würde die Kartellfritzen zwei Legislaturperioden lang in Atem halten, herauszubekommen, über welche Kanäle das läuft. Kurzum. Wir wollen, daß Sie uns ein Problemchen vom Hals schaffen. Wenn Sie sich dabei geschickt anstellen, behalten wir Sie unter Umständen hier.«

»Ich bin Kampfsportlehrer.«

Brown lächelte sanft und hielt sich mit einer theatralischen Geste das Jackett auf.

»Sehen Sie: Ich habe kein Mikro bei mir, und der Raum hier wird nicht abgehört. Nehmen wir mal an, ich wäre bei der Polizei, so würden Sie mir doch wohl zustimmen, daß es illegal wäre, Sie quer über den ganzen Kontinent herzuzitieren, nur um Ihnen ein Geständnis abzuluchsen.«

»Jetzt weiß ich also, wer Sie nicht sind . . .« Den Rest des Satzes ließ er unverrichtet in der Luft baumeln.

»Ich bin Regierungsbürokrat.«

»Von welcher Regierung sprechen Sie?«

»Höre ich da etwa eine Spur sino-amerikanischen Patriotismus heraus, Mr. Shang?«

»Ich bin halb Japaner. Meine Eltern haben den Zweiten Weltkrieg hinter Stacheldraht in Manzanar verbracht, weil ihre Augen schräg geschnitten waren. Was glauben Sie also, Mr. Brown?«

»Keine schlechte Antwort. Waren Sie kürzlich bei der Bank?«

»Wieso?«

»Also nicht. Andernfalls wüßten Sie nämlich, daß gestern um zehn Uhr pazifischer Zeit zweitausend Dollar auf Ihr Konto eingezahlt wurden. Zu einem späteren Zeitpunkt folgte eine weitere Summe. Sagen wir fünftausend im ganzen?«

»Politischer Mord kommt für mich nicht in Frage.«

»Vor wenigen Minuten haben Sie nicht für Westler gearbeitet«, meinte Brown versonnen. »Aber ich kann Sie beruhigen. Der Mann, um den es geht, ist ein unbeschriebenes Blatt. Oder in der breiten Öffentlichkeit jedenfalls nicht bekannter als Sie.

»Ein Profi?«

»Nun, er kann mit Waffen umgehen.«

»Knarre?«

»Meistens. Er hängt aber einem merkwürdigen Aberglauben an, er ist nämlich nur bewaffnet, wenn er einen Auftrag ausführt. Und im Moment hat er keinen.«

»Ich komme schon mit Leuten klar, die eine Knarre tragen. Nur muß ich es mit Bestimmtheit wissen.«

»Wenn er sich so verhält wie sonst auch, hat er keine bei sich. Ich kann Sie also als engagiert betrachten?«

»Warum eigentlich gerade ich?« fragte Shang. »Hier in der Stadt gibt es mehr, die dafür in Frage kommen, als in L. A. und San Francisco zusammengenommen.«

»Mit einem davon haben wir es versucht. Hat sich nicht bewährt, der war bestenfalls halbprofessionell. Der Mann, dem dieser Schnitzer unterlaufen ist, hat sich gerade auf den Heimweg gemacht. Ich bin sein Nachfolger.«

»Haben Sie ein Dossier?«

»Dossier?«

»Ich meine einen Bericht, genaue Beschreibung, Gewohnheiten, besondere Merkmale und dergleichen.«

»Finden Sie alles im Hotel. Ziemlich gründlich übrigens. Haben wir einer Kontaktperson in der Unterwelt abgekauft, die eine ähnlich realistische Haltung gegenüber dem Patriotismus einnimmt wie Sie.«

»Mit dem Unterschied, daß ich kein Verräter bin.«

»Weiß schon, Sie sind Kampfsportlehrer.«

Shang verzog keine Miene. Sein maskenartiges Gesicht erinnerte Brown an die Zeichnungen orientalischer Bösewichter auf den Covers von Groschenheftchen, die er als Junge verschlungen hatte. *Die Schlitzaugen des Wu Fang.* »Wann können Sie anfangen?«

»Sowie ich das Dossier gelesen habe. Und mit der Bank telefoniert.«

Brown zeigte ihm einen Hinterausgang, damit Shang nicht an den Sanitätern vorbei mußte, die zu dem Mann eilten, den er außer Gefecht gesetzt hatte. Die Sirene des Krankenwagens toste schon seit Minuten. Mit der Sporttasche unterm Arm verflüchtigte sich der junge Mann durch die enge Gasse um die Ecke. Brown war froh, ihn eine Weile von hinten zu sehen. Killer haben einfach keinen Sinn für Humor. Er hatte noch nie gerne mit ihnen zusammengearbeitet.

7

Die Bar befand sich in einem grüngestrichenen Betonbau, zu dem ein kiesbestreuter Parkplatz gehörte, schräg gegenüber der Montagehalle von General Motors in Westland. Das Lokal war leer; als die Frau eintrat und sich ihre Augen an das schummrige Licht drinnen gewöhnt hatten, sah sie niemanden als den weißhaarigen Wirt, der hinter dem Tresen vor sich hin döste. Sie guckte auf die Uhr, stand noch eine Weile unschlüssig da und wollte sich gerade umdrehen und wieder weggehen, als hinter der Jukebox ein Mann aufstand und sie zu sich herüberwinkte.

Während sie auf ihn zuging, setzte er sich schon wieder. Der Tisch, an dem er saß, war nicht viel größer als ein Waschlappen, kaum zwei Gläser hatten darauf Platz. Und dann noch zwei harte Stühle. Sie sagte: »Ich bin Moira King. Sie haben mich angerufen?«

»Ja.«

»Können wir uns eine Nische suchen, da würde ich mich wohler fühlen.«

»Aus Nischen kommt man zu schlecht wieder heraus.«

Als er nichts weiter sagte, setzte sie sich ihm gegenüber, die Handtasche auf den Schoß geklemmt. Sie war erst dreiundzwanzig, sah aber wesentlich älter aus, ihr Gesicht wirkte magersüchtig, vorstehende Backenknochen, die Augen groß und wie im Fieber glänzend. Sie hatte kastanienbraunes Haar, kurz geschnitten und hinter die Ohren gekämmt, die von Bernsteinsteckern betont wurden. Sie trug leichten braunen Fummel, die Träger ihres weißen BHs waren zu sehen. Sie krabbelte eine Zigarette aus der Handtasche und ließ sie schlapp zwischen den Lippen herunterhängen, während sie gedankenverloren mit ihrem Einwegfeuerzeug spielte.

»Sie haben mir noch gar nicht gesagt, wie Sie heißen«, sagte sie und zündete sich die Zigarette an.

»Sie sind Louis Konigsbergs Tochter.«

»Ja.« Sie blies den Rauch vom Tisch weg. »Ich habe meinen Namen offiziell ändern lassen. Eine Zeitlang wollte ich Schauspielerin werden. Und jetzt bin ich bei der Telefongesellschaft, mache Bandaufnahmen für die Ansagedienste. Wenn Sie anrufen und die Uhrzeit wissen wollen, haben Sie mich dran.« Sie machte den Mund zu, bevor sie in die Einzelheiten gehen konnte. Der müde Blick ihres Gegenübers stimmte sie unbehaglich. Sie fragte sich, ob der Mann wohl Polizist war.

»Klegg sagte mir nur, daß Sie ein Problem hätten, nicht aber, welches genau.«

Sie sog an ihrer Zigarette, schnippte Asche in den Blechaschenbecher auf dem Tisch und sog noch einmal. Sie paffte nur, rauchte nicht auf Lunge. »Ich würde gerne was trinken, einen Whisky sour vielleicht.«

Er betrachtete sie noch ein Weilchen, stand dann auf und ging zum Tresen hinüber, weckte den Wirt mit einem trockenen Klopfen auf die Theke. Er kam mit einem Glas zurück und stellte es vor Moira Kinghin.

»Und Sie? Trinken Sie nichts?«

»Bei der Arbeit nie.«

Also war er tatsächlich bei der Polizei. Sie nippte an ihrem Whisky und stellte das Glas wieder auf den Tisch. »Ich kann mir nicht vorstellen, wie Sie mir helfen wollen. Ihre Kollegen haben auch nur gesagt, daß sie nichts tun könnten, solange Roy kein Verbrechen begeht.«

»Wer ist Roy?«

»Nun, wir waren befreundet. Und er denkt, wir sind es immer noch. Das ist genau das Problem.« Sie blickte sich in dem leeren Lokal um. »Ich frage mich, wie die sich hier halten können.«

»In der Montagehalle ist erst in zwei Stunden Schichtwechsel. Dann ist es hier gerammelt voll. Deshalb wollte ich mich gerade um diese Zeit mit Ihnen treffen. Wie heißt Roy mit Nachnamen?«

»Blossom. Wir . . . also wir haben vor zwei Jahren hier in Detroit ein paar Filme zusammen gemacht. Bis ich dann feststellen mußte, daß ich Faye Dunaway niemals auch nur eine Stunde Schlaf werde rauben können. Wir trafen uns dann auch privat. Er sah gut aus, war damals ungefähr fünfundzwanzig, groß, blond und einfach fantastisch im Bett. Im Studio haben sie schon immer gewitzelt: Wenn die Kameras aufgestellt sind, hat er auch schon einen stehen, haben sie gesagt.« Sie lächelte bitter, aber ihr Lächeln wurde nicht erwidert. Sie brachte noch etwas Asche im Aschenbecher unter. »Und dann wurde er verhaftet.«

»Wegen Pornographie?«

»Mord. Es war auf einem Parkplatz, da hat er sich wegen eines popligen Kratzers am Kotflügel mit einem Mann angelegt und ihn mit dem Taschenmesser filettiert.«

»Wieviel hat er gekriegt?«

»Das Gericht hielt ihn für unzurechnungsfähig, und er hat nur sechzehn Monate in der psychiatrischen Anstalt in Ypsilanti abgesessen. Vor fünf Wochen ist er entlassen worden. Am Tag als er freikam, hat er mich gleich angerufen. Und seitdem ruft er fast jeden Tag an. Ich habe ihm gesagt, daß ich nichts mehr mit ihm zu tun haben will, daß ich jetzt einen guten Job habe, mit meinem Leben zufrieden bin und daß ich nicht mehr in die alte Branche zurück will. Und ich habe ihm gesagt, daß das alles nichts mit seiner Tat zu tun hat. Das stimmt natürlich nicht, aber das werde ich ihm nicht auf die Nase binden.«

»Und er hat das gar nicht gut aufgenommen.«

Moira King guckte ihm kurz in die Augen. Seine Miene war unverändert. »Er sagte nur, daß mir das noch einmal leid tun werde.«

»Einzelheiten?«

»Das wäre nicht sein Stil. Er ruft mich zu jeder Tages- und Nachtzeit an. Ich habe mir sogar eine Geheimnummer geben lassen, aber die hat er auch irgendwie herausbekommen. Glauben Sie, ich habe immer Angst, ans Telefon zu gehen. Aber wenn es pausenlos klingelt, ist das fast noch schlimmer. Er sagt eigentlich nie etwas Besonderes, quatscht nur so rum: was er gemacht hat, daß er ständig an mich denken muß, so in der Art eben. Es sind noch nicht einmal obszöne Anrufe. Wenn es das nur wäre, wäre es, glaube ich, gar nicht so schlimm. Es geht mehr um das, was er nicht sagt. Na ja, und dann habe ich ihn letzten Montag gesehen.«

Der Wirt latschte an ihnen vorbei und wischte überflüssigerweise einen der Nebentische ab. Moira King sprach erst weiter, als er wieder außer Hörweite war.

»Es war vor dem Haus, in dem ich wohne. Ich kam von der Arbeit heim, und da stand er dann. Er war dünner, als ich ihn in Erinnerung hatte, und trug die Haare etwas kürzer. Aber sonst schien ihm die Zeit in der Anstalt nichts weiter ausgemacht zu haben. Er hatte ein Messer bei sich.«

»Und damit hat er Sie bedroht?«

»Ja. Das heißt, nicht richtig. Er hat nicht vor mir damit herumgefuchtelt oder nur eine Silbe darüber verloren. Er hat sich nur die Fingernägel damit saubergemacht. Es war eines von den Dingern mit so ganz vielen Zusätzen. Schweizerische Armeemesser haben wir sie früher genannt.«

»Und was hat er gesagt?«

»Eigentlich nichts. Nur daß er sich freue, mich zu sehen. Daß ich gut aussähe. Und daß er einen Job suche. Blabla eben. Er wollte mir weismachen, daß wir uns durch Zufall getroffen hätten. Dabei hat er extra auf mich gewartet. Er wollte mich zu meiner Wohnungstür begleiten, und als ich ihm sagte, daß das nicht nötig sei, hat er nicht darauf bestanden. Aber die ganze Zeit über hat er sich mit diesem riesen Messer die Fingernägel saubergemacht.«

»Sonst noch was?«

»Ich bin überzeugt, daß er mich verfolgt. Direkt sehen tu ich ihn zwar nie, aber ich spüre einfach, daß er da ist. Er will mich töten, und ihr Typen wollt nichts unternehmen, um das zu verhindern. Die Psychiater haben ihn als geheilt entlassen, aber der ist doch noch genauso verrückt wie zu der Zeit, als er in die Anstalt kam, er wird mich genauso zerstückeln wie den Mann auf dem Parkplatz damals. Und ihr guckt einfach zu und tut nichts.«

Zum Schluß hatte sie fast geschrieen. Der Wirt starrte zu ihnen hinüber und wandte seinen Blick erst ab, als der Mann an Moira Kings Tisch ihn ostentativ musterte. Dann sagte er ruhig: »Ich bin nicht bei der Polizei.«

»Nein? Aber Onkel Howard hat doch gesagt...«

»... nicht, daß ich Bulle bin. Was wissen Sie eigentlich über die Kanzlei, die er mit Ihrem Vater zusammen aufgebaut hat?«

Sie drückte die Zigarette aus und lehnte sich zurück. »Ich bin nicht naiv. Seit ich sechzehn war, weiß ich, was für Mandanten die vertreten.«

»Etwa zu der Zeit haben Sie dann wohl auch mit dem Filmen angefangen?«

»Ungefähr, ja.«

»Ich habe für einen dieser Mandanten gearbeitet«, erzählte er. »Er heißt Michael Boniface.«

»Ach.« Sie spielte mit ihrem Whiskyglas. »Ein Gorilla also. Glauben Sie bloß nicht, daß sie Roy einschüchtern können. Als der liebe Gott oder wer auch immer ihn zusammengebaut hat, sind einige Einzelteilchen übriggeblieben. Eines davon ist die Fähigkeit, Angst zu empfinden. Wenn Onkel Howard also nichts Besseres für mich tun kann, als Sie . . .«

»Ich schüchtere niemand ein. Beruflich jedenfalls nicht. Ich werde eingeschaltet, wenn die Gorillas mit ihrem Latein am Ende sind.«

Er blickte sie direkt an und sah, daß sie erbleichte. Sie wollte schnell aufstehen, die Tasche fest im Griff, aber er packte sie am Handgelenk.

»Passen Sie auf. Ich habe mich nur mit Ihnen verabredet, um Klegg einen Gefallen zu tun«, sagte er. »Ich bin auf diese Arbeit nicht angewiesen.«

»Dann ist es ja gut. Denn falls Sie gedacht haben, daß ich Sie dafür bezahle, daß Sie . . .«

». . . daß ich Blossom töte. Nun lassen Sie uns endlich Klartext reden. Setzen Sie sich.« Er packte noch fester zu.

Widerstrebend gehorchte sie. Er zog die Hand zurück, und sie rieb sich das Handgelenk. »Mit Gewalt lassen sich keine Probleme lösen.«

»Fast alle sogar. Aus diesem Grunde bewaffnen wir die Polizei, und deshalb werden auch immer noch Kriege geführt. Haben Sie sich eigentlich jemals überlegt, wie viele Menschenleben hätten gerettet werden können, wenn seinerzeit in München irgendein beherzter Mann hingegangen wäre und Hitler in diesem Hofbräuhaus erstochen hätte?«

»Das hätte bedeutet, sich auf sein Niveau herabzulassen.«

»Es gibt nur ein einziges Niveau, Miss King, das der Überlebenden.«

»Ich bin aber keine Killerin.«

»Genau deshalb brauchen Sie mich.«

Sie trank den letzten Rest ihres Whiskys aus, gab sich noch einmal Feuer, schaute ihn durch den Rauch ihrer Zigarette hindurch an.

»Ich weiß ja nicht einmal, ob Sie überhaupt das sind, was Sie vorgeben. Vielleicht sind Sie nur ein mieser kleiner Gauner, der mir mein Geld abknöpfen will und sich dann verpißt. Und Roy habe ich dann nach wie vor am Hals.«

»Ich heiße Macklin.«

Eine tiefe senkrechte Falte knackte ihre Stirn.

»Ich bedaure, daß Ihnen mein Name etwas sagt«, meinte er, »in meiner Branche ist es besser, wenn einen Außenstehende nicht kennen.«

»Die Geschichte mit dem Ausflugsdampfer zur Insel Boblo im vergangenen Sommer. Das mit den Terroristen.«

»Mein Anteil an der Sache stand einen Tag lang in allen Zeitungen, eines der Blätter hat meinen Namen gebracht, allerdings nur einmal. Boniface hat hier in der Gegend eine ganze Menge Einfluß. Das FBI auch.«

»Und ist das hier dann überhaupt etwas für Sie? Ich meine, so ganz unorganisiert?«

»Ich bin ja selbständig.«

Sie schwieg eine Weile. Dann sagte sie entschieden: »Ich will nichts mit Ihnen zu tun haben, Macklin. Ich denke nicht daran, über anderer Leute Broterwerb zu urteilen. Aber für mich war es hart genug, aus dem Milieu herauszukommen, und ich will da einfach nicht wieder hinein.«

»Und das haben Sie auch Roy gesagt?«

»Tut mir wirklich leid. Es war eben ein Fehler.« Wieder wollte sie aufstehen.

Macklin zog ein zusammengefaltetes Papier aus der Jackentasche, vergewisserte sich, daß es auch das richtige war, und reichte es über den Tisch. Moira King zögerte, nahm es dann aber doch und faltete es auf. »Was ist das?«

»Für den Fall, daß Sie es sich doch noch anders überlegen. Damit überschreiben Sie mir alles, was Sie besitzen. Das übliche Honorar.«

»Ist das nicht ein bißchen arg hoch?«

»Nicht mehr als angemessen. Wenn er Sie tötet, brauchen Sie den ganzen Plunder sowieso nicht mehr, und wenn er es nicht tut, brauchen Sie mich nicht. Also. Ich habe das Dokument von Howard Klegg verfertigen lassen. In der Spalte ›Zeuge‹ hat seine Sekretärin schon unterschrieben. Fehlt nur noch Ihr Name. Hier auch.« Er gab ihr noch ein Papier. »Das ist ein offizielles Geständnis, daß Sie mich engagieren, um in Ihrem Auftrag einen Mord zu begehen. Macht die Angelegenheit etwas gerechter.«

»Sie gehen wohl überhaupt kein Risiko ein.«

»Das habe ich mir abgewöhnt. Wenn Sie sich also doch noch für meine Dienste entscheiden, so finden Sie auf dem Geständnis eine Postfachnummer. Unterschreiben Sie beide Papiere, schicken Sie sie ab, und ich werde dann sofort wieder Kontakt mit Ihnen aufnehmen.«

Sie wollte ihm die Dokumente wieder zurückgeben, aber er nahm sie nicht an.

»Behalten Sie sie wenigstens so lange, bis Sie wieder von Blossom hören«, sagte er. »Dann können Sie sie immer noch verbrennen. Vielleicht kommen Sie wieder darauf zurück, wenn das nächstemal das Telefon klingelt.«

»Ich werde es mir nicht anders überlegen.« Immerhin steckte sie die Papiere ein. »Aber neugierig bin ich.«

»Eine Frage haben Sie gut.«

»Was antworten Sie eigentlich, wenn die Leute von der Volkszählung bei Ihnen klopfen und Sie nach Ihrem Beruf fragen?«

»Berater für zwischenmenschliche Beziehungen«, antwortete Macklin. »Ich erwarte dann demnächst Post von Ihnen.«

Der weißhaarige Wirt lehnte an seiner Zapfanlage und rührte sich nicht, als Moira King an ihm vorbeiging.

Als Macklin das Lokal zwanzig Minuten nach der Frau verließ, wie er es in solchen Fällen immer hielt, warf die Sonne schon lange Schatten. Er hatte seinen Wagen um die Ecke in einer Wohnstraße stehen. Zu dieser Tageszeit war sein Cougar weit und breit das einzige Fahrzeug, das dort parkte. Seit dem Ende der Rezession in der Automobilindustrie lief die Produktion bei General Motors auf vollen Touren, und die Leute waren wohl alle bei der Arbeit.

Bevor Macklin die Tür aufschloß, guckte er routinemäßig durch die Fenster ins Wageninnere und inspizierte Türen und Motorhaube nach Drähten, die da nicht hingehörten, überprüfte schließlich den Motor und ging in den Liegestütz, um auch unter dem Wagen noch zu gucken. Er war gerade dabei, sich wieder aufzurichten, als sich der Mann näherte.

Er war praktisch nicht zu hören, nur als er einmal für Sekundenbruchteile den Boden berührte, scharrte seine Sohle auf dem Pflaster. Ein Sprung, ein Wirbel, nichts als Arme und Beine, fliegende schwarze Haare, ein Körper ganz in Schwarz, das Gesicht elfenbeinerne Anspannung. Ein graziös ausgestrecktes Bein zielte auf Macklins Kopf, er riß den Smith & Wesson aus dem Gürtelhalfter und feuerte zweimal auf das fliegende Phantom. Der Fuß streifte ihn an der Schulter, und der Mann fiel gellend schreiend in einem elenden Häufchen zu Boden. Macklin hielt ihm den Revolver an die Schläfe.

Die Gesichtszüge des Mannes zuckten, die Augen flackerten in ihren Schlitzen. »Die haben doch aber gesagt...«, flüsterte er.

»Wer?« Macklin spannte den Hahn.

»Die haben gesagt, Sie hätten keinen...« Blut würgte ihn. Er hustete. Dann hörte er auf zu husten.

Als sich das haßverzerrte Gesicht, von der Last der Seele befreit, entspannte, setzte Macklin ganz sanft den Hahn ab. Nur einmal bäumte sich der Körper noch auf.

Ein Hund begann zu bellen. Macklin steckte den Revolver weg und tastete mit geübten Fingern die Leiche ab. Der Anzug hatte keine Taschen. Er stieg in den Wagen, ließ den Motor an, legte den Rückwärtsgang ein und fuhr in einem Bogen um den Asiaten herum auf die Straße.

Am nächsten Morgen fand er einen dicken Umschlag in seinem Postfach.

8

»Hätten Sie nicht wenigstens einen Anzug anziehen können?« Howard Klegg musterte abfällig Macklins braunkariertes Sportjackett. Der Anwalt selbst trug einen silbergrau gestreiften Anzug mit passender Weste.

»Der ist in meiner Wohnung. Seit zwei Tagen lebe ich aus dem Koffer. Dieses Ding hier habe ich gerade gekauft, war das einzige, das ich finden konnte, in dem man einen Revolver verstecken kann.«

»Sie wollen doch nicht etwa behaupten, daß Sie bewaffnet sind? *Hier?*« Mit einer weit ausladenden Geste wies Klegg durch die Vorhalle des Old County Building. Ein Bezirksrichter, den Macklin schon öfter im Fernsehen gesehen hatte, war gerade dabei, einem Besucher das Segelschiff-Mosaik auf dem Fußboden zu zeigen.

»Gestern hat es wieder einmal jemand versucht. Treppenhäuser sind denen nicht mehr fein genug. Jetzt muß es schon auf offener Straße sein, mitten am Tage. Warum also nicht zur Abwechslung auch einmal ein Justizgebäude?«

»Dann wollen wir nur hoffen, daß Sie nicht über einen Gerichtsdiener stolpern.«

Sie gingen eine breite Geländertreppe hoch. »Haben Sie mit Boniface gesprochen?« erkundigte sich Macklin.

»Zweimal schon seit unserem letzten Gespräch. Bei seinen Leuten war Fehlanzeige. Was die Detroiter Szene angeht, scheint kein Steckbrief für Sie zu existieren.«

»Erzählen Sie das dem gegrillten Holzkopf und dem Schlitzauge im Leichenschauhaus.«

»Die Polizei hat die Leiche im Treppenhaus jetzt übrigens identifiziert. Es handelt sich um einen arbeitslosen Bauarbeiter und Exmarineinfanteristen mit Namen Keith DeLong. Keine Vorstrafen.«

»Dann müssen Sie eben an höherer Stelle nachfragen.«

»Das können Sie machen. Ich habe genug mit dieser Scheidung zu tun und mit den Reparaturen an meinem Haus. Meine Versicherung haftet nicht für Schäden, die durch Flammenwerfer entstehen.«

»Verkaufen Sie doch den Perserteppich.«

Inzwischen waren sie im ersten Stock angelangt und mischten sich in den Publikumsverkehr. Klegg enthielt sich einer Antwort und legte sich ein Prozeßgesicht zurecht.

Der Richter hieß Flatter, und Macklin hatte noch nie einen Menschen getroffen, zu dem sein Name so wenig paßte wie zu ihm: hinter einem großen Schreibtisch eine Pyramide schwabbeligen Fleisches in teurem Tweed, eingezwängt zwischen die Armlehnen eines schweren Stahlrohrsessels. Sein Haar war möhrchenrot, und selbst eine ganz sanfte Backpfeife hätte noch nach Minuten fünf Dellen in seinen schwammigen Wangen hinterlassen. Auf einem Stuhl saß Macklins Frau Donna, neben ihr ein junger Mann mit kurzen, schwarzglänzenden Wellblechlocken und Dackelaugen in einem Gesicht, das im wesentlichen aus Kinn bestand. Er erhob sich, um Klegg die Hand zu geben, und stellte sich als Gerald Goldstick vor. Handschlag reihum. Nur Macklin behielt seine Rechte für sich. Im Jahre 1924 hatte Dion O'Bannion, der Verbrecherkönig der North Side von Chicago, einem Kunden seines Blumengeschäftes einmal die Hand gegeben. Er war noch am Schütteln, als ein anderer Mann sechs Kugeln auf ihn abfeuerte.

Es war ein kurzer Termin. Die Parteien beäugten sich unter dem schläfrigen Blick des fetten Richters, der seine Patschehändchen wie Wiener Würstchen auf dem Schreibtisch liegen hatte. Selbst als die beiden Anwälte miteinander sprachen, fühlte Macklin sich von Goldstick beobachtet. Goldstick trug eine weinrote Krawatte mit einem dicken Knoten, der ihm fast die Luft abschnitt, und zottelte ständig daran herum, zerrte an seinen Manschetten und fummelte an dem Ziertüchlein in der Brusttasche seines Anzugs. Wie ein kleiner Junge, der Verkleiden spielt. Macklin vermutete, daß Donna aus dem Nähkästchen geplaudert hatte, und fragte sich, ob sie wohl schon zusammen geschlafen hatten. Wahrscheinlich.

Sie sah besser aus, als er sie in Erinnerung hatte, in ihrem verratzten alten Bademantel, den sie im Haus immer anhatte, vorne Zigaretten-löcher und an den Ärmeln Whiskyflecken. Heute trug sie ein hüb-sches, rotbraunes, vorteilhaft geschnittenes Kostüm und Lederstiefel. Sie hatte sich Strähnen machen lassen, damit das einfallende Grau nicht so auffiel. Aber abgenommen hatte sie nicht, und ihr Lippenstift war verschmiert. Er guckte noch einmal zu Goldstick hinüber und kam zu dem Schluß, daß er sich wohl doch getäuscht haben mußte. Der Anwalt konnte etwas Besseres finden.

Nur als Klegg Macklins Vermögensverhältnisse darlegte, kam etwas Schwung in die trübe Verhandlung. Sowie er mit dem Verlesen fertig war, meldete sich Donna zu Wort. »Und was ist mit den Hunderttau-send?«

Macklin schaute ihr direkt ins Gesicht. »Welche Hunderttausend?«

»Die hunderttausend Dollar, die du dafür bekommen hast, die Menschen auf dem Ausflugsdampfer zu töten. Ich lasse mich doch nicht für dumm verkaufen. Ich höre so allerlei. Das konnten selbst deine sizilianischen Gangsterfreunde nicht vertuschen.«

Jetzt schien sogar Richter Flatter aufzuwachen. Aus seinen trägen Äuglein blinzelte er erst langsam zu Donna, dann zu Macklin. »Was war da mit Töten?«

»Nur so eine Redensart, Euer Ehren.« Klegg schaute Goldstick scharf an. »Indem mein Mandant bereits heute seine Vermögensver-hältnisse offengelegt hat, hat er seiner Pflicht in diesem Prozeß jetzt schon mehr als Genüge getan. Seine Kapitalanlagen und Sparguth-aben sind hier alle aufgeführt. Sie können Sie sich gerne ansehen und alles nachprüfen lassen.«

»Scheiß auf Kapitalanlagen und Sparguthaben.«

»*Mrs.* Macklin.« Wie ein Auktionator ließ der Richter einen seiner Wurstfinger auf den Tisch niedersausen.

»Mordgeld investiert man nicht. Da würde das Finanzamt allzu neugierig werden. Die würden wissen wollen, wo die Penunze her-kommt. Gemäß den Gesetzen des Staates Michigan steht mir die Hälfte der hunderttausend Dollar zu.«

»Einwendungen, Herr Kollege?« fragte Goldstick.

Klegg kramte in seiner Aktentasche herum. »Jetzt passen Sie mal schön auf. Ich will nicht sagen, daß dieses Geld existiert. Aber selbst wenn wir das im Moment mal voraussetzen, brauchte mein Mandant dem fünften Zusatz zur Verfassung gemäß dieses Geld nicht anzu-geben.«

»Alle Achtung«, murmelte Goldstick, »auf so eine Spitzfindigkeit ist noch nicht einmal Al Capones Anwalt gekommen.«

»Ihre Vorgänger können Sie vergessen, Herr Kollege. Nach einer Entscheidung des Obersten Gerichtshofs aus dem Jahre 1966, da ging es um Buchmacher, die sich wegen Steuerhinterziehung verantworten mußten, bezieht sich das Aussageverweigerungsrecht auch darauf, illegales Einkommen anzugeben. Aber ich wiederhole noch einmal: Das alles heißt natürlich nicht, daß in diesem Falle Einkommen dieser Art existiert.«

»Kinderkram«, wütete Donna und zündete sich im Mundwinkel eine Zigarette an. »Scheiß drauf.«

Der Richter trommelte mit den Wurstfingerchen auf dem Tisch herum.

»Meine Damen, meine Herren, ich habe selten einen Scheidungsprozeß erlebt, der so schlecht vorbereitet wurde. Ich schlage vor, Sie treffen sich mal unter sich und diskutieren die Sache mit den hunderttausend Dollar in aller Ruhe aus. Und dann kommen Sie alle mit glückstrahlenden Gesichtern im Gänsemarsch wieder. Ich vertage.«

Durch ein Labyrinth kleinerer Gänge, von denen lauter Kaninchenställe von Büros abgingen, kamen sie in den Hauptflur. Klegg beugte sich zu Macklin und flüsterte ihm ins Ohr. »Sagen Sie mal, was haben Sie eigentlich wirklich mit dem Geld gemacht?

»Ich habe es verbrannt.«

»Sie machen Witze.«

Macklin sah in gelangweilt an. Der Anwalt lockerte seinen Krawattenknoten. »Wie konnte ich das nur vergessen. Sie haben ja keinerlei Sinn für Humor.« Sie gingen die Treppe hinunter. »Rufen Sie mich später an. Wir müssen uns da was einfallen lassen.«

»Wie war das mit dem fünften Zusatz zur Verfassung?«

»Der Oberste Gerichtshof interessiert heutzutage kein Schwein mehr. Also rufen Sie mich an.«

Vor dem Gebäude trennten sie sich. Als er sich umdrehte, um wegzugehen, hörte Macklin hinter sich auf dem Bürgersteig schnelle Schritte klappern. Er wirbelte herum, seine Hand suchte den Revolver.

»Nur zu. Spart dir fünfzig Riesen.«

Es war Donna. Er ließ die Waffe los. »Wo ist denn unser junger Anwaltsstar geblieben?«

»Ich habe ihn wieder ins Büro geschickt. Wo können wir uns in Ruhe unterhalten?«

»Ich komme nicht an das Geld heran. Und selbst wenn. Dann müßtest du immer noch beweisen, daß es wirklich existiert.«

»Das dürfte so schwer nicht sein. Aber ich will über etwas anderes mit dir reden.«

Die beiden standen sich im Strom der Passanten gegenüber und sahen sich an. Im Tageslicht waren der Ansatz ihres Doppelkinns und die Fältchen um die Augen deutlicher zu erkennen. Aber Donnas Augen selbst waren immer noch ausgesprochen hübsch.

»In meinem Wagen«, sagte er schließlich.

»Können wir nicht irgendwo etwas trinken gehen?«

»Nein.«

»Warum nicht?«

»Weil ich nicht mag und du nicht darfst.«

»Seit wann interessiert dich denn, ob ich trinke oder nicht?«

»Hat mich schon immer interessiert.«

»Nun fang bloß nicht noch an, mir zu erzählen, daß du mich noch liebst, du Scheißkerl. Sonst nehme ich mir alles. Ich halte mich nicht mit Halbheiten auf.«

»Ich wüßte nicht, daß ich dich jemals geliebt hätte. Aber in meinem Beruf sind so viele Gewohnheiten unter Umständen tödlich. daß man denen nachhängt, die es nicht sind. Wenn du nichts anderes vorhast, fahre ich dich heim.«

»Dann fahr aber wenigstens außen herum.«

Donna beobachtete ihn, wie er den Wagen untersuchte, und ließ sich die Beifahrertür aufhalten. Das hatte er seit zehn Jahren nicht mehr getan, und sie hatte immerhin auch schon vor acht Jahren aufgehört, auf eine solch galante Geste von ihm zu hoffen. Sie verhielten sich fast wie vor der Heirat zueinander. In beinahe jeder Hinsicht. Als sie auf der Woodward Avenue waren, bemerkte Donna: »Der Wagen hat mir schon immer gefallen. Ich möchte ihn haben.«

»Er gehört dir.«

»Nein, vergiß es. Meine Hälfte der hunderttausend Dollar reicht mir schon.«

»Ich brauche sowieso ein weniger auffälliges Fahrzeug. Ich sage Klegg Bescheid, und er kann das dann mit deinem Rechtsverdreher regeln.«

»Wie ein Scheidungsanwalt sieht deiner übrigens nicht gerade aus.«

»Und Goldstick kommt mir vor wie ein Straßensänger.«

Ohne ein Wort zu wechseln, fuhren sie zwei Kreuzungen weiter. Vertrocknete Blätter schaukelten sich einsam an den nackten Zweigen der Bäumchen, die in Kübeln auf den Bürgersteigen standen. Totes Laub verstopfte die Rinnsteine.

»Mac, es geht um Roger.«

»Haben sie ihn also endlich mit seinen Drogen erwischt?« Macklin hatte seinen Sohn schon vor Monaten abgeschrieben.

»Nein, er ist runter von dem Zeug. Versucht es wenigstens. Er hat auf deinen Rat gehört und war in der Klinik, von der du ihm erzählt hast. Im geschlossenen Entzug. Es war einfach fürchterlich. Und die Leute im Krankenhaus haben mir gesagt, daß ich das Schlimmste noch nicht einmal gesehen habe.«

»Hätte nicht gedacht, daß er es schafft.«

»Seit kurzem spricht er nicht mehr davon, sich umzubringen.«

»Und wo ist dann das Problem?«

»Jetzt will er andere umbringen. Und seinen Lebensunterhalt damit bestreiten.«

Macklin fuhr an einem Kühlwagen vorbei, der mit eingeschalteter Warnblinkanlage in zweiter Spur hielt. Als er wieder auf seinem Fahrstreifen war, sah er Donna von der Seite her an. Sie guckte starr geradeaus.

»Wie er bloß auf eine solche Idee kommt«, ironisierte sie versonnen.

»Hat er es dir so deutlich gesagt?«

»Ich habe ihn dabei erwischt, wie er in seinem Zimmer mit einer Knarre herumspielte. Als du ausgezogen bist, kam er übrigens wieder nach Hause zurück. Er will das Ding irgendeinem Mann in einer Bar abgekauft haben. Als ich ihm dann sagte, daß er zwar bei mir wohnen könne, aber nur ohne Waffe, meinte er, daß das für ihn auch okay sei. Er würde bald selbst soviel verdienen, daß er sich auch so eine hübsche Wohnung kaufen könne. Oder sogar noch eine hübschere. Und dann meinte er noch, daß du es ganz richtig gemacht hättest.«

»Er ist doch noch ein Kind.«

»Immerhin wird er bald siebzehn. Wie alt warst du, als du...?«

»Er wollte bestimmt nur einen Witz machen.«

»Roger doch nicht. In dieser Hinsicht ist er ganz sein Vater.«

»Er haßt mich, er verabscheut mich bis ins Mark.«

»Offensichtlich nicht, sonst würde er aus deinem Beruf kein Familienunternehmen machen wollen. Vielleicht könntest du ja einmal mit ihm reden. Du bist schließlich sein Vater.«

»Das reißt bei ihm auch nichts mehr heraus. Man gibt ihnen ein Dach über dem Kopf und drei warme Mahlzeiten am Tag, man besorgt ihnen die Klamotten und würde ins Kittchen gehen, nur damit sie ewig die Schulbank drücken können. Aber nein, das reicht den Herrschaften heutzutage schon nicht mehr. Jetzt muß man noch Baseball mit ihnen spielen und zu Vater-und-Sohn-Picknicks mit ihnen rennen. Dein Vater – dein bester Kumpel. Mein Dad war das nie für mich, aber ich hatte wenigstens Respekt vor ihm.«

»Jaja, und jetzt bist du einfach der Größte.« Sie wühlte eine Zigarette aus ihrer Handtasche und drückte auf den Zigarettenanzünder am Armaturenbrett.

»Er wohnt augenblicklich bei Lonnie Kimball in der Lahser Road. Die beiden sind zusammen zur Schule gegangen, bis Roger ausflippte. Du sprichst also mit ihm?«

»Im Moment habe ich noch viel anderes zu erledigen. Vielleicht später.«

»Dann könnte es zu spät sein.«

Er schwieg. Der Zigarettenanzünder sprang heraus, und sie gab sich Feuer.

»Mach bitte das Fenster auf. Beim Fahren sehe ich ganz gern etwas.«

Sie kurbelte ihre Scheibe einen Spalt weit herunter. »Wenn du heute noch mit ihm sprichst, sage ich Goldstick, er soll das mit den hundert Riesen vergessen.«

»Das ist Roger nicht wert.«

»Du bist nicht seine Mutter.«

Er bog in die McNichols Road ein. »Ich fahre heute abend zu ihm. Tagsüber habe ich noch viel zu erledigen.«

»Ich weiß schon. Viel zu erledigen... Menschen erledigen.«

Bis sie in Southfield ankamen, sprach keiner mehr einen Ton. Macklin setzte Donna vor ihrem ehemaligen gemeinsamen Heim ab. Sie hatte die Beifahrertür noch nicht hinter sich zugeschlagen, als Macklin schon mit quietschenden Reifen fortfuhr. Minuten später wurde ihm irgendwie komisch zumute. Aber da war er schon fast wieder in Detroit.

9

NAME: Roy Blossom
ALTER: (ca.) 27
GRÖSSE: 1,78
GEWICHT: 63 – 65 kg

HAARFARBE: blond
AUGENFARBE: blau
NARBEN: 3 cm lang zwischen Zeige- und Mittelfinger der rechten Hand, Blindarmnarbe, rechter Unterbauch
BESONDERE KENNZEICHEN: Kopf nach links geneigt, Fußstellung beim Laufen auswärts gerichtet
FAMILIE UND GEBURTSORT: Tamaqua, Pennsylvania; Vater Arbeiter im Kohlebergbau, Beruf der Mutter unbekannt
BESCHÄFTIGUNG: Hilfsarbeiter, Darsteller in Pornofilmen, Dressman, während der Schulzeit im Kohlebergwerk tätig
HOBBIES: . . .

Macklin saß an dem kleinen Sekretär in seinem Motelzimmer in Harper Woods, brütete über dem sauber beschrifteten Blatt Papier, das vor ihm auf der Glasplatte lag, und füllte schließlich die letzte Zeile aus: »Töten.«

Er legte den Bleistift aus der Hand und las sich das Material noch einmal durch. Wieder einmal wurde ihm schmerzlich bewußt, daß er keine schlagkräftige Organisation mehr hinter sich hatte. Zwar hatten die Zuarbeiter gegen Ende seiner Geschäftsverbindung mit Boniface ein bißchen zu schlampen begonnen und die Informationen waren zum Schluß fast ebenso dürftig wie in diesem Fall, aber es hatte sich letzten Endes immer noch um Profis gehandelt, und auf die Daten, die sie zusammenstellten, war Verlaß. Es gab nichts Schlimmeres, als vom lückenhaften Gedächtnis verängstigter Frauen abhängig zu sein, die nicht einmal wußten, wo der Mensch wohnte, der ihnen das Leben zur Hölle machte – beziehungsweise der, den sich Macklin dann vorknöpfen sollte.

Als sich Macklin zum zweitenmal mit Moira King getroffen hatte, hatten sie einen Spaziergang auf Bell Isle gemacht, erst am Springbrunnen vorbei, und dann waren sie die Touristentrampelpfade entlang geschlendert, wobei sie ständig am Lederriemen ihrer Handtasche herumgefummelt hatte und sich das Gehirn nach nutzbringenden Einzelheiten über Roy Blossom zermarterte. Als sie von der ersten Verabredung nach Hause kam, so hatte sie berichtet, bestand für sie kein Zweifel daran, daß in der Zwischenzeit jemand in ihrer Wohnung gewesen war. Es war zwar nichts weggekommen, aber einige kleine Gegenstände standen nicht ganz an ihrem angestammten Platz, und in den Räumen lag so ein gewisser Geruch, der ihre letzten Zweifel beseitigt hatte. Da war jemand gewesen. Für sie war klar, daß dafür nur eine Person in Frage kam, und deshalb hatte sie sofort die beiden Papiere, die Macklin ihr gegeben hatte, unterschrieben und abgeschickt. Er hatte sie dann gleich angerufen, und zwar bei einer Freundin, bei der sie vorübergehend untergekommen war. In ihrer Wohnung hielt sie es nicht mehr aus vor Angst.

Er hielt sich gar nicht erst mit höflichen Eingangsfloskeln auf, sondern fragte gleich: »Ist Ihnen außer Blossom sonst noch jemand gefolgt?«

»Nein. Wieso. Wer denn?«

»Haben Sie irgend jemanden gesagt, wo wir uns treffen?«

»Nein. Stimmt irgend etwas nicht?«

»Nur, daß ich keine ruhige Minute mehr habe, seit ich zum erstenmal ihren Namen hörte. Ich hoffe nur, daß Sie die Wahrheit sagen. Dafür, daß Sie eine Frau sind, können Sie sich bei mir gar nichts kaufen. Vier Damen haben das bereits erfahren müssen.«

»Guter Gott«, stöhnte sie. »Ich bin zu Onkel Howard gegangen, damit er mir hilft, mir Roy vom Hals zu schaffen. Und was habe ich erreicht? Nichts als noch einen Roy. Lassen Sie mich in Ruhe, Macklin. Punkt. Aus. Ende.« Damit hatte sie aufgehängt.

Er hatte sie dann gleich noch einmal angerufen, sie beschwichtigt und diese zweite Verabredung getroffen. Während er den Hörer auflegte, hatte er sich gefragt, ob er wohl alle diese Scherereien auch dann auf sich genommen hätte, wenn er die einhunderttausend Dollar nicht in seiner Wohnung versteckt hätte, wo er nicht rankam.

Nun also war er gerade von diesem zweiten Treffen zurück. Er legte das Blatt mit den spärlichen Informationen zur Seite und nahm das Foto zur Hand, das sie ihm mitgebracht hatte.

Es war schon zwei Jahre alt, monatelang in einer Schublade herumgeflogen und entsprechend abgegriffen und zerknittert. Aber die Gesichtszüge waren deutlich zu erkennen. Ein hochmütiges Gesicht, auf affektierte Art gut aussehend, mit dem leichten Schlafzimmerblick und der gekräuselten Oberlippe, die Macklin so vertraut war, weil er selbst in den Anfängen seiner beruflichen Karriere eine ähnliche Pose an den Tag gelegt hatte. Er mußte selbst manchmal staunen, daß er lange genug leben durfte, um sie abstreifen zu können. Er prägte sich die charakteristischen Züge ein, riß das Bild und den handgeschriebenen Zettel der Länge nach durch und zündete alles zusammen in dem großen Hotelaschenbecher aus Glas an. Einen kleinen Moment lang loderte die Flamme hell auf, züngelte dann nur noch ganz leicht an den Papierfetzen entlang, die sich verkohlend kräuselten. Mit dem Bleistift klopfte er die Asche zusammen und ließ das traurige Häufchen in einen Witz von Papierkorb fallen.

Von den tausend Dollar in seiner Brieftasche nahm er sich sechshundert und steckte sich davon je die Hälfte in beide Brusttaschen. So würde er wenigstens nicht ganz aufgeschmissen sein, wenn er seine Brieftasche verlor. Die steckte er wieder in die Hosentasche. Das Geld war ein Vorschuß von Moira King. Er hatte ja den Titel auf ihren ganzen Besitz. Den Zimmerschlüssel deponierte er im Aschenbecher. Da würde ihn das Zimmermädchen auf jeden Fall finden.

Er fingerte seinen Smith & Wesson aus der Nachttischschublade, steckte ihn in das Halfter und befestigte dieses unter dem Jackett am Gürtel. Er fühlte sich merkwürdig verletzlich, wenn er den Revolver bei sich hatte. Noch nie hatte er eine Waffe getragen, die er schon einmal benutzt hatte, er war immer sorgsam darauf bedacht, sich sofort von einer solchen Knarre zu trennen. Er wußte ja, daß er sich für den nächsten Auftrag ohne großes Federlesen eine neue besorgen konnte. Das Tragen einer Waffe, deren Spuren sich bis zu einem toten Chinesen in Westland zurückverfolgen ließen, war nichts anderes als ein Einfachfahrschein nach Jackson. Aber in seiner gegenwärtigen Lage war es noch viel gefährlicher, nicht bewaffnet zu sein. Und er konnte nicht noch einmal zu Treat gehen, um Ersatz zu besorgen. Schon das erstemal war ein Risiko gewesen. Aber die eisernen Grundsätze, die er seit seinem Besuch bei Klegg vor zwei Tagen schon verletzt hatte, zählte er schon längst nicht mehr.

10

Brown stieß seinen Begleiter in die Seite. Der wieselte ein paar Schritte vor, um dem Mann den Koffer abzunehmen. Der Mann hatte als einer der ersten den Tunnel verlassen, der vom Flugzeug in die Vorhalle führte, er war dünn und aschfahl im Gesicht, trug einen stramm sitzenden schwarzen Mantel, der ihm bis über die Knie ging, und eine Brille mit getönten Gläsern, die fast unter der breiten Krempe seines grauen Filzhutes verschwand. Er sah so sehr aus wie ein Killer, wie ein Killer nur aussehen kann. Aber noch bevor Browns Mitarbeiter bei ihm angelangt war, fegte eine Dicke mit rotgefärbten Haaren und einem Pelzmantel vorbei und warf sich dem Mann an den Hals. Er nahm den Hut ab, um sie zu küssen, und dann gingen sie eng umschlungen auf die Rolltreppe zu. Als Brown die Bestürzung seines

Mitarbeiters wahrnahm, ließ er ein breites slawisches Grinsen vom Stapel und zuckte die Achseln.

Es war eine große Maschine, und die beiden ließen den Strom der Passagiere ziemlich lange an sich vorbeiziehen. Sie gingen noch zweimal umsonst in die Startlöcher, und dann kam der Pilot, gefolgt vom Kopiloten und drei Stewardessen, heraus. Als ein Mann, offenkundig Polizist in Zivil, mit Handschellen an eine schwarze Frau gekettet, auftauchte, drehten sich die beiden um.

»Er muß den Anschlußflug verpaßt haben«, meinte Brown.

»Sehr vertrauenerweckend.« Browns Mitarbeiter war ein schmaler Ami mit langen Koteletten und einer Schwäche für orangefarbene Krawatten.

»Nach den ersten zwei Nieten bin ich schon auf alles gefaßt.«

»Mr. Brown?«

Beide Männer drehten sich auf dem Absatz um. Am Ausgang des Tunnels entblößte ein Endfünfziger mit einem besorgten Grinsen ein beeindruckendes Ensemble dritter Zähne. In jeder Hand hielt er einen großen, zusätzlich mit Riemen verschnürten Lederkoffer, und unter seinem weiten Mantel lugte ein in einen grünen Pullover eingezwängter Schmärbauch hervor. Er trug eine schwarz gefaßte Brille mit runden Gläsern und kerzengerade auf dem Kopf einen kastanienfarbigen Tirolerhut mit einer gelben Feder. Sein rundes Gesicht glänzte rosig.

»Mr. Brown?« erkundigte er sich noch einmal. Er sprach mit einem breiten, pelzigen Akzent.

Brown, der keine Lust hatte, die nächstliegende Frage zu stellen, bellte nur kurz: »Ja?«

Der Mann grunzte zufrieden, griff nach seinen Koffern, watschelte ein paar Schritte vorwärts, stellte sein Gepäck wieder ab und streckte eine weiche Schwitzehand mit abgeknabberten Fingernägeln aus. »Es tut mir furchtbar leid, daß Sie warten mußten. Aber ich hatte mein Gepäck ganz hinten und mußte erst alle Passagiere vorbeilassen, bis ich es holen konnte.« Er fuhrwerkte mit der Hand in der Luft herum, als ob keiner sie bemerkt hätte. »Ich bin Mantis.« Mantis, die Gottesanbeterin.

Ausführliches Händeschütteln. Ein Teleobjektiv, dessen Reichweite alle Kameras, die derzeit auf dem Markt waren, um fast einhundert Meter übertraf, blinzelte auf und hielt die Begrüßungszeremonie freundlicherweise für alle Zeiten fest. Der Auslöser wurde noch zwei weitere Male betätigt, dann tauchte der Mann, der die Kamera bediente, in der Menge unter, die sich am Schalter der Sicherheitsüberprüfung gebildet hatte. Mit dem Daumen knipste er einen Schalter am Mantelrevers an und murmelte in sein Sprechgerät.

»Intertrap zwo an Intertrap drei. Nachricht für Intertrap eins: Kontakt ist hergestellt. Wiederhole: Kontakt ist hergestellt. Beschattung wird fortgesetzt. Ende.«

Die beiden Männer, die er fotografiert hatte, durchquerten die Flughafenhalle, der dritte schleppte sich einige Meter hinter ihnen mit den Koffern ab. Der Mann mit der Kamera wartete, bis sie an ihm vorbei waren, dann hängte er sich den Fotoapparat über die Schulter und folgte ihnen mit einigem Abstand. Als ihm zu Bewußtsein kam, was ein erwachsener Mann in seinem Beruf alles für kindische Dinge sagen und tun mußte, zog er ein Gesicht.

Sergeant Lovelady betrat das Büro, ohne anzuklopfen. Natürlich war Inspektor Pontier wieder einmal am Telefonieren. Wenn der Sergeant in vierzehn Monaten in Rente ging, würde er seinen Vorgesetzten genau so in Erinnerung behalten: den Hörer fest am Ohr verschraubt. Lovelady versaute seiner Frau jeden Krimi, den sie sich im Fernsehen anguckte, indem er ständig über diese höheren Kripochargen meckerte, die pausenlos durch die Stadt rennen und sich mit Bösewichtern anlegen, ohne sich auch nur eine Minute mit Schreibkram aufzuhalten. Er kippte Pontier den Inhalt einer Akte auf den Schreibtisch.

Der Inspektor sprach ungerührt weiter, während er die drei Schwarzweißabzüge ordentlich vor sich hinlegte. Aber er kam dann doch irgendwann einmal zum Ende und hängte auf. »Was ist das?«

»Drei Typen, die auf die Personenbeschreibung in der Sache mit dem Treppenhaus passen. Lyle Canaday, zweimal wegen Erpressung festgenommen, eine Verurteilung wegen schwerer Körperverletzung. Philip Vernor, bewaffneter Überfall, Verfahren schwebt. Und hier Peter Macklin.«

»Macklin, Macklin.« Pontier konzentrierte sich ganz auf das dritte Foto, einge grobkörnige Tele-Aufnahme.

»Das kommt vom FBI. Aber lesen Sie erst einmal, was auf der Rückseite steht.«

Der Inspektor drehte das Foto um und las die maschinengeschriebenen Zeilen auf dem schwarzen Karton, der auf das Foto geklebt war. Nach einem Augenblick schaute er auf.

»Nicht wahr, das ist ganz nach Ihrem Geschmack«, meinte Lovelady.

In den Zeiten, und gar so lange sind sie noch nicht vorbei, in denen es nördlich von Detroit noch nicht viel anderes gab als Mais und Weizen, gehörte das große Holzhaus in der Lahser Road zu einer Farm, die dann später parzelliert wurde. Die riesigen Räume waren in Appartements umgewandelt worden. Macklin kämpfte sich erschöpft die Treppen hoch und klopfte an der Tür des Appartements mit der Nummer 7.

Eigentlich war es mehr eine psychische als eine direkt körperliche Erschöpfung. Er hatte den halben Tag damit verbracht, sich durch den Straßenverkehr nach Ypsilanti und zurück zu quälen, nur um sich dort von einem Assistenzarzt der psychiatrischen Anstalt sagen zu lassen, daß die Akten über die Patienten vertraulich behandelt würden und daß die neue Adresse von Roy Blossom nicht herausgegeben werden dürfe, falls sie überhaupt irgendwo vermerkt wäre. Einen kleinen Moment lang hatte der Killer mit dem Gedanken gespielt, es darauf ankommen zu lassen, wer stärker sei: der Eid des Hippokrates oder sein Smith & Wesson, aber dann hatte er die Idee verworfen. Der richtige Zeitpunkt, diese Art Aufmerksamkeit auf sich zu ziehen, war noch nicht gekommen. Er hatte Kopfschmerzen und einen steifen Nacken.

Er klopfte noch einmal. Hinter der Tür fragte jemand, wer da sei.

»Roger?«

Sekunden später knarrten die Dielen. »Dad?«

Als Macklin bejahte, wurde die Tür geöffnet.

»Roger?« fragte er noch einmal.

Auf die Veränderung seines Sohnes war er nicht vorbereitet. Roger, ebenso groß wie Macklin, war schon immer schlanker gewesen als sein Vater, aber jetzt war er richtig abgemagert, hatte eingefallene Wangen, und an den Armlöchern seines Hemdes waren die Rippen zu sehen. Sein langes schwarzes Haar hatte jeden Glanz verloren, und seine Gesichtsfarbe war bleich und mehlig. Als er über die offensichtliche Verunsicherung seines Vaters lächeln wollte, erstarrte sein Gesicht zu einer Totenmaske.

»Glaub mir, ich fühle mich nicht einmal halb so gut, wie ich aussehe.«

Macklin, der seine Bestürzung nicht zeigen wollte, meinte: »Ich habe gehört, daß du von dem Zeug runter bist.«

Roger hielt ihm seine Unterarme hin. Die Armbeugen waren mit Narben übersät, aber neue Einstiche waren nicht zu erkennen.

»Kann ich für einen Moment hereinkommen?«

Der Junge trat einen Schritt zurück. Macklin betrat die Wohnung und machte die Tür hinter sich zu. Es war nur ein Zimmer, auf allen Möbeln stapelten sich schmutzige Kleidungsstücke und Zeitschriften. In einer Ecke stand ein Klappbett, gegenüber standen sich ein Ofen und ein Eisschrank, denen ein Frühlingsputz nichts geschadet hätte, gegenseitig im Weg.

»Wo ist das Bad?«

»Hinten.«

»Da ist wohl dein Zimmergenosse gerade?«

»Der ist nicht da.« Roger ließ sich auf das weiche Sofa fallen.

»Ich war schon überrascht, daß du da bist.«

»Ich gehe nicht viel aus, fühle mich doch noch ein bißchen flatterig.«

Er zündete sich eine Zigarette an und hielt das Streichholz mit beiden Händen, damit durch sein Zittern nicht die Flamme ausging. Macklin beobachtete ihn genau. »Ich wußte gar nicht, daß du rauchst.«

»Dann muß ich nicht so oft an den Stoff denken.«

»Deine Mutter hat mir erzählt, daß du jetzt hier wohnst.«

»Sie hat mich rausgeworfen.«

»Mom stellt das allerdings etwas anders dar.«

»Hat sie dich geschickt?«

Macklin war durch den Raum gegangen und machte jetzt vor dem einzigen Poster halt, das er kannte: eine Reproduktion des *Jüngsten Gerichts* von Hieronymus Bosch.

»Beteiligst du dich an der Miete?«

»Im Moment schleppt mich Lonnie mit durch. Aber ich zahle es später zurück, wenn ich erst meine eigene Wohnung habe.«

»In diesem Beruf kann es eine ganze Weile dauern, bis man sich durchgesetzt hat. Wenn du bei deinem ersten Auftrag hundert Mäuse einnimmst, kannst du von Glück sagen. Und eine gute Waffe kostet dich leicht das Dreifache.«

»Meine ist gut. Und hat nur fünfzig gekostet.«

»Zeig mal her.«

Roger schnippte etwas Asche auf den Fußboden, stand auf und holte ein in Folie verpacktes Päckchen aus dem Kühlschrank.

»Das ist aber nicht so gut«, warnte Macklin, »die Feuchtigkeit geht auf den Mechanismus.«

»So, wie ich sie eingewickelt habe, kann nichts passieren.« Roger streifte die Folie und drei Schichten Ölpapier ab. Er zögerte, den Inhalt des Päckchens aus der Hand zu geben.

»Keine Angst, ich will sie dir ja nicht wegnehmen.«

Roger reichte seinem Vater eine langläufige Colt Woodsman 22er Scheibenpistole. Macklin zog den Verschluß zurück und das Magazin heraus. Die Pistole war nicht geladen. »Wer hat dir diesen Mist angedreht?«

»Zweiundzwanziger sind Profiknarren«, sagte Roger beleidigt und riß sie seinem Vater aus der Hand. Er ließ den Schlitten zurückgleiten.

»Vielleicht, aber nur für einen Profi, der genau weiß, was er will, und der es am liebsten mucksmäuschenmäßig hat«, stimmte Macklin zu.

»Ich persönlich finde ein bißchen Radau ganz gut.«

»Dann hast du gleich die Bullen auf den Fersen.«

»Bei so einem Job sind die Cops das letzte, worüber du dir Sorgen machen mußt. Aber der Krach hält dir die Maulhelden vom Leib. Eine Halbautomatik! Gott im Himmel, dann kannst du doch gleich Brotkrumen hinter dir verstreuen. Denk doch an die Patronenhülsen, wie leicht bleibt dir eine in den Hosenaufschlägen hängen, und wenn sie dich dann filzen, bist zu dran.«

»Ich trage keine Hosen mit Aufschlag.«

»Weißt du wenigstens den Namen des Typen, dem du sie abgekauft hast?«

»Es war in einer Bar. Den habe ich da früher schon einmal gesehen, ich weiß genau, in welchem Geschäft er tätig ist.«

»Der sieht einen Junkie wie dich und lacht sich ins Fäustchen, daß er so 'ne günstige Gelegenheit findet, eine Knarre mit Vergangenheit loszuwerden. Die Bullen schlagen dich nieder – so, wie du aussiehst, gerate ich selbst fast in Versuchung – und finden eine Waffe aus drei Raubüberfällen und einem Doppelmord. Dann kriegst du lebenslänglich, bevor du überhaupt Blut gesehen hast.«

Roger schwieg. Sorgfältig packte er die Waffe wieder ein und legte sie in den Kühlschrank zurück.

Macklin fragte: »Und wie stellst du dir eigentlich vor, an einen Auftrag zu kommen? Willst du vielleicht eine Anzeige in der *Free Press* aufgeben, Rubrik ›Stellengesuche‹?«

»Ich habe schon einen Klienten.«

»Wer ist es denn? Etwa wieder jemand, den du in einer Bar kennengelernt hast?«

»Charles Maggiore.«

Diesmal war es an Macklin zu schweigen.

Sein Sohn sprach weiter. »Ich war bei ihm. Er hat sich gefreut, mich zu sehen. Während wir draußen am Swimmingpool sprachen, hat er sogar seine Steuerberater warten lassen. Ich wußte übrigens gar nicht, daß er einen Buckel hat. In den Artikeln, die ich über ihn gelesen habe, war davon nie die Rede. Na ja, ist ja auch egal. Jedenfalls hat er gesagt, daß er mich anruft, wenn er Arbeit für mich hat.«

»Dieser Scheißkerl.«

»Eigentlich denke ich, daß es ein Kompliment für dich war. Oder jedenfalls für deine Chromosomen.«

»Er will sich deiner nur bedienen, um an mich heranzukommen, damit ich Boniface hochgehen lasse. Er hat sich sehr daran gewöhnt, dem alten Mann die Füße auf den Schreibtisch zu legen.«

Roger zuckte die Achseln. »Für mich ist es jedenfalls ein Anfang.«

Macklin nahm seinen Achtunddreißiger aus dem Halfter und richtete ihn auf seinen Sohn. Der junge Mann war damit beschäftigt, sich eine neue Zigarette am Rest der ersten anzuzünden. Seine Augen weiteten sich, dann schloß er sie halb. Als die Kippe an war, zertrat er den Stummel mit einem seiner abgelatschten Turnschuhe. »Na los doch«, sagte er. »Dann wäre ich diese Scheißkrämpfe wenigstens ein für allemal los.«

»Bedauerlicherweise steckt schon eine Patrone aus diesem Revolver in einer Leiche.« Er legte die Waffe weg. »Was hältst du von einem kleinen Ausflug?«

»Wohin?«

»Nur ein Stückchen nach Detroit rein.«

Roger versuchte sich wieder an seinem Totenschädelgrinsen.

»Schau an, mein Vater will mit mir spazierenfahren.«

»Wenn du wenigstens das Benzin wert wärest. Hast du ein Telefon?«

»Unten.«

»Dann wasch dich oder tu, was immer du sonst tust, wenn du ausgehst, und komm runter.«

»Ich habe noch gar nicht gesagt, daß ich mitkomme.«

Aber da war Macklin schon auf der Treppe.

11

»Wo fahren wir hin?« Roger lehnte sich mit der Zigarette vor, um an den Aschenbecher am Armaturenbrett zu kommen.

»Schmeiß die Kippe raus.«

Er kurbelte die Scheibe herunter und ließ den glühenden Stummel in den Fahrtwind gleiten. Sie fuhren an einem Einkaufszentrum vorbei, Neonreklamen tauchten das Innere des Cougar in rotes und blaues Licht.

»Noch nicht einmal als ich Kind war, hast du meine Fragen beantwortet.«

»Jaja, ich weiß schon. Ich habe deine natürliche Neugier gezügelt und damit deine Persönlichkeit verkorkst. Hör mir bloß mit diesem Psycho-Stuß auf.«

»Wie ist das eigentlich so?«

»Wie ist was?«

»Na, du weißt schon.«

»Töten«, sagte Macklin gereizt. »Was du tun willst, mußt du wenigstens aussprechen können. Oder hast du etwa vor, einer von denen zu werden, die sich als Liquidatoren bezeichnen?«

»War ja nur eine Frage.«

»Nach den ersten paar Malen ist es eine Arbeit wie jede andere auch. Deshalb wird man ja dafür bezahlt. Die, die nach fünf oder sechs Aufträgen immer noch Zustände kriegen, sollten es lieber bleibenlassen. Früher oder später verlieren sie die Kontrolle über sich wie die Dobermänner.«

»Ich meine, ist es so wie im Kino?«

»Nichts ist wie im Kino. Die Waffe, mit der die Killer in den Krimis noch am besten umgehen können, ist die Schnauze.«

»Was willst du damit sagen?«

»Die plappern und plappern und zerreißen sich das Maul darüber, was sie mit dem und dem Kerl anstellen werden, wenn sie ihn erst einmal haben. Statt einfach herzugehen und ihn umzulegen. Was soll es für einen Sinn ergeben, jemandem zu verraten, was man mit ihm vorhat, wenn er im nächsten Augenblick sowieso schon tot ist. Wirkliche Killer killen. Sie sprechen nicht darüber.«

»Im Moment redest du aber auch darüber.«

»Vielleicht bin ich schon zu lange dabei. Wenn du erst einmal anfängst, dich für etwas Besonderes zu halten, bist du erledigt. Kommt vor.«

»Und wie ist es beim erstenmal?«

»Wart's ab, bis wir da sind.«

Sie mußten zweimal um den Block Lafayette und Brush kurven, bevor sie eine freie Lücke mit einer Parkuhr fanden. »Genau gegenüber ist ein Parkhaus«, meinte Roger.

»Das erste, wovon man sich bei dieser Arbeit verabschiedet, sind Parkhäuser, Aufzüge und Telefonzellen. Los, komm.«

Sie gingen die Betonstufen hinauf. Macklin hielt seinem Sohn die Tür auf. »Ich war noch nie hier«, sagte Roger.

»Lebend können das die wenigsten von sich behaupten.«

In dem schlecht beleuchteten Flur trafen sie einen jungen Mann, der über einem buntgestreiftem Hemd und einem Schlips einen weißen Kittel trug. »Mr. Macklin? Lieutenant Cross hat mir gesagt, daß Sie angerufen haben. Ich soll Ihnen alles zeigen.«

»Danke.«

Der junge Mann führte sie um eine Ecke und dann eine widerhallende Treppe hinunter. Die Luft roch nach Lysol.

»Lieutenant?« fragte Roger flüsternd.

»Kripo«, präzisierte sein Vater.

»Woher kennst du denn einen Lieutenant der Detroiter Polizei?«

»Du hältst uns wohl alle für Tulpenzüchter.«

Am Fuß der Treppe zeigte ihnen der junge Mann noch kurz den Weg und ließ sie dann allein. Je weiter sie gingen, desto stärker wurde der Geruch des Desinfektionsmittels von verbrauchter Luft verdrängt. Nach ein paar Schritten mußte sich Roger die Nase zuhalten. »Wo sind wir hier eigentlich?«

»Im Leichenschauhaus von Wayne County.«

Durch einen Vorraum, in dem einige Stühle standen und ein Bildschirmgerät, gingen sie in ein größeres Zimmer, in dem der Gestank Rogers erst unlängst zu neuem Leben erwachte Geruchsnerven auf eine harte Probe stellte. Auf Stahltischen lagen fünf nackte Leichen im grellen Neonlicht.

»Viel zu tun heute nacht«, bemerkte Macklin.

»Versteh schon.« Mit gespieltem Heldentum blickte sich Roger um. »Ob du's glaubst oder nicht, ich habe schon einmal Fleisch gesehen.«

Sie blieben gleich am ersten Tisch stehen, auf dem eine Schwarze mittleren Alters mit Hängebrüsten und Blähbauch lag. Ihr Gesicht war merkwürdig zerschnitten, wie ein geplatzter Luftballon, die Züge stark eingefallen.

»Selbstmord«, erklärte Macklin sachkundig.

»Woher weißt du das?«

Rogers Vater nahm das Kinn der Frau zwischen Daumen und Zeigefinger und hob es leicht an. Da, wo die Kehle sein sollte, blickten sie in eine lose Hauttasche. »Die hat sich eine Schrotflinte unters Kinn gehalten. Wenn du dir das Hirn rauspustest, fällt das Gesicht ein.«

Jetzt bemerkte Roger auch, daß die Frau keine Schädeldecke mehr hatte.

Sie betrachteten die Leiche eines kleinen Jungen – »ertrunken«, erklärte Macklin –, schlenderte an einer hübschen jungen Frau mit zahlreichen Stichwunden in Brust und Unterleib vorbei, die Macklin einzeln zwischen die Finger nahm, um Roger die Verletzungen genauer zu zeigen, und besichtigten den eingeschlagenen Hinterkopf eines Enddreißigers. Der Schädel lag platt wie ein Briefbeschwerer auf dem Tisch. Schließlich blieben sie neben der Leiche eines jungen Asiaten stehen, den Roger auf den ersten Blick für einen elf- oder zwölfjährigen Jungen hielt. Als er aber das Gesicht und die gutentwickelten Muskeln unter der elfenbeinfarbenen Haut näher betrachtete, merkte er, daß es sich um einen Erwachsenen handelte. In der linken Brust hatte er dicht nebeneinander zwei blaue Löcher, sein Körper war vom Brustbein bis zur Leistengegend offen, und sie sahen seine zersägten Rippen und in die ausgeräumte Bauchhöhle. Neben seiner Hüfte türmte sich ein Häufchen rotvioletter Eingeweide. Macklin packte seinen Sohn am Unterarm und tauchte ihn mit der Hand hinein.

Roger schrie auf und versuchte sich loszumachen. Macklin ließ nicht locker. Die blutige Masse war glibberig und eiskalt.

»Die einen erledigst du auf hundert Meter mit einer Jagdflinte«, sagte Macklin ungerührt. »Andere hast du direkt vor dir. Und kurz bevor dein Messer eindringt, riechst du ihre Angst. Egal wie, in jedem Fall furzen sie. Wie dieser hier. So ist das nun einmal.«

Der Gestank der aufgewühlten Innereien stach dem Jungen in der Nase. Die Galle kam ihm hoch. Das Gesicht seines Vaters, stählern, war dem seinen ganz nahe.

»Die kacken, wenn du ihnen die Kehle durchschneidest, scheißen sich einfach in die Hosen. Aber keine Sorge, du gewöhnst dich an den Gestank.«

Er behielt seinen Griff noch einen Moment lang bei.

»Der Bus hält an der Ecke.« Macklin wandte sich ab.

Roger putzte sich mit dem Leintuch, das zusammengefaltet am Fußende des Tisches lag, das Blut und den halbverdauten Mageninhalt ab. Er roch an seiner Hand und erbrach sich in einen Abfalleimer.

NAME: Peter Macklin
ALTER: 39
GRÖSSE: 1,81
GEWICHT: 92,5 kg
HAAR: schwarz, schütter
AUGENFARBE: grau
NARBEN: relativ frisches Brandmal 1½ cm über dem linken Auge; 3 Kugeln, 0,6 bis 3 cm Durchmesser, linker Brustkorb, rechter Oberarm, rechtes Schulterblatt (Austritt); Messerstich 15 cm Länge rechter Unterbauch; 9 cm Messer 2½ cm links von Körpermitte, trifft Schlüsselbein in 30-Grad-Winkel; Biß, Durchmesser 5 cm, linker Bizeps; relativ frische Schußwunde 6,25 cm, rechte Hüfte.
BESONDERE KENNZEICHEN: beim Gehen leicht vorwärts gebeugte Körperhaltung, spärliche Armbewegungen, lächelt äußerst selten, keine Ticks oder affektierte Posen, ~~nur bei der Arbeit bewaffnet~~
FAMILIE UND GEBURTSORT: River Rouge, Michigan; Vater Eugene Macklin, Dispatcher, Schläger für Familie Boniface, Detroit, Michigan; Mutter Georgia Murdock Macklin, Hausfrau; keine Geschwister
BERUF: Killer
HOBBIES: keine
ANGEHÖRIGE, FREUNDE USW.: Ehefrau Donna Macklin, 36, 10052 Beech Road, Southfield, Michigan; Sohn Roger Macklin, 16, selbe Adresse; ~~Geliebte Christine Lucarno, 6513 Oakwood Road, Dearborn, Michigan, Appartement 12, Angestellte in der Registratur bei Firma Ford Motor Company; Freund Umberto (Herb) Pinelli, 4202 Greenfield Road, Southfield, Michigan, Inhaber des Herrenausstattungsgeschäfts Clovis, 4200 Greenfield Road, Southfield, Kaufmann, Killer im Ruhestand~~

Der Alte legte den maschinengeschriebenen Bogen in den Aktendeckel zurück. »Zufrieden?« fragte Brown etwas besorgt.

»Es ist nicht gerade viel. Was soll zum Beispiel das Durchgestrichene bedeuten?«

»Korrekturen und neue Erkenntnisse. Mit der Lucarno ist er nicht mehr zusammen. Und Pinelli ist tot, bei einem Zweikampf in seinem Laden ums Leben gekommen. Die Angabe, er habe keine Waffe bei sich, kostete unseren letzten Mann das Leben. War, fürchte ich, unsere Schuld. Natürlich versuchen wir immer auf dem laufenden zu bleiben, aber der menschliche Faktor ist und bleibt lästig.«

»Ja. Nervtötend, aber auch amüsant. Meine Spezialität. Mmh.« Die Hausangestellte kam herein und trug das Essen auf. Browns Mitarbeiter schnupperte an seiner Portion. Der Mann, der sich Mantis nannte, sog den Duft ein, seine Bäckchen röteten sich vor Vergnügen. »Hackbraten! Den können doch nur die Amerikaner richtig zubereiten. Sie sind der perfekte Gastgeber, Mr. Green.«

»Brown, bitte. Mr. Green heißt mein Kollege.

»Ach ja. Na ja, kommt ja nicht so genau darauf an. Von uns dreien benutzt sowieso keiner seinen richtigen Namen.«

»Ich habe erfahren, daß Sie Hackbraten besonders gerne mögen. Anya war zwar nicht gerade begeistert, aber es ist ihr einfach unmöglich, ein Essen zu servieren, das nicht Spitzenklasse ist. Übrigens können wir vor ihr völlig offen sprechen. Sie ist schon seit neunhundert Tagen bei uns.«

»Ja, Stalingrad... Ich war bei der Befreiung dabei. Nach der Belagerung war in der ganzen Stadt kein Hund und keine Katze aufzutreiben. Nicht einmal eine Ratte.«

Brown hob seine Gabel, legte sie aber gleich wieder zurück, als der Alte die Hände faltete und mit geschlossenen Augen seine Unterkinne auf der Brust versammelte, wobei er leise die Lippen bewegte. Das Licht der Deckenlampe machte stumpfe Kreise aus seinen Brillengläsern. Green wollte endlich mit dem Essen anfangen und blickte seinen Vorgesetzten hilfesuchend an, aber der schüttelte den Kopf.

Irgendwann rührte sich Mantis wieder, er faltete seine Serviette, drapierte sie über seine schwellende Körpermitte und spießte sich einen Bissen von seinem Hackbraten auf die Gabel. »Einfach ausgezeichnet. Vielleicht ein bißchen zu stark gewürzt, aber es ist trotzdem der beste Hackbraten, den ich seit meinem letzten Besuch in diesem Lande genossen habe.«

»Nie im Leben haben Sie einen besseren gegessen«, korrigierte ihn Anya mit einem schwerfälligen Akzent. Die Hausangestellte war hochgewachsen und hatte weiße Haare und eine Nase, die beinahe aristokratisch genannt zu werden verdiente. Im linken Augenwinkel eine alte Narbe. Als sie mit dem Servieren fertig war, ging sie wieder in die Küche.

»Tja, Amerika korrumpiert«, seufzte der Alte.

Seit Brown im Jahre 1962 dem Fleisch abgeschworen hatte, aß er nur noch Gemüse. Er betrachtete seinen Gast. Mantis hatte zwölf Fotos von Macklin, die in dem Aktendeckel waren, auf dem Tischtuch ausgebreitet und betrachtet sie, während er es sich schmecken ließ.

Den grünen Pullover hatte er immer noch an. Er war praktisch kahl. Nur am Hinterkopf wuchsen ihm ein paar stumpfe graue Haare, am Hemdkragen gerade abgeschnitten. Er nahm noch einen maschinenbeschriebenen Bogen aus dem Aktendeckel und las ihn sich durch. Hinter der Zweistärkenbrille funkelten seine Augen humorvoll.

»Wer ist diese Moira King?«

»Abgesehen von Howard Klegg, den aber die Polizei augenblicklich zu sehr auf dem Kieker hat, ist sie im Moment unser einziges Verbindungsglied zu Macklin, antwortete Brown. »Er ist vor einigen Wochen bei seiner Frau in Southfield ausgezogen, und wir haben seine neue Adresse nicht. Allerdings kann ich mir auch kaum vorstellen, daß er sie benutzt hat. Nach zwei Mordversuchen wird er wohl auf der Hut sein. Er ist schon unter normalen Umständen nicht leicht umzubringen, aber augenblicklich wird es noch schwieriger sein.«

»Dann bin ich also Ihre letzte Hoffnung.«

»Das würde ich nun wieder nicht behaupten wollen.«

»Natürlich nicht.« Der Alte blickte Brown einen Moment lang über den Rand seiner Brille hinweg an und konzentrierte sich dann wieder auf sein Papier. »Unterhält er geschäftliche Beziehungen zu dieser Frau?«

»Sie haben Kontakt.«

»Also sind sie Freunde, Geliebte, oder was?«

»Es besteht eine Verbindung. Mehr hat Sie nicht zu interessieren.«

Mantis legte alles wieder in den Aktendeckel zurück und reichte ihn über den Tisch. »Ich bin nicht Ihr Mann, Mr. White.«

»Brown.«

»Was Sie wollen, ist eine von diesen echsenäugigen Bestien aus Moskau, einen blutjungen Roboter, der den Kopf mit Marx und Lenin voll hat und den Sie wie einen Flitzbogen spannen, genau wissend, daß er sein Ziel exakt trifft. Und der außerdem so zuvorkommend ist, dabei gleich selbst draufzugehen. Ich würde Ihnen gerne eine Liste von Leuten dieses Kalibers zusammenstellen, aber da gibt es natürlich ständig Veränderungen, wie Sie wohl verstehen werden. Also danke ich Ihnen lieber für die Einladung und für den Hackbraten, der wirklich ganz ausgezeichnet war – wenn auch ein bißchen stark gewürzt –, und fahre nach Sofia zurück.«

Brown nahm den Aktendeckel nicht an. »Was wollen Sie, Mr. Mantis?

»Einfach Mantis, bitte.« Er legte das Material auf den Tisch. »Informationen, Mr. Brown. Butter bei die Fische. Wenn Sie mir alles berichtet haben, entscheide ich, was mich zu interessieren hat, und vergesse alles übrige. Daß ich in meinem Beruf so alt geworden bin, dürfte Beweis genug dafür sein, daß ich gut vergessen kann.«

»Befehlsverweigerung!« gellte Green.

»Ich bin kein Befehlsempfänger.« Mantis beobachtete Brown, der versonnen auf seinen Teller stierte.

»Es ist eine eindeutige Verletzung der Vorschriften«, sagte er dann, »aber ich habe einen gewissen Spielraum.«

Er sprach zehn Minuten lang. Währenddessen aß der Alte langsam weiter, ohne ihn zu unterbrechen.

Abschließend fragte Brown noch: »Wann können Sie in Aktion treten?«

»Vielleicht in einer Woche.« Mantis nahm sich ein warmes Brötchen aus dem Brotkorb und brach es in der Mitte durch.

»Viel zu spät. Bis dahin kann Macklin längst zugeschlagen haben.«

»Nicht, wenn er wirklich der Profi ist, als den Sie ihn darstellen. Diese Dinge brauchen ihre Zeit. Man wird doch nicht . . .« Er kam nicht weiter, zog ein fuchtiges Gesicht und legte die Hälfte des Brötchens, mit der er die Orangensoße auf dem Teller aufgetunkt hatte, hin. Er hoppelte auf seinem Stuhl auf und ab und fuchtelte mit einer Hand bedeutungsschwanger in der Luft herum.

»Cowboy«, half ihm Green schließlich auf die Sprünge.

»Richtig. Man macht nicht den Cowboy. Genau das hat sie nämlich zwei Ihrer Männer gekostet. Ein Mensch ist keine Schießscheibe. Wenn Sie einem an den Pelz wollen, müssen Sie vorher erst einmal dringesteckt haben. Eine Woche ist das absolute Minium. Wenn Sie möchten, daß es nicht wie Mord aussieht, natürlich etwas länger.«

»Das ist nicht so wichtig«, sagte Brown.

»Ausgezeichnet.« Mantis stopfte sich den letzten Bissen seines soßentriefenden Brötchens in den Mund. »Wissen Sie, je mehr ich davon esse, desto besser schmeckt es mir. Ob ich wohl einen Nachschlag haben kann?«

12

Oralverkehr. Er hatte die Nase voll davon.

Der Mann kurbelte etwas schneller an dem Schneidegerät, das vor ihm auf der Glasplatte seines Schreibtisches stand. Lächerlich, wie die winzigen Nackedeis über den kleinen Bildschirm turnten. Unwillkürlich schüttelte er den Kopf. Wie es diese Pärchen fertigbrachten, sich erst gegenseitig an den Genitalien herumzuschlabbern und sich im nächsten Moment so leidenschaftlich zu küssen, würde ihm ewig ein Rätsel bleiben. Er griff nach einem Block und kritzelte eine Notiz auf das oberste Blatt: »Sam: Was zum Teufel ist aus der guten alten Missionarstellung geworden? Für nähere Information vgl. *The Joy of Sex*, Abbildung G-12.«

Zwar hatte er das Buch selbst nie in der Hand gehabt und auch nicht die leiseste Ahnung, wie die Abbildungen darin numeriert waren. Aber der Regisseur würde auch so kapieren, was er meinte.

Die Sprechanlage surrte. Er drückte auf den Knopf. »Ja, Angel?«

Eigentlich hieß seine Sekretärin Pamela. Aber er erinnerte sie hin und wieder ganz gerne daran, daß sie früher unter dem Namen Angel Climax in gewissen Filmen aufgetreten war. »Hier ist ein Mr. Macklin für Sie. Soll ich ihn hereinschicken?« entgegnete sie kühl.

Das Herz sackte ihm in die Hose.

»Mr. Payne, sind Sie noch dran?«

»Sag ihm, daß ich nicht da bin. Ich habe Urlaub. Oder sonst etwas.«

Nach einer Weile meldete sich Angel wieder: »Das hat er gehört, Mr. Payne.«

Jeff Payne blickte sich in seinem Büro um. Da mußte doch irgendwo ein Ausgang sein, den er in den vier Jahren, die er nun in diesem Raum arbeitete, übersehen hatte. Er ging auf die Fünfzig zu, trug breite Koteletten, hatte sich das schmuddelig grau-blonde Haar färben und in Löckchen zwängen lassen, um die dünneren Stellen notdürftig zu überdecken. Er joggte, und wann immer ein Lebensmittel auch nur vage in den Verdacht geriet, krebserzeugend zu sein, strich er es sofort vom Speisezettel; er hatte ständig seinen Cholesterinspiegel im Auge und ging nur mit Frauen unter fünfundzwanzig aus. Seinen letzten Geburtstag hatte er vor elf Jahren gefeiert. Als Macklin hereinkam, zog er gerade das Fenster ernsthaft in Betracht. Sein Büro lag im zweiten Stock.

»Oh, hallo Mac.« Automatisch richtete er den Blick auf Macklins Hände. Als er sah, daß sie leer waren, kam er vor Erleichterung allmählich wieder zu sich.

»Jeff! Ich bin jetzt selbständig«, versuchte ihn der Killer zu beruhigen. »Aber davon mal abgesehen, würde ich mich doch wohl kaum von deiner Sekretärin anmelden lassen.«

»Mac, glaubst du etwa, daß ich Angst habe? Wie kommst du denn darauf.« Eigentlich wäre Payne jetzt ganz gerne aufgestanden, er konnte aber die dafür vorgesehenen Muskeln nicht zusammenkriegen. Also streckte er Macklin im Sitzen die Rechte entgegen. Als ihm wieder einfiel, daß sein Besuch auf diese Art Begrüßung keinen gesteigerten Wert legte, ließ der die Hand unverrichteter Dinge sinken. Fünf feuchte Finger hinterließen ihre Spuren auf der Glasplatte. »Setz dich doch. Wie geht's denn so?«

Macklin blieb stehen. »Wie laufen die Schmuddelfilme?«

»Noch ein Jahr und ich kann dich wegen übler Nachrede belangen, wenn du mich mit so was in Verbindung bringst. Hardcore ist passé, Herrenabende und geile Mümmelgreise in grauen Regenmänteln machen den Kohl nicht fett. Du weißt ja, wir leben im Zeitalter von Kabelfernsehen und Videokassetten. Software und Softporno. Abspritzen ist jetzt nicht mehr gefragt, sondern Handlung. Das moderne, aufgeklärte Ehepaar von heute hat ganz gern etwas, um die Säfte zum Fließen zu bringen, wenn die lieben Kinderchen im Bett sind. Aber die wollen dann gleichzeitig auch noch geistig erbaut werden. Ich kann dir sagen. Erst letzten Monat habe ich acht Kilometer Sado-Maso, Natursekt und Kaviar verbrennen müssen, um im Lager Platz für das neue Zeug zu schaffen. Ich konnte es nirgends loswerden.«

»Und wer finanziert diese große Umstellung?«

Payne, der sich von seinem eigenen Eifer hatte mitreißen lassen, bekam es nun doch wieder mit der Angst zu tun. »Bist du deshalb gekommen? Sonst haben sie mich doch mindestens eine Woche vorher gewarnt, bevor sie den Putztrupp vorbeigeschickt haben.«

»Nein. Ich habe dir doch gesagt, daß ich es nicht auf dich abgesehen habe. Ich brauche Informationen über ein Modell, einen Schauspieler, oder wie immer ihr diese Leute nennt. Vor ein paar Jahren hat er ein paar Filme gedreht, hier in Detroit.«

»In unserer Branche heißt das eigentlich, daß er immer noch dabeisein müßte.« Er entspannte sich. Aber nur ein bißchen. Er hatte den ganzen Laden vor fünf Jahren als Honorar für gewisse Dienstleistungen erhalten und gerüchteweise erfahren, daß Macklin dafür gesorgt hatte, daß der Posten, den er jetzt innehatte, frei wurde. »Aber natürlich ist die Fluktuation bei den Männern ziemlich hoch. Müssen ihn schließlich auf Kommando hochkriegen.«

»Er war jetzt sechzehn Monate in der Klappse und will vielleicht wieder neu einsteigen.«

»Wie heißt er?«

»Roy Blossom.«

»Kennst du seinen Künstlernamen?«

»Wie meinen?«

»Robert Rammler. Gregor Gailheim. Peter Pimmelsdorf. Damals waren die Leutchen nicht besonders scharf darauf, ihren richtigen Namen preiszugeben. Ich bin zum Beispiel mal mit einer Darstellerin zusammengewesen, die sich Lilly de las Zive nannte.«

»Ich bin gar nicht auf die Idee gekommen, danach zu fragen. Als ich den letzten Streifen dieser Art gesehen habe, hatten die Darsteller überhaupt keine Namen.«

»Das waren noch Zeiten. Da ging es nicht um Kunst oder so einen Quatsch, aber die waren von einer Vitalität, von der wir heute nur träumen können.«

»Jeff, am liebsten würde ich den ganzen Tag hier stehen und mit dir von den goldenen Jahren des Sexfilms schwärmen.«

Payne kapierte. Über die Sprechanlage bat er Pamela, in der Darstellerkartei nachzugucken, ob es dort einen Roy Blossom gab.

»Die Szene, die ich hier gerade am Wickel habe«, sagte Payne, während sie warteten, und deutete auf das Schneidegerät, »muß komplett neu abgedreht werden. Die lecken sich da ständig untenherum. Ich müßte das Ding in einem dieser 24-Stunden-Kinos auf der Woodward Avenue unterbringen, um überhaupt wieder etwas von den Kosten einzuspielen. Möchtest du mal sehen?«

»Nein.«

Sie warteten noch ein Weilchen. Als die Sprechanlage surrte, hatte Payne den Hörer schon in der Hand.

»Kein Blossom«, meldete die Sekretärin, »ich habe nur einen Bliss und drei Blooms.«

»Danke, Pam. Tja, tut mir leid, Mac.«

»Wo kann ich sonst noch fragen?«

»Ich gebe dir gern die Namen anderer Firmen. Aber wir sind die größte in der Stadt. Wenn er wieder einsteigen wollte, hätten wir seine Unterlagen bestimmt in der Kartei.«

»Na gut. Danke, Jeff. Und du hast mich nicht gesehen.«

»Wen soll ich gesehen haben?«

Als Macklin draußen war, kurbelte Payne noch ein bißchen an seinem Schneidegerät und schob es dann beiseite. Er fühlte sich völlig ausgelaugt. Geld pumpen und Schulden begleichen, notierte er im Geist.

Macklin betrat eine Tankstelle, um zu telefonieren. Er rief Howard Klegg an.

»Ich habe früher mit Ihnen gerechnet«, sagte der Anwalt.

»War beschäftigt. Gibt's was Neues darüber, wer mich zum Abschuß freigegeben hat?«

»Nein. Ich habe Ihnen doch schon gesagt, daß bei Boniface Fehlanzeige ist. Und wie geht's mit Moira voran?«

»Ich quatsche nicht mit jedem, der gerade fragt, über meine Arbeit.«

»Okay, okay. Ich habe ein Treffen mit Ihrer Frau und ihrem Anwalt verabredet, um drei in meinem Büro. Paßt Ihnen das?«

»Ja, ich glaube schon.«

Nach einer Pause fragte Klegg: »Können Sie schon früher kommen, sagen wir um zwei?«

»Wieso?«

»Nicht am Telefon.«

Macklin beobachtete, wie die dicke Frau an der Kasse Geld wechselte. »Na, und was wird es diesmal sein, vielleicht eine Bombe? Oder ist das nicht ausgefallen genug?«

»Um Himmels willen, Macklin!«

»Zwei Uhr.« Macklin legte auf.

Er war um eins da. Das Treppenhaus roch immer noch nach verbranntem Müll, die feuerfeste Wandverkleidung war angesengt und wölbte sich leicht. Mit dem Revolver in der Hand stieg Macklin die drei Treppenabsätze hoch und vergewisserte sich, daß kein Mensch auf dem Flur war, bevor er die Waffe einsteckte und die Tür mit einem Schwung aufstieß.

Klegg war beim Essen. Seine Sekretärin, eine schlanke Dame um die Vierzig, mit lohfarbenem Haar, das sie seitlich mit kleinen Kämmen zusammenhielt, gewandet in ein braunes Schneiderkostüm und weiße Rüschenbluse, sagte Macklin, er könne schon ins Büro gehen und dort auf den Anwalt warten. Ihrer Miene war nicht zu entnehmen, ob sie sich noch an den Tumult bei seinem letzten Besuch erinnerte. Er betrat das Allerheiligste.

»Mr. Macklin.«

Er zog seinen Achtundreißiger unter dem Sportjackett hervor. Hinter dem Schreibtisch saß ein Schwarzer mit gräulichem Kinnbart, die Hände flach auf der Platte. Er hatte graue Augen und trug einen gutsitzenden Anzug.

»Weg damit!«

Seine Stimme war das nicht. Macklin guckte etwas nach links und erblickte einen Revolver vom selben Fabrikat und Kaliber wie sein eigener in der fetten Hand eines wuchtigen Mannes, der eine bügel-reife gelbe Sportjacke anhatte. Das dazugehörige Gesicht war platt und pockennarbig. Rotes Haar. Kochtopfschnitt.

»Mhm«, meinte Macklin.

Der Mann hinter dem Schreibtisch hob eine Hand und zeigte das Lederetui mit seinem Dienstausweis vor. »Ich bin Inspektor Pontier. Und das ist mein Kollege Sergeant Lovelady. Als Klegg sich für zwei mit Ihnen verabredete, habe ich zum Sergeanten gesagt, daß Sie bestimmt um eins hiersein würden. Wir warten jetzt seit zwölf. Deshalb sind die Steuern der Stadt so hoch. Übrigens kann ich mir kaum vorstellen, daß Sie eine Genehmigung für diese Waffe haben.«

Macklin schwieg. Er und Lovelady musterten einander mißtrau-isch. Die Augen des Sergeanten hätten gut und gerne zwei weitere Pockennarben sein können. Mit einem Tüpfelchen Schminke darauf.

Der Schwarze gestikulierte noch auffordernd mit dem Dienstaus-weis, bevor er ihn wegsteckte. Nach kurzem Zögern hob der Ser-geant den Lauf seines Revolvers an. Macklin bewegte seine Waffe nicht.

»Sie zuerst«, befahl Pontier. »Kinderkram, dieses Räuber-und-Gendarm-Spielchen. Nach der ersten Morgenlatte hören die meisten von uns mit diesem Quatsch auf. Das geht schon in Ordnung, Sergeant. Mr. Macklin ist Profi. Er schießt nicht auf Polizeibeamte.«

Nach einem Weilchen steckte der Sergeant seinen Revolver in das Schulterhalfter unter seinem linken Arm. Macklin stand noch ein bißchen herum, bis er sich selbst blöd vorkam. Wie am FFK-Strand, und er der einzige in Badehose. Also steckte er seine Waffe auch weg.

»Seien Sie Klegg nicht böse. Der weiß genau, Beihilfe fehlt ihm gerade noch. Dann fangen wir erst so richtig an zu buddeln. Ein Gauner seines Kalibers zu sein, ist gar nicht so leicht. Da kann man nicht einfach wegrennen, wenn alles zusammenkracht, und wann das geschieht, kann man nie vorher sagen. Aber setzen Sie sich doch.«

»Danke. Ich habe die ganze Fahrt hierher im Wagen gesessen.«

Pontier zuckte die Achseln. »Früher hieß es, daß der Täter immer an die Stätte des Verbrechens zurückkehre. Stimmt meistens tat-sächlich auch heute noch. Das Problem ist nur, daß man ihn nicht immer dabei erwischt. Aber als ich die verbrannte Leiche hier im Treppenhaus gesehen habe, wußte ich sofort: Der hier taucht wieder auf. Anwälte haben nicht viel Laufkundschaft, und die Mühlen der Justiz mahlen langsam. Außerdem wechseln die Leute ihren Anwalt nur, wenn er etwas wirklich Dummes anstellt, zum Beispiel den Richter in der Verhandlung am Schlips zieht. So sind die Menschen nun einmal. Deshalb wußte ich also, daß Sie zurückkommen würden.«

»Und das ist Ihr Beweis?«

»Keine Angst, ich habe noch ein paar weitere Kleinigkeiten. Zum Beispiel, daß die Beschreibungen der Augenzeugen mit dem Bild und den Angaben über Sie in Ihrer FBI-Akte übereinstimmen. Hat mich verdammt viel Zeit gekostet, denen das aus dem Kreuz zu leiern. Die geben gar nicht gerne zu, daß sie hin und wieder Killer engagieren. Auf diesem Vergnügungsdampfer im August haben Sie übrigens beeindruckende Arbeit geleistet.«

»Im August war ich gar nicht in der Stadt.«

»Auf dem Eriesee, genauer gesagt. Egal, diese Akte ist geschlossen. Alle, die Klage einreichen könnten, sind tot. Ich bin ausschließlich daran interessiert zu erfahren, was Sie Keith DeLong angetan haben, daß er so böse auf Sie war.«

»Nie davon gehört.«

»Sein Name stand heute früh in der *Free Press*.«

»Seit ich selbständig bin, habe ich kaum mehr Zeit zu lesen.«

»In welcher Branche sind Sie denn tätig? Vielleicht reparieren Sie auf freiberuflicher Basis Fotoapparate? Bei Addison Camera haben wir uns erkundigt. Sie haben die Firma am ersten September verlassen.«

»Ich bin Berater für zwischenmenschliche Beziehungen und löse gegen Honorar die persönlichen Probleme anderer Leute.«

Pontier und Lovelady brüllten vor Lachen. Das Wiehern des Sergeanten ließ die neue Fensterscheibe ganz schön im Rahmen wackeln.

»Was heute früh nicht in der Zeitung stand«, fuhr der Inspektor unvermittelt mit undurchdringlicher Miene fort, »ist, daß sich DeLong nach seiner Entlassung aus der Marine und nachdem er seinen Job auf dem Bau verloren hatte, bei einem Rekrutierungsbüro für Söldner bewarb, das das FBI seit achtzehn Monaten zu schließen versucht. Da geschah eine Weile lang nichts, und seine Bewerbung wurde nicht bearbeitet. Wir haben es also mit einem Mann zu tun, den die Regierung zum Töten ausgebildet hat und der dann auf eigene Faust nach einer seiner Qualifikation entsprechenden Tätigkeit sucht und dabei nicht allzuviel Glück hat. Sagen Sie selbst, welche brüderliche Organisation mit fünf Buchstaben und einem M am Anfang könnte Interesse an ihm haben?«

»Kommen Sie endlich auf den Punkt, Inspektor.«

»Der Punkt ist, daß man Firmen wie Addison Camera, die mit der Organisation verbunden sind, von der ich spreche, nicht so einfach verläßt. Und wenn man es versucht, werden die ganz schön böse.«

Macklin stützte sich mit beiden Händen auf den Schreibtisch. »Passen Sie gut auf. Ich sage nicht, daß ich nicht hier war, als sich DeLong frittierte«, sagte er, »aber wenn: Wollen Sie mich verhaften, weil ich gesehen habe, wie er es getan hat?

»Jetzt hören Sie mal zu. Ich sage nicht, daß Sie anderswo waren. Aber wenn nicht, wären Sie kein unentbehrlicher Zeuge eines Mordversuchs.«

»Sie haben nicht genug in der Hand, um mich zu verhaften.«

»Daß Sie diese Knarre da tragen, würde schon reichen.«

»Sie können es ja versuchen.«

Lovelady machte sich bemerkbar.

»Ihr Berufsscharfrichter fallt mir wirklich auf den Wecker«, stöhnte Pontier. »Ihr denkt immer, auf diesem Gebiet seid ihr allein tätig. Wieviel sind es jetzt, Sergeant?«

»Sechs.«

»Als ich ihn kennenlernte, waren es vier.« Pontier kam ins Plaudern. »Er hätte schon viel früher Sergeant werden können, wenn er bloß nicht soviel auf dem Kerbholz gehabt hätte. Als ich die Abteilung übernahm, habe ich mir die Personalakten von allen Zivilbeamten kommen lassen. Als ich die von Lovelady fertig hatte, habe ich ihn gleich angefordert. Wegen dreier unglücklicher Schüsse wollten sie ihm an den Kragen, aber irgendwie ist er einmal mit Dienstauflagen und zweimal mit unbezahltem Urlaub davongekommen. Ich wollte wenigstens einen Mann in der Abteilung, der mit der Knarre umgehen kann, ohne sich in die Hose zu machen. Also machen Sie nicht so einen Wind. Er hat eine Dienstmarke und Sie nicht. Das ist der einzige Unterschied.«

Macklin musterte den Sergeanten eingehend. Loveladys Gesicht war genauso ausdrucksvoll wie der Teller Hüttenkäse, dem es glich.

Pontier stand auf. »Für heute wollen wir es dabei bewenden lassen.« sagte er, »ich habe Klegg nämlich versprochen, daß wir weg sind, wenn er vom Essen kommt. Ach, Sie wissen wohl nicht zufällig etwas über den jungen Chinesen, der vorgestern in Westland tot aufgefunden wurde?«

»Ich kenne nicht einmal einen lebendigen Chinesen.«

»In Ordnung. Es ist nur so, daß zwei Schüsse aus einem Achtunddreißiger auf ihn abgefeuert wurden, und die Polizei in Westland hat dieselben Schwierigkeiten damit, ihn zu identifizieren, wie wir sie mit DeLong hatten.«

»Ich bin nicht der einzige Mensch in Detroit, der einen Achtunddreißiger hat.«

»Gewiß nicht. Sie machen nur mehr Gebrauch davon als die meisten. Aber es war auch nur eine Frage. Wir sprechen uns noch.« Er ging zur Tür. Lovelady beeilte sich, sie ihm aufzuhalten.

»Wollen Sie mich nicht auffordern, die Stadt nicht zu verlassen?« Pontier gluckste fröhlich.

Im Flur meinte Lovelady: »Sehen Sie, es hat nicht geklappt. Das ist kein Halbstarker, den wir dafür rankriegen, daß er Kassettenrecorder aus Autos klaut.«

»Bei solchen Typen weiß man nie.« Pontier ließ den Aufzug kommen.

»Ich sehe einfach nicht so aus. Ein Blick genügt, und jeder weiß, daß ich meine Knarre nur auf dem Übungsplatz eingesetzt habe.«

»Sie sind näher dran als der Killerbulle, nach dem ich Sie modelliert habe.«

»Und ich hatte geglaubt, den hätten Sie erfunden.«

»Nein, den gibt es wirklich.«

Die Türen des Aufzugs öffneten sich, und sie betraten die Kabine. »Und wieso ist er nicht in der Abteilung?«

»Killen ist Kinderspiel. Was wirklich Köpfchen erfordert, ist, nicht zu töten.« Sie fuhren hinunter.

13

»Ich glaube, jetzt sind wir wirklich einen entscheidenden Schritt vorangekommen«, meinte Klegg. Er stand vom Schreibtisch auf und schüttelte Goldstick die Hand. »Dieser Quatsch mit den hunderttausend Dollar war ja auch das einzige, was einer Einigung wirklich im Wege stand.«

Goldstick lächelte verschmitzt. »Richter Flatter wird im Dreieck springen, wenn er davon erfährt.«

»Ich würde meine Anwaltszulassung dafür hergeben, wenn ich das mit ansehen könnte.«

»Kommen Sie, Donna?« fragte Goldstick.

»Momentchen noch.« Sie stand neben Macklin. Beide beobachteten Klegg, der geschäftig mit den Sachen auf seinem Schreibtisch hantierte. Macklin nahm sie am Ellbogen, und sie gingen zusammen in die gegenüberliegende Ecke des Büros.

»Roger hat mir erzählt, daß du gestern mit ihm gesprochen hast«, begann sie das Gespräch. »Du hattest wirklich recht. Er verabscheut dich bis ins Mark.«

»Ich glaube, er haßt Innereien überhaupt. Meinst du, daß es etwas geholfen hat?«

»Ich weiß es nicht. Schwer zu sagen bei ihm. Er ist wirklich ganz wie du. Ich danke dir jedenfalls, Mac, daß du es versucht hast.«

»Das Honorar war in Ordnung.«

Ihre Augen wirkten jung auf dem aufgedunsenen Gesicht. Sie drehte den Blick weg und öffnete die Handtasche.

»Als ich gestern die Wohnung saubergemacht habe, habe ich das hier gefunden. Ich dachte, daß du sie vielleicht gerne hättest.« Sie reichte ihm ein kleines Bündel vergilbter, welliger Briefumschläge, die von einer Gummizwille zusammengehalten wurden. »Viele sind es nicht. Du hast so selten Briefe erhalten. Geschrieben hast du auch nicht gerade häufig.«

»Du hast die Wohnung saubergemacht?«

Sie lächelte, wenn auch etwas steif. »Wenn das so weitergeht, werde ich noch zum Putzteufel. Du würdest die Wohnung nicht wiedererkennen. Außerdem gehe ich jetzt in ein Fitneß-Center. Mal sehen, ob ich ein paar Pfunde loswerden kann.« Nach einer Weile fügte sie hinzu: »Ich suche einen Job. Zum erstenmal in meinem Leben.«

»Und wie geht es so?«

»Abgesehen davon, daß ich zu alt bin und keinerlei Ausbildung habe, ist es ein reines Vergnügen. Die Typen in den Personalabteilungen sind alle sehr höflich und geradezu galant. Mit einem derartigen Charme hast nicht einmal du mich angelogen.«

»Ich habe dich nur in bezug auf meine Arbeit belogen. Sonst nie.«

»Und was war mit Christine?«

Als Macklin ihr in die Augen sah, wandte sie den Blick ab.

»Ich habe einen Zettel von ihr gefunden, den du vergessen hast zu zerreißen. Ein Briefchen von der Sorte, die man dem Liebsten aufs Kopfkissen legt. Ganz schön heiß. Magst du so etwas? Hast du mir nie erzählt.«

»Was ist denn mit dir los, Donna?«

»Nichts. Es ist vorbei. Ich hätte nur nie gedacht, daß ich so schwer von Begriff wäre.«

»Du warst so betrunken.«

»Ich habe mir meinen ersten Drink gemacht, als ich erfuhr, wovon du unseren Lebensunterhalt bestritten hast.«

»Du hast mit dem Trinken angefangen, weil du feiern wolltest, endlich einen Grund gefunden zu haben. Du hast doch seit Jahren nach einem gesucht.«

Bedrückende Stille. Macklin erinnerte sich wieder der Briefe, die er noch in der Hand hatte, und löste die Zwille. Einer der Umschläge enthielt ein zusammengefaltetes Stück grünen Zeichenkartons, über und über mit Blumen aus dem Katalog einer Samengroßhandlung beklebt. Als er den Karton aufklappte, las er, mit purpurrotem Buntstift geschrieben: »Rosen sind rot.«

»Das hat Roger für dich gebastelt, als du damals im Krankenhaus warst«, sagte Donna. »Da war er vier.«

»Ich habe nie mehr daran gedacht.« Er guckte sich das Bildchen noch eine Weile an, dann steckte er es in den zerfledderten Umschlag zurück und blätterte auch die anderen Briefe noch flüchtig durch. Schließlich legte er den Gummi wieder um die Umschläge und gab Donna das Bündel zurück. »Sei doch so gut und heb es für mich auf. Aber wenn dir das Zeug im Weg ist, kannst du es ruhig wegschmeißen. So häufig wie ich im Moment die Motels wechsle, kommt es sowieso bloß weg.«

Sie steckte die Briefe wieder in die Handtasche.

»Vermutlich sollte ich dich jetzt fragen, wie es dir geht«, sagte sie, »aber es interessiert mich nicht die Bohne.«

»Danke, daß du an die Briefe gedacht hast.«

»Wie kann ich dich erreichen? Ich meine, für den Fall, daß Roger...«

»Ruf Klegg an.«

Als Donna ging, hörte der Anwalt auf, seinen Schreibtisch glattzustreichen, und sah Macklin quer durch den Raum hinweg an.

»Haben Sie mit Pontier gesprochen?«

»Habe ich. Wenn Sie nicht mein Anwalt wären, würde ich Sie glattweg umlegen.«

»So etwas haben schon viele Anwälte zu hören gekriegt. Deshalb liest man auch nie, daß sie einen am Flughafen in irgendeinem Kofferraum mit einem Loch im Kopf gefunden haben. Ich weiß nicht, wer auf Sie gekommen ist. Beweise konnte er keine haben, dafür verhielt er sich zu gerissen. Und dann habe ich mir gedacht, daß ihr ruhig ein paar Worte miteinander wechseln könntet.«

»Sie hätten mir wenigstens Bescheid sagen können. So bin ich mit einer Knarre in Ihr Büro gekommen, was mir allein schon hätte ein paar Jährchen einbringen können.«

»Wären Sie gekommen, wenn ich was gesagt hätte?«

»Nein.«

Klegg spreizte die Hände. »Sehen Sie, ich bin in einer sensiblen Branche tätig. Ständig muß ich eine perfekte Show von Kooperationsbereitschaft abziehen. Da kann ich noch so vorsichtig sein, es gibt immer ein Punkt, wo ein pfiffiger Beamter ein Nüßchen ausgraben kann, wenn er nur will. Bis jetzt habe ich denen noch keinen Grund gegeben, es zu versuchen. Und wegen irgendeines hergelaufenen Ganoven, von dem ich noch nicht einmal den Namen kenne, werde ich meine Haltung bestimmt nicht ändern, nur weil dem gerade einfällt, sich in meinem Hause abzufackeln.«

»Das hat mir Pontier bereits genau erklärt.«

»Die Frage ist nur, ob Sie es auch glauben.«

»Beim nächstenmal sagen Sie mir Bescheid«, schloß Macklin das Gespräch.

Der dürre alte Mann ließ sich in seinen Stuhl gleiten. Dabei schien er breiter und gewichtiger zu werden. »Wie geht's Moira?«

»Ich habe Ihnen bereits einmal gesagt, daß ich nicht übers Geschäft spreche.«

»Habe ich ja gehört. Ich will nur wissen, wie es ihr geht.«

»Sie steckt tief in der Scheiße.«

»Wenn ich das nicht wüßte, hätte ich ihr die Erfahrung bestimmt erspart, daß Leute wie Sie eben neben ihr in derselben Welt leben.«

»Für die Drecksarbeit bin ich gut«, sagte Macklin, »aber dann gleich wieder ab in den Giftschrank.«

Klegg hörte nicht zu. Er lächelte versonnen einen der Stühle vor dem Schreibtisch an. »Sie kam immer rein und saß dann hier, wenn ihr Vater mit einem Mandanten sprach, den sie nicht treffen wollte. Sie kam kaum mit den Füßen auf den Boden. Damals verbrachte ich fast ebensoviel Zeit mit ihr wie Lou. Seine Frau ist im Kindbett verblutet, und er zog Moira allein auf. Wenn sie eine Mutter gehabt hätte, hätte sie all ihre Probleme vermutlich nicht gehabt. Aber jetzt wird's wieder.« Er sah Macklin an. »Ich will, daß dieser Blossom aus ihrem Leben verschwindet.«

»Sie meinen doch wohl eher, aus seinem eigenen.«

»Denken Sie daran, daß ich das nie gesagt habe.«

»Anwälte«, schnaubte Macklin beim Hinausgehen.

Der alte Mann schloß zweimal hinter sich ab und suchte das Hotelzimmer und das Bad nach eventuellen unwillkommenen Besuchern ab. Alles in Ordnung. Als allererstes hatte er die Fenster inspiziert und freute sich, daß es keine Feuerleitern gab und in unmittelbarer Nähe auch keine Dächer, über die jemand kommen und bei ihm einsteigen konnte. Er pellte sich aus dem Mantel und hängte ihn zusammen mit dem Hut an einen Haken im Wandschrank, dann öffnete er auf dem Bett einen seiner großen Koffer. Er nahm ein Fläschchen mit rotschwarzen Kapseln heraus. Im Bad schluckte er eine und spülte mit Wasser nach.

Als nächstes zog er die Vorhänge vor, schüttelte den Inhalt des braunen Umschlags auf dem Bett aus und klebte die zwölf 10×13-Hochglanzfotos schön säuberlich mit Tesafilm in zwei waagerechten Reihen an den Spiegel über der Frisierkommode. Die meisten waren von ferne aufgenommen, aber es waren auch eine Polizeiaufnahme dabei und ein Familienfoto, das schon einige Jahre alt war, von einem Studiofotografen geschnorrt, der jemandem noch einen Gefallen schuldete. Der Alte saß am Fußende des Bettes, trank den Rest des Wassers und betrachtete die Bilder. Zwei zeigten den Mann, wie er aus seinem silbernen Cougar ein- bzw. ausstieg. Auf einem war das Nummernschild deutlich zu erkennen.

Es klopfte. Er stand auf und guckte über die Zweistärkenbrille hinweg durch den Spion. Es war der Page, der ihm die Koffer aufs Zimmer getragen hatte. Er schloß zweimal auf und öffnete die Tür.

»Sir, Sie sagten, daß ich das hier sofort bringen solle, wenn es kommt.« Der Junge hielt ihm ein Päckchen in der Größe eines Herrenhemdes entgegen, in braunes Papier eingewickelt und mit einem Bindfaden verschnürt.

»Danke.« Der Alte nahm das Päckchen an sich und schloß die Tür. Der Page starrte auf die fünfundsiebzig Cents in seiner Hand.

Der Alte schloß wieder zweimal hinter sich ab und setzte sich an den Sekretär, um das Päckchen auszupacken. Er öffnete die Pappschachtel und holte eine schlanke Pistole mit Magnesiumrahmen und einfachem Griff aus der Styroporform. Es war eine 7,65-Millimeter-Walther von besonderem Design, sie wog weniger als ein halbes Pfund. Nachdem er den Mechanismus inspiziert hatte, legte er die Pistole zur Seite und wandte sich den anderen Dingen zu, die sich in dem Päckchen befanden.

Mit einem Taschenmesser schnitt er die Spitze eines Mantelgeschosses ab. Es war aus Messing, mit Blei ausgefüttert und innen hohl. Er öffnete die schwere kleine Plastikflasche, die er mitgebracht hatte, und füllte mit einer Glaspipette ein silbrig schillerndes, wabbeliges Quecksilberkügelchen in den Hohlraum. Zum Schluß zündete er eine flache Kerze an, die er in der Stadt gekauft hatte, und tröpfelte ein wenig Wachs hinein, um den Hohlraum zu versiegeln. Er baute die Patrone wieder zusammen, klopfte mit einem gelben, nylonüberzogenen Hämmerchen sanft auf das Geschoß, legte die Patrone zurück und nahm die nächste aus dem Kästchen. Er verbrachte die nächste halbe Stunde damit, eine ganze Pistolenladung mit Quecksilber zu füllen.

Es war einfachste Physik. Durch des Trägheitsmoment wird das Quecksilber nach vorne gedrückt, Blei und Messingmantel bersten und bohren ein Loch ins Fleisch, groß genug, das Tageslicht einzulassen. Wenn ein derartiger Schuß tatsächlich einmal nicht auf der Stelle zum Tod führt, ist doch der starke Blutverlust mit Sicherheit tödlich. Quecksilberpatronen sind sicherer in der Handhabung als die alten Dumdum-Geschosse, die sich mitunter im Lauf spalten und nach hinten losgehen, man braucht aufgrund der höheren Präzision weniger Munition als bei einem Magnum.

Als Mantis mit der Prozedur fertig war, putzte er sich die Brille. Aus ästhetischen Gründen mochte er die Quecksilberladung nicht besonders, und er beabsichtigte nicht, sich ihrer zu bedienen. Aber nur ein Cowboy ist so dumm, sich nicht abzusichern.

14

Die Tür flog mit einer solchen Wucht auf, daß an der gegenüberliegenden Wand ein Bild wackelte. Im selben Moment kam eine junge Frau ins Zimmer gestürzt, sie stolperte und fiel der Länge nach aufs Bett. Ihr folgte, ebenso hitzig, ein junger Mann in einem dicken Rollkragenpullover und Jeans. Er zerrte sie an einem Handgelenk aus dem Bett, zog sie an sich und hielt ihr die scharfe Spitze eines langen, dünnen Messers ans Kinn.

»Zieh dich aus«, befahl er.

Von draußen tauchte eine Neonreklame den Raum abwechseln in rotes und blaues Licht. Als die Frau gehorsam an ihren Knöpfen und Reißverschlüssen nestelte, kam mit dem Goldton der Haut, die sie nach und nach entblößte, eine weitere Nuance in das fließende Farbspiel. In dem changierenden Licht wirkten ihre Brustwarzen und Schamhaare sehr dunkel.

Der Sex war langsam, aber brutal, und wurde von spitzen Schreien und kleinen Seufzern unterstrichen. Die Neonfarben reflektierten sich auf den nackten Leibern. Nach einem Doppelorgasmus wurde es weiß auf der Leinwand. Das lose Ende einer Filmrolle flatterte im Projektor.

»Noch einmal von vorne«, bat Macklin.

Der Vorführer spulte den Film um. Der Killer saß allein in dem dunklen Kinosaal, der nach Staub und kaltem Schweiß muffelte, als wäre das Aroma von tausend und abertausend Kilometern Geschlechtsverkehr, die hier über die schmuddelige Leinwand gekeucht und gesabbert waren, in den Raum eingesickert. Sogar sein Sitz war ecklig klebrig.

Der Film begann mit einem kurzen Titel und dem Vorspann von vorne. Der Name Rox Blossom wurde zwar nicht erwähnt, aber schon als der junge Mann zum erstenmal auftrat, war seine arrogant-schöne Erscheinung unverkennbar. Wie beim ersten Durchlauf achtete Macklin auch diesmal nicht auf die anderen Darsteller, sondern konzentrierte sich ganz auf Blossoms Bewegungen. Bereits in den Anfängen seiner beruflichen Karriere hatte er gelernt, daß die Gesichtszüge vergleichsweise unwichtig sind, wenn man jemanden aufs Korn nimmt. Da der Jäger die meiste Zeit hinter seinem Wild verbringt, zählen nur die charakteristische Körperhaltung, die Art und Weise, wie einer beim Gehen den Kopf hält und die Arme bewegt, sein Gang und die Gestik. Wenn man das alles erst einmal intus hat und sich dann voll darauf konzentriert, ist es nahezu unmöglich, einen bestimmten Menschen in der Menge aus den Augen zu verlieren. Er beobachtete seine Beute in aller Ruhe, machte sich aber keinerlei Notizen. Solche Zettel gehen immer verloren und werden von den Falschen gefunden. Macklin hatte viele Stunden seines Lebens damit verbracht, ein fotografisches Gedächtnis zu entwickeln, und mittlerweile war es ihm so zur zweiten Natur geworden, daß er sich keine besondere Mühe mehr geben mußte, etwas Wichtiges im Kopf zu behalten.

Blossom konnte sich gut bewegen und war athletisch gebaut, er hatte den drahtigen Körper eines Läufers, nicht allzu stark entwickelte Muskeln. Was ihm an Stärke fehlen mochte, würde er ohne weiteres durch Ausdauer wettmachen. Er war jünger als Macklin, aber daran hatte er sich gewöhnt. Es ergab sich einfach daraus, daß er immer noch lebte. Obwohl Blossom offenbar ein kraftvoller Liebhaber war, registrierte Macklin mit einer gewissen diebischen Genugtuung, daß sein Penis im Vergleich zu denen seiner Kollegen auf der Leinwand recht mickrig war.

Als die Tür des Motelzimmers zum zweitenmal aufgestoßen wurde, fand Macklin, daß er genug gesehen habe. Er stand auf, warf einen scharf konturierten schwarzen Schatten über die Szenerie und rief dem Vorführer oben in seinen Kabäuschen ein kurzes Dankeschön zu.

»Und richten Sie Jeff Payne bitte aus, daß wir quitt sind«, fügte er hinzu.

Draußen auf der Woodward Avenue mußten sich seine Augen erst wieder an das Licht der Nachmittagssonne gewöhnen. Er nahm ein paar Züge frische Abgasluft. Payne hatte ihm nicht verraten, wo er diesen zwei Jahre alten Schinken mit Blossom aufgetrieben hatte, und Macklin war seiner Einladung, sich den Film anzusehen, ohne Rückfrage gefolgt. Solche Dinge nahm er, wie sie kamen.

Jetzt wußte Macklin alles, was er über seinen Mann wissen mußte. Nur nicht, wo er ihn finden konnte.

Der Wagen war immer noch da.

Als Moira King von ihrer Aufnahmekabine bei der Telefongesellschaft nach Hause fuhr, hatte sie ihn zum erstenmal flüchtig im Rückspiegel wahrgenommen, ein paar Kurven weiter war er ihr wieder aufgefallen; und jetzt stand er also immer noch da, gegenüber ihrem Appartementhaus im Bezirk Redford. Sie hatte keinen Schimmer von Automarken und -modellen, aber dieser Wagen war in Bauart und Farbe so auffällig, daß ein Irrtum ausgeschlossen war. Hinter dem Steuer saß jemand, aber der Vorsprung des Daches schnitt Moira die Sicht ab. Sie sah nur einen Jackettärmel, aus dem heruntergekurbelten Fenster gelehnt.

Sie wandte sich ab, ballte eine Faust und zwang sich zur Ruhe. Wenn sie nur Macklins Telefonnummer hätte! Aber er hatte ihr nichts als seine Postfachnummer gegeben. Und so wie die Post nun einmal war, konnte es bis morgen dauern, bis ihre Nachricht ankam, und dann war immer noch nicht sicher, wann er sie abholen und lesen würde. Wenn er bloß anriefe. Seit ihrem Treffen auf Belle Isle hatte sie nichts mehr von ihm gehört, und all ihre Zweifel daran, daß alles mit rechten Dingen zuging, kehrten zurück.

Vielleicht steckten er und Howard Klegg unter einer Decke. Es war dumm von ihr gewesen, sich einzubilden, sie könnte Onkel Howard einfach so um Hilfe bitten, nachdem sie all die Jahre über keinen Kontakt miteinander gehabt hatten. Als sie ein kleines Mädchen war,

war er immer freundlich zu ihr gewesen, aber Leute, die an sich kein Herz haben, sind zu Hundebabies und kleinen Kindern häufig besonders reizend, und sie hatte sich selbst mit einem Schlag aus der kindlichen Unschuld hinauskatapultiert. Sie fragte sich, ob sie vielleicht jetzt dafür büßen sollte, daß sie nicht bei der Beerdigung ihres Vaters war. Er war zu einer Zeit gestorben, als sie bereits alles hassen gelernt hatte, was er in ihren Augen repräsentierte, und damals steckte sie so tief in dem Untergrundfilmgeschäft, daß an ein Zurück nicht zu denken war.

In ihrer winzigen Küche mixte sie sich eine große Portion Whisky mit Gingerale und trug das Glas ins Wohnzimmer hinüber. Darin erschöpfte sich ihr Reichtum dann auch schon: ein Einzimmerappartement mit Bad und Küchennische. Sie sah noch einmal aus dem Fenster. Der Wagen war da, der Arm auch. Sie setzte sich aufs Sofa, kickte ihre Schuhe weg und zog die Füße unter sich. Aus irgendeinem Grunde schien es ihr wichtig, so zu tun, als wäre dies ein ganz normaler Feierabend. Sie wußte selbst nicht, warum.

Zum erstenmal seit sehr, sehr langer Zeit brauchte sie einen Mann. Auch sexuell. Sie war selbst darüber erstaunt. Mit den Sprüchen und dem Kriegsgeheul der sogenannten Frauenbewegung hatte sie sich nie aufgehalten, aber den Gedanken, daß eine Frau ganz gut ohne den Schutz und die Begleitung eines Mannes auskommt, hatte sie immer geteilt. Nach Roy und der ganzen endlosen Parade gesichtsloser Typen in den Studios mit ihren Dingern, die auf Befehl Männchen machten, hatte sie einen Abscheu gegen den ganzen Sexrummel entwickelt. Andere Darstellerinnen, die ihre Ekel teilten, hatten alles darangesetzt, sie zur Lesbe umzudrehen, aber der Geschlechtsverkehr an sich war ihr zutiefst zuwider, erinnerte sie an die stickigen Studienräume, an die verfilzten Betten, deren Laken nicht annähernd so oft gewechselt wurden wie die Filmrollen in den Kameras, und an das Brennen einer trockenen Möse nach zuviel Sex. Diese Frauen war für sie nur eine Verlängerung der Männer, die sie doch verachteten. Moira hatte Gefallen an ihrem neuen Zölibat gefunden. Daß sie nun wieder geil war, nahm sie ihren Hormonen persönlich übel.

Damit hatte sie die Überlegenheit verloren, die ihr der Ekel beschert hatte, und da sich nun auch noch ihr Zuhause als alles andere als uneinnehmbar erwiesen hatte, war ihr auch noch dieser letzte Rest Sicherheit entglitten. Seit sie zum erstenmal vor einem sabbernden Araber posiert hatte, der mit einer billigen Polaroid bewaffnet war, hatte sie sich nicht mehr so verletzlich gefühlt. Sie hatte Angst vor dem Einbruch der Dunkelheit.

Ihr Glas war leer. Sie erinnerte sich nicht, es ausgetrunken zu haben. Als sie in die Küche ging, um sich einen zweiten Drink zu machen, zog sie noch einmal den Vorhang ein Stück zur Seite. Der Wagen war da. Aber der Arm war fort.

Ihre Blicke suchten die Straße ab. Aber abgesehen von einigen parkenden Autos und zwei Halbwüchsigen im Fußballdreß mit ihren Fußballschuhen über der Schulter war nichts zu sehen. Sie lugte noch einmal so gut es ging in den Wagen. Sie konnte bis auf das Kissen auf dem Fahrersitz hinabsehen. Das Glas in ihrer Hand knirschte, so angespannt klammerte sie sich daran fest.

Die Türklingel surrte.

Sie ließ das Glas fallen. Es federte einmal auf dem weichen Teppich auf und rollte unter das Telefontischchen. Einen Moment lang suchte sie nach einem Notausgang, und ihr Blick blieb am Fenster hängen. Ihre Wohnung lag im ersten Stock, und sie hatte in der letzten Zeit vor lauter Angst kaum noch etwas gegessen und war ganz geschwächt. Den Sturz würde sie nicht überleben.

Wieder surrte die Klingel. Dadurch kam sie komischerweise wieder etwas zu Sinnen. Moira zerrte an der Schublade des Telefontischchens, die sich verklemmt hatte, brach sich einen Fingernagel ab, aber schließlich ging sie mit einem lauten Quäken auf. Sie holte die fünfundzwanziger Halbautomatik hervor.

Die hatte sie nach dem Einbruch in ihr Appartement bei einem Pfandleiher auf der Grand Avenue erstanden. Der Schwarze hinter dem Ladentisch hatte nur einen sehr flüchtigen Blick auf den falschen Namen auf den Dokumenten des Staates Michigan geworfen und ihr dann gezeigt, wie man die kleine, längliche Pistole lädt und bedient.

Sie steckte, genau wie er es ihr vorgemacht hatte, eine Patrone in die Kammer und ging zur Tür. Sie zitterte am ganzen Leib, aber die Hand, in der sie die Waffe hielt, war merkwürdig ruhig.

Der Summer donnerte gerade zum drittenmal los, als sie den Schlüssel im Schloß umdrehte und einen Schritt zurücktrat und den Besucher aufforderte einzutreten. Ihr »Herein« war fast geschrien. Die Tür ging auf. In Taillenhöhe hatte sie den Finger am Abzug.

Als die Tür sperrangelweit offen war, stürmte ein Mann herein, packte ihre Hand und entwand ihr die Waffe, wobei er beinahe ihren Finger mitnahm, den sie am Abzug hatte. Sie schrie auf und trat um sich, wie im Zeitlupentempo kam eine schwere Rückhand auf sie zu.

In ihrem Kopf ging ein Feuerwerk los. Die Knie gaben nach, und sie schlug hart auf dem Boden auf.

Die Umrisse des Zimmers und des Mannes, der sie überwältigt hatte, verschwammen vor ihren Augen. Sie blinzelte, um klarer sehen zu können, und als sich die Konturen wieder schärften, sah sie der Länge nach an einem Mann in einem karierten Sportjackett hoch: Da, wo sie die Decke vermutete, bemerkte sie müde Gesichtszüge und scharfe Geheimratsecken. Mit angewiderter Miene untersuchte er die kleine Pistole, bevor er sie aufs Sofa warf.

»Beim nächstenmal denken Sie an den Sicherungshebel.«

»Mr. Macklin.« Sie blieb reglos liegen. »Ich dachte . . .«

»Jaja, kein Wunder, daß er keinerlei Schwierigkeiten hatte, Ihnen zu folgen. Ich hätte es gut zu Fuß schaffen können.«

»Dann gehört Ihnen der silberne Wagen?«

»Mir reicht es jetzt, ihn überall zu suchen. Wenn Sie recht haben, kommt er früher oder später ohnehin her.«

Als sie immer noch keine Anstalten machte aufzustehen, verstand er den Fingerzeig, beugte sich gereizt über sie und hielt ihr eine Hand hin. Sie nahm sie, und er zog sie auf, mit der anderen Hand stützte er sie im Rücken. Als sie stand, lehnte sie sich an ihn und blieb einen Moment stehen. Er war gar nicht so weich, wie er aussah, hatte wenig von der mittelalterlichen Schmärbäuchigkeit, die sie erwartet hatte.

Er schaute sich erschöpft im Raum um. »Ist Ihnen inzwischen aufgefallen, ob was fehlt?»

»Nein.« Sie strich sich ihren Pulli und den Rock glatt und fuhr sich mit der Hand durchs Haar. »Ihr habe nur wenig Wertsachen, und die sind alle noch da.«

»Nein, ich meine zum Beispiel Klamotten. Unterwäsche und so.«

»Wie kommen Sie denn darauf? In diesen Dingen war Roy immer völlig normal. Er ist wahnsinnig, aber doch nicht pervers.«

»Wenn die Irrenärzte einem Mann erst einmal so richtig in den Gehirnwindungen wüten, kann man nie sagen, was dabei herauskommt. Wollen Sie mir jetzt nicht auch den Rest erzählen?«

»Welchen Rest?«

Er schaute sich noch etwas um. »Schlafen Sie hier?«

»Ja. Das Sofa kann man umklappen, dann ist es ein Bett. Welchen Rest denn nun?«

Er wies mit dem Kinn aufs Sofa. Sie starrte ihn an. Mit einem undefinierbaren Schnalzlaut forderte er sie auf, sich zu setzen.

Sie setzte sich. Plötzlich war es ihr peinlich, nur in Strümpfen dazusitzen, und sie schlüpfte wieder in ihre Schuhe. Er blieb stehen.

»Mir will jemand an den Kragen«, sagte er. »Das ist früher auch schon vorgekommen, aber zu der Zeit gehörte ich noch zur Organisation, und es war gewöhnlich nicht allzu schwer, herauszufinden, wer dahintersteckte. Seit ich nun aber zum erstenmal Ihren Namen gehört habe, haben sie es bereits zweimal versucht, und niemand, mit dem ich spreche, weiß, wer dahintersteckt. Das geht nicht mit rechten Dingen zu. Ich weiß nicht, ob Sie jemals etwas über *omertà* gehört oder gelesen haben, aber dieses Gesetz des Schweigens war von jeher einen Scheiß wert. Sechs Stunden nachdem ein Todesurteil besiegelt wird, weiß praktisch auch die letzte miese kleine Straßenratte alle Einzelheiten. Aber in diesem Fall ist vom ersten Moment an absolut tote Hose. Geheimnisse lassen sich nur auf zwei Arten hüten. Die Möglichkeit, die mir noch am sympathischsten ist, ist die, daß nur eine einzige Person Bescheid weiß, und das wäre in diesem Fall der Typ, der die Attentäter engagiert hat. Oder die Frau.«

»Wollen Sie mich beschuldigen?«

»Aber Gnädigste, Sie haben wohl vergessen, daß Sie gerade eben versucht haben, mich zu erschießen.«

»Aber ich dachte doch, Sie wären Roy. Warum sollte ich Sie töten wollen?«

»Warum spielt keine Rolle. Ständig sterben irgendwo Leute, ohne zu wissen, warum.«

»Und die zweite Möglichkeit, ein Geheimnis zu hüten?«

»Die besteht darin, daß man denjenigen, vor dem es gehütet werden soll, seine Fragen an die falschen Leute stellen läßt. Das gefällt mir nun überhaupt nicht. Viel zu kompliziert.«

»Im Grunde glauben sie es nicht, daß ich was damit zu tun habe«, sagte sie.

»Wie können Sie sich da so sicher sein?«

»Weil Sie mich hier auf dem Sofa sitzen lassen, und neben mir liegt die Pistole, mit der ich gerade versucht habe, auf Sie zu schießen.«

Er machte eine kaum wahrnehmbare Handbewegung, und Moira sah den schweren Revolver in seiner Rechten. Er legte ihn weg.

Da brach sie zusammen. Bittere Schluchzer schüttelten sie.

»Ich hätte einfach die Stadt verlassen sollen«, krächzte sie. »Ich hätte nicht zu Onkel Howard gehen sollen.«

»Heulen Sie ruhig«, meinte Macklin wegwerfend, »ich bin rostfrei. Mit Tränen richten Sie bei mir gar nichts aus.«

»Gehen Sie.«

Er rührte sich nicht.

Sie sprang vom Sofa auf und kam auf ihn zu, die Finger wie Klauen gekrümmt. »Gehen Sie. Verlassen Sie auf der Stelle meine Wohnung.«

Er packte Moira und hielt sie auf Armlänge von sich ab, damit sie ihm nicht die Augen verkratzte. Vor Anstrengung traten seine Kiefermuskeln hervor. Schließlich gab sie auf, ließ sich gegen ihn sinken und brach in unkontrolliertes Schluchzen aus. Er nahm sie in den Arm.

»Es ist meine Wohnung«, erinnerte er sie. »Sie haben sie mir zusammen mit allem anderen Müll überschrieben. Oder haben Sie das schon vergessen?«

Ihr Schluchzen kippte in einen lachenden Hickser um. Macklin hielt sie im Arm und barg ihr tränenüberströmtes Gesicht an seiner Brust.

15

Der Alte lud die Pistole, legte sie in den Karton zurück, verpackte das Päckchen notdürftig und verknotete die Bindfäden. Dann holte er seine Garderobe aus einem der Koffer, verstaute sie in den Schubladen der Frisierkommode und legte das Päckchen in den Koffer. Er drehte am Zahlenschloß, zog die Riemen fest und hievte den Koffer in das oberste Fach des Wandschranks.

Dann stellte er seinen zusammenklappbaren Reisewecker auf eine Stunde und machte ein Nickerchen. Seit er dank der freundlichen Unterstützung eines schusseligen Hotelangestellten beinahe seinen ersten Mord verpaßt hätte, traute er den Weckdiensten nicht mehr über den Weg. Er zog die Schuhe aus, nahm die Brille ab, legte sich auf den Bettüberwurf und war im Nu eingeschlafen. Vom ersten warnenden Klicken des Weckers wachte er auf. Draußen war es jetzt bereits dunkel. Er schlurfte ins Bad, wusch sich das Gesicht, setzte sich an den Sekretär und las sich das maschinengeschriebene Material noch einmal von vorne bis hinten durch. Dann popelte er den Tesafilm von den Fotos am Spiegel über der Frisierkommode und stopfte sie zusammen mit dem Bericht in den Umschlag. Den riß er in der Hälfte durch, dann in Viertel, Achtel und immer so weiter, bis die Platte über und über mit Konfetti besät war. Dann fegte er die Schnipsel in den Eiswürfelbehälter, trug das Eimerchen ins Bad und ließ die Schnipsel nach und nach im Klo verschwinden.

Als auch der letzte Schwung den Weg in die Kanalisation gefunden hatte, spülte er den Eimer aus und schluckte noch eine von den rotschwarzen Kapseln, setzte sich den Hut auf, zog den Mantel an und verließ sein Zimmer. Im Aufzug lüftete er vor einer nicht mehr ganz jungen Dame in einem grünen Hosenanzug den Hut, die ihn einmal ganz kurz aus den Augenwinkeln heraus ansah, sich dann aber gleich wieder dem Leuchtzahlenspiel über der Tür zuwandte.

»Von den Kollegen aus Los Angeles, Inspektor.«

Pontier blickte flüchtig an Sergeant Lovelady hoch und nahm, als er nichts Weltbewegendes in dem verwüsteten Fladen von Gesicht entdecken konnte, den dicken Umschlag entgegen und schob den Dienstplan zur Seite, um auf dem Schreibtisch Platz für den Inhalt zu schaffen. Er betrachtete die Vorder- und Profilansicht aus der Polizeiakte des Mannes, den er als unbekannten Toten, Detroit, Nr. 106, kannte, und las: »Robert Lai, alias Robert Lye, Bob Lee, Lee Shang, Shang Lee, Chih Ming Shang, Schattendrachen.« Die Beschreibung paßte haargenau auf die Leiche im Leichenschauhaus. Pontier wandte sich dem Vorstrafregister zu, während er auf die engbedruckten Zeilen aus dem Fernschreiber stierte, faßte Lovelady kurz zusammen: »Vierzehn Festnahmen: bewaffneter Überfall, schwere Körperverletzung, Raubüberfall, Mordversuch, eine Verhaftung und Mordverdacht, Erpressung, ein Schuldspruch: Körperverletzung mit gefährlichem Werkzeug. Dafür hat er ein halbes Jahr in Quentin abgesessen. Das gefährliche Werkzeug waren seine Hände. Er war Schwarzgurt oder wie immer sie das beim Kung Fu nennen.«

»Kontakt zu Organisationen?«

»Zu den chinesischen Banden in L. A. und Frisco. Weiter östlich als bis hierher ist er zum Arbeiten nie gekommen, vorausgesetzt, die Infos stimmen.«

»Was hat er hier gewollt?

»Die Etiketten an seiner Unterwäsche haben den Kollegen aus Westland nur verraten, daß er sie in Los Angeles einkaufte.«

»Was sagen die eigentlich dazu, daß wir uns da einmischen?«

»Der Mann war kein Ortsansässiger, da reißen die sich kein Bein aus. Ist also ganz der Unsrige, in der Originalverpackung. Ich warte jetzt auf einen Anruf vom FBI.«

»Wieso dauert das so lange?«

Lovelady versuchte sich an einer Miene, die er wohl für ein Grinsen hielt. »Der Computer ist zusammengebrochen. Sagen sie jedenfalls.«

»Scheißmaschinen. Erwarten Sie, daß die etwas über diesen Schattendrachen haben?«

»Erwarten ist gut. Warten haben sie mich lassen. Die meiste Zeit des Telefonats habe ich in Warteposition verbracht. Die spielen da jetzt Musik. Ich wette, daß ich ›You are the Sunshine of my Life‹ mindestens sechzehnmal gehört haben, bevor wieder einmal einer ranging und mir das mit dem Computer erzählte.«

»Ach du liebes bißchen. Ich schlage Sie für eine Belobigung vor.«

»Rente wegen Arbeitsunfähigkeit wäre mir lieber.«

Portier griff nach dem Hörer. »Wie heißt der Leiter des Regionalbüros?«

»Burlingame. Randall Burlingame.«

Das Licht der Straßenlaterne fiel nicht bis an die Decke und ließ einen schwarzen Hohlraum oberhalb des trüben Ovals. In anderen Nächten lag Moira dann da und stellte sich vor, sie befände sich am Fuße eines tiefen Schachts und das Licht fiele seitwärts durch einen Nottunnel ein. Solange sie ihr nachhängen konnte, war das eine durchaus tröstliche Fantasie. Aber dann ging die Sonne auf, die Decke wurde wieder sichtbar, und sie mußte sich mit dem Gedanken vertraut machen, daß es keine Notausgänge gab.

Aber heute nacht hatte sie ihren Kopf in die Kuhle einer nackten Männerschulter gekuschelt und räkelte ein Bein auf einem harten haarigen Bauch mit einem widerspenstigen Fettansatz, und um sie herum war es unter der Decke mollig warm, fast brütend. Sie konnte den dumpfen Herzschlag hören und spürte seinen Atem an ihrem Haar. An den unregelmäßigen Zügen merkte sie, daß er wach war. Sie zog ihr Bein noch ein wenig mehr an. Er schnappte nach Luft.

»Habe ich dir weh getan?«

»Ich habe mir auf dieser Seite vor einigen Monaten ein paar Rippen gequetscht.« Seine Stimme war ein dumpfes Grollen.

»Entschuldige, aber davon habe ich vorhin nichts bemerkt.«

Er machte sich von ihr los und schlug die Decke zurück. Sie faßte ihn am Arm. »Mußt du gehen?«

»Ich rede danach nicht so gern, tut mir leid.« Er griff nach seinen Kleidern, die auf einem Stuhl neben dem Bett lagen.

»An Reden hatte ich eigentlich weniger gedacht.«

»Für mehr als einmal pro Nacht bin ich auch nicht zu haben. Ich brauche mehr Schlaf als die meisten anderen Menschen.«

»Warum schläfst du nicht hier?«

»Hier ist mein Nutzeffekt gleich Null. Wenn ich neben dir im Bett liege, bringe ich in etwa soviel wie eine ungeladene Pistole. Ich muß beweglich sein.«

»Glaubst du, daß sich Roy hier in der Gegend herumtreibt?«

»Du glaubst es, und deshalb hast du mich engagiert.« Er zog sich das Hemd über und befestigte seinen Smith & Wesson am Gürtel, schob sich den Kolben ordentlich ins Kreuz. Dann zog er sich das Sportjakkett an.

»Es ist kalt draußen«, meinte sie besorgt. »Hast du keinen Mantel?«

»Wenn ich es mir zu gemütlich mache, schlafe ich ein. Ich bin im Wagen. Glaube zwar nicht, daß er ins Haus kommen kann, ohne daß ich es mitkriege, aber für den Fall, daß doch etwas passiert, wirf etwas aus dem Fenster.«

Er wollte zur Tür gehen. Sie stieg, ohne sich etwas überzuziehen, aus dem Bett und schmiegte sich von hinten an. Am Bauch spürte sie den Revolver. »Danke.«

»Na, so berühmt war es nun auch wieder nicht.« Er stand reglos.

»Es war höchste Zeit.«

»Mach bloß nicht mehr daraus, als es war«, warnte er. »Ich will in meinem Postfach keine Karten mit niedlichen Tierchen darauf finden.«

»Du gibst dir zuviel Mühe, den harten Mann zu spielen.«

»Offenbar noch immer nicht genug, sonst wäre ich längst unten im Wagen.«

Sie ließ ihn los.

»Schließ die Tür hinter mir zu.« Weg war er.

Sie drehte den Schlüssel um und legte die Kette vor. Dann hörte sie, wie sich seine Schritte entfernten. Auf ihrer nackten Haut spürte sie einen kühlen Luftzug. Sie trottete zum Bett zurück und zog die Decke über, kuschelte sich in die warme Höhle, die er ihr hinterlassen hatte. Sie lag am Fuße eines tiefen Schachts, und das Licht fiel seitlich durch den Tunnel ein.

Gegenüber von Moiras Haus befand sich eine kleine Wohnanlage. Der Rasen war vor nicht allzulanger Zeit gesät worden, und die Häuser rochen noch nach Sägemehl und frischem Beton. Nur die Hälfte war bewohnt, die anderen wurden noch wie Sauerbier angeboten. Der junge Mann stand am Torweg zu einer der noch nicht verkauften Einheiten, trat von einem Fuß auf den anderen und wärmte sich die Hände in den Seitentaschen seiner Marinejacke.

Seine arrogant schönen Gesichtszüge lagen im Dunkeln, verborgen auch durch den hochgeschlagenen Kragen und die blaue Strickmütze, die er sich über die Ohren und bis tief in die Stirn gezogen hatte. Er hatte diesen Aufzug bei einem seiner Filme in der Requisite mitgehen lassen und mochte ihn sehr. Es hatte ihm einmal jemand gesagt, daß er darin wie ein skandinavischer Seemann aussähe.

Als der Mann in dem karierten Sportjackett aus dem beleuchteten Hausflur gegenüber trat, duckte sich der jüngere noch tiefer in den Schatten, aber der Mann blickte sich nur kurz um, überquerte dann eine Ecke weiter die Straße und stieg in einen langgestreckten Wagen, der am Randstein kauerte. Der junge Mann wartete. Als der Fahrer des Wagens nach fünf Minuten immer noch keine Anstalten machte, wegzufahren, verließ er langsam den Torweg. Im Licht der Straßenlaterne an der Ecke konnte er erkennen, daß der Mann seinen Kopf an die Rückenstütze des Fahrersitzes gelehnt hatte.

Er guckte an dem Haus, in dem Moira King wohnte, hoch, wo das Licht von ihrem Fenster widerschien. Ihm war, als hätte sich der Vorhang bewegt, und er blieb reglos auf dem jungen Rasen in der Dunkelheit stehen. Zehn Minuten stand er so da. Aber der Vorhang bewegte sich nicht noch einmal. Mit einem letzten Blick auf den parkenden Wagen drehte er sich um und ging die Straße hinunter, um die Ecke zu seinem eigenen Fahrzeug. Der Griff des Messers in seiner rechten Jackentasche fühlte sich kühl an.

Der Alte lag fast auf dem Rücken seines gemieteten Oldsmobile und verfolgte mit den Augen den jungen Mann, der, seine Atemwolke im Gefolge, an ihm vorbeilief. Als er verschwunden war, konzentrierte er sich wieder auf den Cougar, der hinter der nächsten Kreuzung stand. Sein Nummernschild hatte er mit Hilfe der Infrarotbrille, die jetzt neben ihm auf dem Sitz lag, bereits identifiziert.

Als er seinen Beobachtungsposten bezog, hatte er den Cougar leer vorgefunden, und er war auch schon zur Stelle, als der junge Mann am Torweg des unbewohnten Hauses auftauchte. Er hatte die Zweistärkenbrille aufgesetzt und Körperhaltung sowie Gesichtszüge des Neuankömmlings mit der Beschreibung, die ihm Mr. Brown hatte zukommen lassen, verglichen. Aber als Macklin das Appartementhaus verließ, hatte er seine Brille nicht gebraucht, um ihn an seinem leicht vornübergebeugten Gang und seinen abgespannten, grobschlächtigen Zügen zu identifzieren, die im Licht der Vorhalle gut zu erkennen waren, bevor die Tür hinter ihm zufiel. Sein Gedächtnis war nicht so gut geschult wie Macklins, aber Konzentration kann man lernen, und er hatte die Fotos und den schriftlichen Bericht sorgfältig studiert.

Es war kalt im Wagen. Er hatte das Fenster heruntergekurbelt, um zu verhindern, daß Windschutzscheibe und Brille beschlugen, außerdem war sein Mantel, den er für zwanzig Francs in einem Pariser Billigladen erworben hatte, für solche Herbstnächte in Michigan nicht ganz das Richtige. Er knöpfte sich den Kragenknopf an seinem fleischigen Hals zu, zog einen seiner braunen Jerseyhandschuhe aus, um sich noch eine Kapsel aus der Flasche zuzuführen, die er aus dem Hotel mitgenommen hatte, und zog den Handschuh schon wieder an, bevor er einen kleinen Schluck aus der Plastikwasserflasche nahm. Er trank gerade genug, um die Kapsel hinunterspülen zu können. So wie es aussah, machte seine Blase längere Aufenthalte in geschlossenen Räumen nicht mehr mit.

Er schraubte den Verschluß wieder auf die Flasche, stellte sie auf den Boden und machte es sich so gut es ging gemütlich, jedenfalls nicht direkt in der Zugluft, die durch das Fenster kam. Er war sicher, daß ihn das Geräusch des Anlassers oder das Zuschlagen einer Wagentür aus einem gewöhnlich nur leichten Schlummer aufschrecken würden.

Wenn er jemanden vom Wagen aus beobachtete, tat er das immer auf dem Rücksitz der Beifahrerseite, so gut wie nie wanderten neugierige Blicke dorthin. Vorwitzige Nachbarn und Passanten sehen immer hinter das Steuer. Die Menschen machen eben dieselben Dinge immer auf dieselbe Art und Weise. Es ist nervtötend, aber auch amüsant.

16

»Sind Sie angemeldet?«

Hinter ihrem auf Hochglanz polierten Rennschlitten von Schreibtisch brachte es die Frau in der Rüschenbluse doch tatsächlich fertig, daß es beinahe so aussah, als blickte sie auf den großen schwarzen Kahlkopf hinab. Pontier zeigte ihr seinen Dienstausweis. Sie wiederholte ihre Frage.

»Er weiß, daß ich komme«, sagte er, während er die Marke wegsteckte. »Ich habe ihm gesagt, daß ich irgendwann am Vormittag vorbeischaue.«

»Übertrieben präzise ist das nicht.«

»Miss, ich habe sechs Morde auf dem Schreibtisch, und dann ist mir im Krankenhaus noch ein Beamter am Krepieren, bewaffneter Raubüberfall heute früh um zwei. Ich habe einfach keine Zeit, präzise zu sein.«

»Mrs.« Sie nahm den Hörer auf und sprach in aller Ruhe hinein. Pontier schätzte, daß sie die Vierzig schon hinter sich gelassen hatte, aber sie hatte die elegante Route eingeschlagen. Sie war nicht direkt schön, eher apart mit ihrem rötlichen Haar, das sie am Hinterkopf zusammengesteckt hatte, und dem fast asiatischen Schnitt ihrer haselnußbraunen Augen. Am Ringfinger der linken Hand trug sie einen breiten Goldreifen.

Ungnädig legte sie den Hörer wieder auf. »Gehen Sie hinein, Inspektor.«

Um durch die Tür zu kommen, mußte er um den ganzen Schreibtisch herumgehen. Er blockierte die Tür. Als er eintrat, erhob sich hinter seinem Schreibtisch vor einem kugelsicheren Fenster, das auf den Fluß ging, ein Mann, der ebenso groß war wie Pontier, aber sehr breit in den Schultern und in der Taillengegend recht füllig. Durch sein weißes Haar zogen sich vereinzelt müde rote Strähnen, das Granitgesicht war von ungesunder Stubenhockerblässe. Er hatte einen brutalen Handschlag am Leib.

»Inspektor«, begrüßte er Pontier in einem angenehm rumpelnden Baß. »Freut mich. Ich habe schon viel von Ihnen gehört.«

»Ich auch.« Pontier fragte sich, ob der Direktor für lokale Aktivitäten des FBI wohl auch seine Erkundigungen über ihn eingeholt hatte, wie er selbst sich hatte von Sergeant Lovelady über ihn unterrichten lassen. Obwohl sie angeblich derselben Sache dienten, konnten Bundes- und lokale Polizeibeamte über Jahre hinweg nur einen Steinwurf voneinander entfernt operieren, ohne daß die einen von der Existenz der anderen wußten. Das ging immer so lange, bis es die pure Notwendigkeit erforderlich machte, die Spielregeln umzustoßen. »Einen ganz schönen Engpaß haben Sie da draußen.«

»Wenn Sie auf Mrs. Gabel anspielen, die habe ich schon von meinen drei Vorgängern übernommen. Bis heute ist es mir noch nicht einmal gelungen, herauszubekommen, wo sie und ihr Mann wohnen. Und wenn Sie die Barrikade meinen: Ich war erst eine Woche hier, als so ein Irrer mit einem .357 Magnum hereingestürzt kam und nach dem Mann suchte, der seinen Schwager wegen Postraubs ins Kittchen gebracht hatte. Ich habe ihn auf der Schwelle niedergestreckt. Ein einziger Schuß aus einem altmodischen Achtunddreißiger, Dienstwaffe.«

Pontier drehte sich um und durchmaß die Länge des Raumes. »Was, fünfeinhalb Meter?«

»Fast sechs. Allerdings machte es der Schnitt des Raumes etwas leichter. Er ist genau wie unser Schießstand in Washington.«

»Prahlerei, Herr Direktor. Ich für mein Teil habe mit diesen Spielchen aufgehört, als ich im Büro mein eigenes Türschild bekam.«

Burlingame lächelte mit geschürzten Lippen. »Wo bin ich abgekommen?«

»Nichts Bestimmtes. Ich habe bloß diesen eingebauten Angabe- und Lügendetektor.«

»Ja ja. Sie und Hemingway. Okay, der Typ hatte einen billigen Ballermann mit abgebrochenem Schlagbolzen. Der Wachschutz hat ihn ohne einen Schuß geschnappt. Ich war beim Essen. Also gut, ich habe aufgehört, meine Muskeln spielen zu lassen.«

»Ich vermute, wir sind nichts als zwei unemanzipierte Männer«, meinte Pontier.

»Nicht entwicklungsfähig, nicht die Spur ›neue‹ Männer.« Der FBI-Beamte bot Pontier einen Platz gegenüber seinem Schreibtisch an.

»Ich spreche nicht gerade häufig mit Verbindungsbeamten vom FBI«, sagte der Inspektor, als er saß. »Die haben alle Maulverstopfung, und ich kann sie so schlecht leiden sehen. Aber beim letztenmal waren die alle ganz high über die neue Zusammenarbeit zwischen der Regierung und den lokalen Behörden.«

»Das war das erste Memo, das ich diktiert habe, da stand das ganze Büro hier noch voller Umzugskartons.«

»Ich weiß. Und nun stellen Sie sich meine Überraschung vor, als mein Büro eine Routineanfrage über einen toten Chinesen namens Robert Lai an euch gerichtet hat und die abgelatschte Ausrede vom Computer vorgesetzt bekam, der zusammengebrochen sei.«

»Verliebte Köche versalzen das Essen, und Computer haben auch einmal ihre Tage.«

»Was Sie da jetzt hören, ist schon wieder mein Detektor.«

Burlingame nahm eine schäbige Pfeife aus dem Messingascher auf dem Schreibtisch und strich mit einem Finger durch den Pfeifenkopf. »Der Chinese ist tot, sagen Sie?«

»Er ist vor ein paar Tagen in Westland erschossen worden. Es stand auch in den Zeitungen.«

»Mrs. Gabel schneidet jeden Tag die neuesten Verbrechensmeldungen aus der Lokalpresse für mich aus. Aber daran kann ich mich nicht erinnern.«

»Die Polizei in Westland hat zurückgehalten, daß es sich um einen Chinesen handelt. Seit dieser Geschichte mit Vincent Chin ist alle Welt auf der Suche nach der neuen gelben Gefahr. Bis gestern ist er im Leichenhaus als unidentifizierter Toter behandelt worden. Den Kollegen von der Westküste war er als professioneller Schläger bekannt. Washington muß etwas über ihn haben.«

»Sie haben zu viele Vorworte von J. Edgar Hoover in Büchern über das FBI gelesen. Wir haben doch nicht über jeden Scharfrichter im Land eine Akte.«

»Wer sagt, daß es sich um einen Scharfrichter handelt?«

Burlingame pustete die Pfeife durch und teilte Pontier ein Viertelzentimeterchen Lächeln zu. »Ich kann mir nicht vorstellen, daß ein Inspektor von Morddezernat wegen eines Knöchelknackers hinter seinem Schreibtisch hervorgekrochen kommt. Aber wie kommt es, daß ein Toter in Westland für Detroit zur Haupt- und Staatsaktion wird?«

»Wir glauben, daß der, den wir im Verdacht haben, auch in dieses Flammenwerferattentat Anfang der Woche verwickelt ist.«

»Das Ding in dem Haus, das dem Howard Klegg gehört?«

»Gab es mehrere von der Sorte?«

»Wer ist Ihr Mann?«

Pontier lächelte verschmitzt. Burlingame brummelte etwas, legte die Pfeife aus der Hand und hob den Hörer seiner Sprechanlage auf. »Luise, lassen Sie uns bitte die Akte Robert Lai hochkommen? Danke.«

Er legte auf und sah Pontier an. Der sagte: »Peter Macklin.«

»Mhm.« Burlingame nahm seine Pfeife wieder zur Hand. »Nach unseren Informationen hat Macklin seinen Job bei Michael Boniface gekündigt. Und mit Klegg hat er nichts zu tun.«

»Bis wir das Häufchen Asche aus dem Treppenhaus geschaufelt haben, hatte ich nie von ihm gehört. Eure Leute haben uns auf seine Fährte gesetzt. Wir haben ihnen nur die Beschreibungen der Zeugen gegeben, die die Leute gesehen haben, die um die Zeit der Explosion das Gebäude betreten oder verlassen haben.«

»Er ist doch nichts als ein kleiner Straßenkiller. Wer sollte einen von außerhalb engagieren, nur um ihn aus dem Weg zu schaffen?«

»Dieselben Leute, die beim erstenmal mit einem Detroiter Trauer hatten. Aber wenn ich die Antworten alle parat hätte, würde ich bestimmt nicht hier herumsitzen und mich fragen, wann Sie endlich dieses Ding da anmachen.«

Burlingame warf einen finsteren Blick auf seine Pfeife und legte sie ein weiteres Mal hin. »Ich versuche gerade, es mir abzugewöhnen. Ist Macklin in Untersuchungshaft?«

»Keine Beweise. Gut, ich hätte ihn wegen unerlaubten Waffenbesitzes einbuchten können, aber ich will etwas absolut Wasserdichtes. Fünf Minuten nachdem wir miteinander gesprochen haben, habe ich einen Mann auf ihn angesetzt, aber er hat ihn abgeschüttelt. Bei seiner Frau ist er ausgezogen, jetzt ist uns keine feste Adresse bekannt. Alles an dieser Geschichte riecht nach Auftragsmord.«

»Wie konnten Sie ihn überhaupt festnageln?«

»Über Klegg. Daher weiß ich auch, daß die beiden etwas miteinander zu tun haben. Der alte Winkeladvokat wickelt seine Scheidung ab.«

»Das hätten Sie mir auch gleich sagen können.«

»Hätte ich.«

Burlingame nutzte die Pause, die danach im Gespräch eintrat, um seine Sekretärin noch einmal nach der Akte Robert Lai zu fragen. »Unterwegs«, meinte er, als er den Hörer auflegte. »Es war klug von Ihnen, gar nicht erst zu versuchen, Macklin mit der Knarre hopszunehmen. Er trägt nie zum Spaß eine Knarre.«

»Der Sergeant, den ich dabei hatte, wird nächstes Jahr pensioniert. Ein jüngerer Beamter hätte vermutlich sofort geschossen, als Macklin zog, aber dann hätten wir nur noch eine Leiche mehr. Und im übrigen haben wir diesen Beruf nicht, um uns töten zu lassen.«

»Bestimmt reden Sie nicht so, wenn die Dienstaufsicht zugegen ist.«

»Diese Leute sind zu weit weg von der Straße. Nur Polizisten, die draußen gearbeitet haben und so lange leben, um zum Inspektor befördert zu werden, wissen, wovon ich spreche. Und vielleicht noch FBI-Leute, die Büroleiter werden konnten«, fügte er hinzu.

Burlingame wechselte das Thema. »Bestimmt würde Charles Maggiore Macklin keine Träne nachweinen, aber im Moment ist er voll damit beschäftigt, sich auf eine Klage wegen Steuerhinterziehung vorzubereiten, und dann hat er noch ein Verfahren in sechs Anklagepunkten vor sich, Waffenschmuggel nach Südamerika. Er hat keine Zeit für so etwas.«

»Wie lange braucht man, um ein Telefonat zu führen? Aber ich habe den Eindruck, daß er für Sie ohnehin nicht in Betracht kommt.«

Es klopfte. Auf Burlingames »Ja bitte« hin trat die aparte Sekretärin ein und übergab ihm einen einfachen grauen Aktendeckel. Dann ging sie wieder, auf dem regierungseigenen Fußbodenbelag war nur das Flüstern ihrer hohen Absätze zu hören. Hinter ihr fiel die Tür leise ins Schloß.

»Das ist alles?« fragte Pontier erstaunt.

»Was haben Sie erwartet, etwa einen großen Stempel ›Streng vertraulich‹?«

»Nun, da Sie es selbst sagen, irgendwie schon.«

»Alles in diesem Hause ist streng vertraulich. Das muß nicht extra vermerkt sein.«

»Bezieht sich das auch auf Mrs. Gabel?«

»Auf sie ganz besonders. Aber wollen Sie jetzt das Material ansehen oder Weiber aufreißen?«

Er hatte den Inhalt des Aktendeckels vor sich auf dem Schreibtisch ausgebreitet. Pontier stand auf und trat neben Burlingame. Die Bögen waren aus demselben schweren Karton wie das auf der Rückseite von Macklins Foto aus der FBI-Kartei, betippt mit einem frischen, sehr schwarzen Farbband, an allen Seiten war ein breiter Rand gehalten. Das erinnerte den Inspektor an etwas.

»Sagen Sie, stimmt das eigentlich mit Hoover und den Rändern?«

»Mhm. Er wollte sie immer schön splendid. Da gibt es auch eine hübsche Anekdote. Er hatte einmal einen Bericht vor sich, der bis zum Rand vollgeschrieben war. Darauf hat er den Vermerk *Ränder ziehen* angebracht. Und was passiert: Eine untere Charge läßt Einsatztruppen an den Grenzen zu Mexiko und Kanada aufziehen.«

»Jesses, es muß ein besonderes Vergnügen gewesen sein, unter ihm zu arbeiten.«

»Er war ein Scheißkerl. Aber was häufig vergessen wird, ist, daß er einen absoluten Sauhaufen von Coolidge übernommen hatte und daraus einen der schlagkräftigsten Polizeiapparate in der ganzen Welt gemacht hat. Sagen Sie Bescheid, wenn Sie etwas sehen, das sie interessiert.« Er blätterte einen Stapel glänzender Schwarzweißfotos durch.

Auf einigen war ein junger Asiat in einem am Kragen offenen Hemd und dunklen Hosen zu sehen, der mit einer Sporttasche in der Hand von der Rampe am Flughafen trat. Es war Robert Lai alias Chih Ming Shang. Eine andere Serie zeigte, wie sich Lai und ein dünner Weißer mit langen Koteletten und etwas um den Hals, was eine schreiend grelle Krawatte sein mußte, am Flughafen begrüßten. Pontier bat Burlingame, kurz innezuhalten. »Wer ist das?«

»Wir sind noch dabei, das herauszufinden.« Und blätterte weiter.

In Folge zeigten die Fotos: Lai und der Dünne, wie sie vor dem

Flughafengebäude in ein Taxi einstiegen, dann stiegen sie vor dem Gebäude, das Pontier bekannt war, aus der Droschke und betraten das Haus, Lai immer noch mit Sporttasche. In der letzten Serie war er nicht dabei, sondern nur der Dünne, aber jetzt von einem viel größeren älteren Mann begleitet, etwa so breit gebaut wie Burlingame, nur noch bulliger im Oberkörper. Diese Fotos waren mit einem Zoomobjektiv durch die Eingangstür des Hauses aufgenommen worden.

»Kennen Sie den Ringer?« fragte Pontier.

»Wenn es nach den Pässen geht, können Sie sich jeden Namen einfallen lassen, und die Chancen stehen gut, daß er ihn schon benutzt hat. Auf Wassilij Andrejewitsch Kurof greift er häufiger zurück. Er ist sowjetischer Staatsbürger mit Besucherstatus in den USA. Er war Major der Roten Armee mit Ambitionen auf eine Politbüro-Mitgliedschaft, bis ihn die gegenwärtig herrschende Fraktion zusammen mit fünfunddreißig anderen ausschaltete. Die anderen sind ins Gefängnis gewandert. Er ist hierher übergelaufen, vermutlich mit Hilfe der CIA, und sein Asylantrag liegt immer noch beim State Department. Seit er angekommen ist, beschatten wir ihn.«

»Was ist er, so eine Art Doppelagent?«

»Wir wissen es nicht. Es ist gut möglich, daß sie ihn nur ausgebootet haben, um ihn besser hier einschleusen zu können. Er ist verdammt gerissen. Bei mehr als dem, was Sie hier sehen, haben wir ihn in den anderthalb Jahren, die er nun schon hier ist, nicht erwischen können.«

»Ich kenne das Gebäude«, sagte Pontier.

»Das war früher ein Fitneß-Center, der erste Stock ist jetzt in Privatwohnungen umgewandelt worden. Da wohnt er auch. Wir vermuten, daß der das Gebäude durch irgendwelche Strohmänner erworben hat. Das ist illegal für einen Ausländer mit seinem Status, aber das ist etwas für die Einwanderbehörden. Er hat etwas vor. Diese Fotos sind gestern früh aufgenommen worden.« Burlingame holte einen braunen Dienstumschlag aus einer Schublade und kramte einen weiteren Stapel Fotos heraus.

Zunächst schienen es nur Duplikate der Flughafen-Aufnahmen zu sein, die Pontier schon gesehen hatte. Aber dann bemerkte er, daß es sich um den Mann mit den Koteletten und der grellen Krawatte sowie den Russen Kurof handelte, Robert Lai jedoch war nicht zugegen. An seiner Stelle stand da ein viel älterer Mann in einem billigen Mantel und einem dieser komischen Hüte, die die Schweizer Jodler in amerikanischen Comics immer aufhaben, mit einer Feder im Hutband. Im grellen Licht von oben wirkten seine Brillengläser wie stumpfe Kreise.

»Da haben wir nun noch einen weiteren Akteur, von dem wir bislang nichts wissen«, bemerkte Burlingame. »Der Passagierliste zufolge reiste er unter dem Namen I. Wanze von London aus nach New York, dort stieg er in die Maschine nach Detroit um. Beim Zoll geht wie üblich alles drunter und drüber, aber wir warten noch auf einen Anruf von denen und ebenfalls auf ein Telex von der CIA in Maryland. Diese James-Bond-Typen lassen sich immer verdammt viel Zeit. Da ist im Kongreß wieder einmal ein Scharmützel über die Gelder am Laufen, und die Jungs nehmen immer alles persönlich.«

»Wie ein Deutscher sieht er nicht aus«, sagte Pontier.

»Er sieht aus wie ein ukrainischer Kartoffelbuddler auf Urlaub. Aber er könnte der nächste Staatschef der UdSSR sein.«

»Und was hat das alles mit Macklin zu tun?

»Bevor Sie hier hereinspaziert kamen, wußte ich nicht, daß es etwas mit ihm zu tun haben könnte.« Burlingame fuhr jetzt wieder gedankenverloren mit dem Finger durch den Pfeifenkopf. »Aber wenn es wirklich etwas mit ihm zu tun hat, können Sie Ihren Freunden im Leichenschauhaus gleich sagen, daß sie am besten umziehen.«

17

Während Burlingame die Fotos und das andere Material wieder in die richtigen Umschläge verstaute, setzte sich der Inspektor wieder auf seinen Stuhl. Die Informationen über Lai waren nur Kopien des Materials, das die Kollegen aus Los Angeles Sergeant Lovelady hatten zukommen lassen. »Was ist eigentlich an Macklin so Besonderes dran?« fragte Pontier.

»Sie sind doch von der Mordkommission. Welche Morde sind am leichtesten aufzuklären?«

»Familiendramen. Eheleute, Schwestern und Schwäger, die sich übers Fernsehprogramm in die Haare kriegen und die Angelegenheit dann so regeln, daß sie sich gegenseitig ein Loch in den Kopf ballern. Wenn die Polizei kommt, sitzen sie mit der Knarre im Schoß im Sessel. An zweiter Stelle rangieren die etwas ausgeflippteren Morde, das sind die, die so aufgepeppt sind, daß sie wie Unfall oder Selbstmord aussehen. Das stinkt immer, weil es einfach zu simpel wirkt. Und am heikelsten sind die Fälle, in denen jemand hergeht und an der nächsten Straßenecke einen ihm völlig Fremden niedermacht und sich dann verpißt.«

»Es gibt noch haarigere Fälle«, sagte Burlingame. »Nämlich den Profi, der seinen Mann gezielt aufspürt und ihn ohne lange zu fackeln umnietet. Der läßt die Leiche liegen, wie sie liegt, wirft den Ballermann weg und geht heim. Macht sich einen Grog und sieht sich im Fernsehen ein Fußballspiel an.«

»Das sind immer nur Werkzeuge. Keine Persönlichkeiten. Dann sucht man nach dem Typen, der sie bezahlt. Und nach unseren Informationen arbeitet Macklin jetzt solo.«

»Das stimmt schon, aber immerhin hat er eine ganze Weile lang als so ein Werkzeug gearbeitet und sein Know-how mitgenommen, als er sich verabschiedet hat. Man liest häufig, daß das Psychopathen seien, von Alpträumen gequält und so 'n Zeug, die zu Nutten rennen und sich von denen für ihre Sünden mal so richtig versohlen lassen. Diese Sorte gibt es bestimmt, aber die verschleißen sich schnell. Diese Scharfrichter jedoch haben eine strikt geregelte Fünftagewoche und nehmen im Januar zwei Wochen Urlaub. Das ist einfach ein Job, und für die noch dazu ein ziemlich öder. Was heißt hier Gewissen? Haben Sie jemals eine Kläranlage besichtigt?«

Pontier dachte einen Moment nach. »Vor etwa dreißig Jahren, auf einem Klassenausflug im Naturkundeunterricht. Aber was hat das . . .?«

»Und haben Sie mit den Arbeitern dort gesprochen?«

»Glaube schon. Ja, richtig, mit einem.«

»Und erinnern Sie sich noch, was er antwortete, als Sie ihn gefragt haben, wie er den Gestank aushält?«

Nach einer Weile lächelte der Inspektor. »Er antwortete: ›Welcher Gestank?‹«

Burlingame lehnte sich zurück. Nun griff er doch nach einem zerknautschten Tabakbeutelchen und stopfte sich seine Pfeife. An der Schuhsohle entzündete er ein Küchenstreichholz und hielt es so lange aufrecht, bis der Schwefel abgebrannt war. »Ich nehme an, Sie wissen über das FBI und Macklin im August Bescheid«, sagte er, während er das brennende Streichholz betrachtete. »Unter FBI- und örtlichen Polizeibeamten muß das wohl das schlechtestgehütete Geheimnis seit Hiroshima sein.«

»Ich wollte Sie schon danach fragen.«

»Unsere Statistikleutchen sagten voraus, daß es unter den Unschuldigen an Bord zweieinhalb Prozent Verletzte oder Tote geben würde.

Wir rechneten mit fünf Prozent. Das wären also zwischen zwanzig und vierzig Tote oder Verletzte gewesen. Unbeteiligte, wohlgemerkt. Das heißt, auch das nur im Erfolgsfall. Und wie sie die Chancen für ein Gelingen der Operation berechnet haben, möchte ich Ihnen lieber gar nicht sagen. Dagegen stand ein Verlust von hundert Prozent. Und was hatten wir schlußendlich? Vier Nervenzusammenbrüche und einen Rohrleger mit einer zerschmetterten Kniescheibe. Nur mit einem Achtunddreißiger und einem Tauchermesser bewaffnet, hat Macklin sieben Terroristen mit Sturmgewehren und halbautomatischen Pistolen in Schach gehalten und das Schiff sicher zurückgebracht.« Als der Tabak brannte, schüttelte er das Streichholz aus. »Das ist das Besondere an Macklin.«

Pontier beobachtete, wie der Rauch aus dem Aschenbecher aufstieg. »Sie schwärmen von ihm wie ein kleiner Junge. Er ist ein bezahlter Mörder.«

»›Mörder‹ ist aber ein verdammt gefühlsbeladener Ausdruck für einen Inspektor Ihres Dezernats«, wandte Burlingame ein. »Auf einen Kerl wie Macklin angewendet, klingt er ohnehin viel zu anspruchsvoll. Der ist nichts als ein simpler kleiner Killer, so wie Fred eben Tischler ist oder Bill Autoschlosser. Er ist kein Robin Hood. Wenn er auch nur einen Funken Antriebskraft im Leibe hätte, würde er längst etwas anderes machen. Er hätte einen Laden mit Videokassetten oder würde in Grosse Pointe gestohlene Pelze verhökern. Er besteht hauptsächlich aus Nerven und Reflexen und hat das Hirn einer Schildkröte. Haben Sie jemals versucht, eine Schildkröte zu töten?«

»Ich bin nicht darauf aus, irgend jemanden zu töten. Ich versuche nur, das Kräfteverhältnis zu erhalten, und habe nicht gerade übertrieben viel Erfolg. Was zunächst wie eine simple Killerei im Milieu aussah, wird immer mehr zu einem *007*-Drehbuch. Ich weiß noch nicht einmal mehr, wer eigentlich zuständig ist.«

»Das geht nicht nur Ihnen so. Wenn Kurof und dieser Karoffelbuddler in die Geschichte verwickelt sind, könnte es etwas für die CIA sein, nur daß die innerhalb der Vereinigten Staaten keine Befugnis hat. Theoretisch jedenfalls. Die Einwanderbehörden und der Außenminister kriegen jeder ein Scheibchen ab, und täglich kommt eine neue Behörde mit irgendwelchen bunt zusammengewürfelten Anfangsbuchstaben dazu, die sich außerhalb Washingtons darum kümmert. Sagen wir für den Moment, daß Sie sich um Macklin kümmern und wir die Ausländer übernehmen. Ich hätte ganz gern einen

Verbindungsmann in Ihrem Büro, damit wir uns nicht gegenseitig ins Handwerk pfuschen.«

»Ne, keine Spitzel. Ich halte immer eine Leitung frei. Die können wir beide direkt benutzen.«

Burlingame gab mit seiner Pfeife puffende Geräusche von sich. Sieht eigentlich gar nicht wie ein fett gewordener Sherlock Holmes aus, dachte der Inspektor bei sich. Schließlich stand Burlingame auf und streckte Pontier eine Hand entgegen.

»Falls Sie irgendwann einmal die Nase voll davon haben, für die örtliche Polizeibehörde zu arbeiten«, meinte er.

Pontier schlug ein. »Nein, danke. Ein Boss reicht mir völlig. Mit der ganzen Verfassung möchte ich es nicht gleich zu tun haben.«

»Danke, daß Sie vorbeigekommen sind, Inspektor.«

»Kaugummi«, meinte Pontier.

»Wie?«

Er deutete auf die Pfeife. »Dann denken Sie nicht so oft daran. So hat es sich mein Bruder abgewöhnt.«

»Ich würde es ja versuchen. Aber mit einer Blase vor dem Mund kann man die Aufmerksamkeit der Außendienstbeamten schwer fesseln.«

»War nur ein Vorschlag.«

Pontier verließ das Büro. Burlingame wartete eine ganze Minute, bis er zum Hörer griff und Louise Gabel bat, ihn mit einem anderen Büro im selben Hause zu verbinden. Dann fragte er: »Phil, wer ist eigentlich unser Mann im Detroiter Morddezernat?«

»Augenblickchen.« Burlingame hörte Schlüsselklappern. »Lester Flood, Detective First Grade. Der Lieutenant heißt Gritch.«

»Laß ihn in die Abteilung von Inspektor Georg Pontier versetzen.« Burlingame buchstabierte den Namen. »Noch etwas, Phil. Sei doch so gut und schick jemanden nach einem Päckchen Kaugummis.«

»Mit Zucker oder ohne?«

»Da lasse ich mich überraschen.« Er hängte auf und klopfte seine Pfeife am Rand des Aschenbechers aus.

18

Der Plymouth, ein zirka drei Jahre altes Modell mit Vinylklappdach, war vermutlich an den Kotflügeln und an den Rändern der Türen ausgebessert worden, denn da waren matte, stumpfe Stellen, während der Lack sonst schön blau glänzte. Der Wagen stand als einziger in einer Reihe diagonal angelegter Parkhäfen auf dem Parkdeckplatz, der am weitesten vom Eingang des überdachten Einkaufszentrums entfernt lag.

Macklin stand in der Mitte des Platzes an der kleinen lackierten Bretterbude eines Schlüsseldienstes. Er beobachtete den Wagen schon, seit er vor zehn Minuten eingetroffen war. Der Fahrer saß nach wie vor hinter dem Steuer, und von Macklins Standort aus sah es so aus, als befände sich sonst niemand im Wagen.

»So, das hätten wir. Macht fünf zwanzig, bitte.« Der bärtige junge Mann am Schalter der Bude händigte Macklin seine Schlüssel plus fünf farbige Metallblechduplikate aus.

Macklin bedankte sich, zahlte und steckte die Schlüssel ein. Er hätte gar keine nachgemachten gebraucht. Von den Originalen, die er dem jungen Mann gegeben hatte, gehörten zwei zur Zündung bzw. zum Kofferraum seines Cougar, der dritte paßte zur Vorplatztür des Hauses, das er mit Donna zusammen bewohnt hatte, der vierte war sein Wohnungsschlüssel und der fünfte ihm selbst ein Rätsel. Er hatte ihn so lange am Bund mit sich herumgetragen, daß er irgendwann einfach vergessen hatte, wozu er diente. Sinn der Übung war lediglich gewesen, Zeit zu gewinnen, um den Wagen und seine Insassen unauffällig beobachten zu können. Mit dem Sportjackett über dem rechten Arm ging er jetzt direkt auf den Plymouth zu, öffnete die Beifahrertür und stieg ein.

Treat, der beobachtet hatte, wie er näher kam, ignorierte die Waffe unter dem karierten Jackett und sah Macklin ins Gesicht. Jetzt, außerhalb seiner häuslichen vier Wände, wirkte das sohlenförmige Gesicht des Waffenschiebers alt und verbraucht, er hatte jede Menge geplatzte Äderchen auf seiner poförmigen Nase. Das Wageninnere roch streng nach Waffenöl.

»Hier drinnen stinkt es«, meinte Treat.

»Dann mach das Fenster auf.«

»Ich meine, wir sollten aussteigen. Wir hätten das Ganze sowieso bei mir zu Hause in Taylor erledigen können«

»Du weißt doch, daß ich nicht zweimal dieselbe Wohnung betrete, wenn es sich irgendwie vermeiden läßt«, entgegnete Macklin. »Und wenn ich ein Ding am Laufen habe, unter keinen Umständen.«

»Wird dich aber ein hübsches Sümmchen kosten. Wegen dir mußte ich eine Klavierstunde absagen. Mein einer Backenzahn muß gezogen werden, und der Vater des Jungen ist mein Zahnarzt.«

»Was hast du mir Schönes mitgebracht?«

»Einen Achtunddreißiger wolltest du ja nicht wieder.«

»Die werden allmählich zu meiner ganz persönlichen Duftmarke.«

»Im Kofferraum.«

»Na, dann wollen wir mal.«

»Steck erst das Ding weg«, sagte Treat. »Ich weiß nur zu gut, wie wenig Abzugswiderstand der hat, und ich möchte kein Blei abkriegen, nur weil du beim Aussteigen ausrutschst.«

Macklin steckte den Smith & Wesson in das Halfter, sie stiegen aus und gingen zum Kofferraum. Bislang hatte Macklin das Hemd über der Hose getragen, damit das Halfter nicht zu sehen war; jetzt steckte er das Hemd hinein und zog das Jackett über, derweil schloß Treat den Kofferraum auf und öffnete die Haube. Er schob den Schaumgummiblock zur Seite, der die Aussparung für den Ersatzreifen zudeckte. Dahinter blitzte das Metall von Pistolen, Revolvern und zerlegten Gewehren auf, alle hübsch ordentlich eingeschmiert und verpackt.

»Und was ist, wenn du einen Platten hast?«

»Dann rufe ich den Automobilclub, wie alle braven Mitglieder.« Treat packte eine längliche, blitzende Pistole aus und stellte sich so hin, daß die Leute auf dem Parkplatz die Waffe nicht sehen konnten. Es handelte sich um dieselbe Zehn-Millimeter-Halbautomatik, die er Macklin schon bei seinem letzten Besuch gezeigt hatte. Der Killer fluchte.

»Wenn mich die Bullen drankriegen wollen, brauchen sie nur den Patronenhülsen nachzulaufen.«

»Wie denn, zum Teufel. Das ist ein Versuchsmodell. Die streiten sich eine Woche darüber, ob es sich um eine Neun-Millimeter oder um einen Achtunddreißiger handelt. Und bis sie sich einig sind, sollte das Ding längst mitsamt dem übrigen Schrott im Fluß rosten. Das ist ein Prototyp, sie hat noch nicht einmal eine Seriennummer.«

»Ich mag keine automatischen Pistolen.«

»Das sagtest du bereits. Aber Revolver gibt es nur in einer Handvoll verschiedener Kaliber. Zweiunddreißiger haben nicht genügend Durchschlagskraft, Vierundvierziger bestehen aus mehr Metall, als du mit dir herumschleppen willst. Und Magnums magst du nicht.«

»Mit einem Magnum auf einen einzigen Menschen zu ballern, ist wie wenn man eine 80er Marke auf einen Brief klebt, für den 60 Pfennig Porto auch reichen«, meinte Macklin. »Feuerkraft ist etwas, womit ich nicht gern herumaase.«

Treat zeigte noch einmal auf die Zehn-Millimeter-Pistole.

»Wieviel?« fragte Macklin.

»Ein Riese, weil du's bist.«

»Soviel habe ich nicht einstecken. Und selbst wenn, tausend Dollar würde ich für das Ding nicht abdrücken.«

»Mann, die sind dir doch auf den Fersen. In deine Wohnung kannst du nicht, und die Bank kannst du auch nicht anzapfen. Und ein Profi wie du wird doch wohl etwas Geld bei sich haben.«

»Fünfhundert, wie beim letztenmal.«

»Dann gib mir die Pistole zurück.«

»Fünfhundertfünfzig, und du legst noch ein Kästchen Munition drauf.«

»Acht«, feilschte Treat. »Und eine Schachtel mit hundert Schuß.«

»Sechs, und ich puste dich nicht gleich auf der Stelle um.«

»Die Knarre ist nicht geladen.«

»Aber meine.«

Der Dealer grinste sich eins. »So etwas hatten wir doch schon einmal. Seinerzeit war es nicht nötig, aber jetzt sage ich es dir wohl besser. Ich feuere jede Waffe, bevor ich sie verkaufe, einmal ab und hebe die Kugel auf. Dann kommt ein Zettelchen dran, an wen ich das Teil verkloppt habe. Und die Kugeln mit den Zettelchen liegen bei einem Freund von mir. Der weiß auch, wo er das hinschicken soll, wenn er nicht einmal pro Woche von mir hört.«

»So ein Bart.«

»Du vergißt, daß ich meine Geschäfte mit Killern mache. Dir habe ich in den letzten zwei Jahren schon drei verkauft. Macht schon einmal drei Anklagepunkte. Wenn du nicht einmal danebengeschossen hast.«

»Sechshundertfünfzig. Schachtel mit hundert Schuß.«

»Sieben und ein Kästchen.«

»Wenn ich ein ganzes Kästchen bräuchte, wäre ich nicht in der Branche, in der ich bin«, wehrte Macklin ab.

»Und warum hast du dann vorhin eins verlangt?«

»Der Nervenkitzel ist doch das schönste am Handeln.«

Ja, das war's dann.

»Mister, stecken Sie mir einen Vierteldollar rein?«

Der alte Mann auf dem überdachten Bürgersteig am Rande der Einkaufspassage zuckte zusammen und sah das kleine Mädchen in Jeans und Sweatshirt vor sich, das rittlings auf dem münzbetriebenen Schaukelpferd saß. Es hatte hellrotes Haar, blaue Augen und riesige Sommersprossen. Er lächelte zurück und faltete seine Kinne auf der Brust, während er zwischen den Schlüsseln und dem Kleingeld in

seiner Hosentasche nach der passenden Münze suchte. Da der Nachmittag recht mild war, hatte er seinen Mantel im Wagen gelassen.
Sein grüner Pullover und der Tirolerhut hielten bei diesen Tempara-
turen warm genug.

Er steckte den Vierteldollar in den Münzschlitz, und sofort begann
das Pferd, auf der Stelle loszugaloppieren. »Danke, Mister.«

»Aber bitte, meine Kleine.«

Als er wieder zum anderen Ende des Parkplatzes hinübersah, sah
er den Grauhaarigen allein neben seinem heruntergekommenen
blauen Wagen stehen. Der Alte blickte sich blitzschnell um und sah
Macklin den nächsten Gang herunterkommen, auf seinen silbernen
Wagen zu. Der Alte lächelte dem Mädchen noch einmal freundlich
zu und stieg dann in seinen Leihwagen, der direkt am Bürgersteig
stand.

Mantis war Fachmann in Sachen Beschattung. Bevor er in die
Abteilung versetzt wurde, die die Amerikaner die *Kill*-Einheit nennen, war dieses Geschäft in seiner Heimat jahrelang seine besondere
Spezialität gewesen. Es hieß von ihm, daß er mitten in einem
Sandsturm ein einzelnes Körnchen im Auge behalten könne. Er war
eitel genug, um auf diese Legende stolz zu sein, aber in Wirklichkeit
war es eine sehr simple Geschichte. Die meisten versuchen zu
krampfhaft unauffällig zu sein, wenn sie jemanden beschatten. Zu
Fuß huschen sie von Versteck zu Versteck, und im Wagen fahren sie
mal schnell und dann wieder ganz langsam und überholen ihr Objekt,
nur weil sie meinen, solche Manöver seien einer gleichbleibenden
Geschwindigkeit vorzuziehen. Er hatte mal einen gekannt, der eine
ganze Hut- und Mützenkollektion auf dem Rücksitz seines Wagens
mit sich spazierenfuhr, er wählte dann ständig eine andere Kopf-
bedeckung, weil er sich einbildete, daß sein Opfer so nicht merken
würde, daß ihm nach Kilometern immer noch derselbe Wagen folgte.
Mantis hatte ihn mit beerdigt, nachdem sie ihn im Straßengraben mit
einem Loch in der Schläfe und einem amerikanischen Baseball-
Käppi auf dem Hinterkopf gefunden hatten. Der Trick besteht
einfach darin, daß man ein unauffälliges Fahrzeug benutzt und dem
anderen einen gewissen Vorsprung gibt, den man dann strikt einhält.
Er folgte Macklin die East Jefferson hinunter und bog mit anderthalb
Blocks Rückstand hinter ihm rechts ab auf die Brücke nach Belle
Isle. Die Sonne schien, ihre Strahlen ließen den Detroit River
förmlich aufblitzen. Stromaufwärts glitten zwei Seegelboote wie helle
Motten um einen langen rostroten Erzschlepper, der sich, vom Lake

Superior kommend, seinen Weg bahnte. Der Leihwagen pfiff an den Stahlstreben der Brücke entlang.

Er parkte mehrere Lücken hinter dem Cougar auf einem Parkplatz. Gerade als Macklin ausstieg, machte er den Motor aus. Mantis blieb in seinem Wagen sitzen, Macklin schlenderte den Fußweg zu dem großen Marmorbrunnen hinunter, an dem die meisten Besucher der Insel irgendwann einmal vorbeikommen. Mantis war sich sicher, daß Macklin zu seinem Wagen zurückkehren würde, und er wußte auch genau, was er auf der Insel wollte. Wenn er eine gebrauchte Waffe hätte loswerden wollen, hätte er dasselbe gemacht.

An einer Ecke des Parkplatzes stand ein Münztelefon, von dem aus er beide Wagen im Auge behalten konnte. Der Alte stieg also aus, warf seine Münzen ein und wählte Mr. Browns Nummer.

»Ich rufe nur an, um mich zu vergewissern, daß sich die Pläne in bezug auf das Paket nicht verändert haben«, sagte er, als sich das gepflegt sonore Amerikanisch meldete.

»Es ist alles beim alten geblieben. Haben Sie ihn aufgespürt?«

»Über diese King. Im Moment beobachte ich seinen Wagen.«

»Und was macht er?«

»Wird wohl den Fluß bewundern. Und etwas hineinwerfen.«

Browns Schweigen sollte bestimmt eine Frage sein.

»Keine Leichen«, versicherte ihm der Alte. »Er geht auch nicht schneller vor als ich. Ich glaube, ich mag ihn.«

»Schließen Sie ihn nur nicht zu sehr ins Herz.«

»Er ist nicht der erste, den ich mag. Damit hat es nie Probleme gegeben.«

»Wann können Sie in Aktion treten?«

»Früher, als ich eigentlich möchte. Dieser Mensch scheint keinerlei Angewohnheiten zu haben. Nun bin ich ihm schon den ganzen Tag über auf den Fersen, und er hat nicht die geringste Kleinigkeit zweimal am selben Ort oder auf dieselbe Art und Weise gemacht. Das ist alles sehr spannend, und ich hätte nicht übel Lust, einen ganzen Monat so weiterzumachen, wenn der Zeitfaktor nicht wäre. Gelegenheiten gab es schon. Und ich glaube, daß ich die nächste ergreifen werde, die sich bietet.«

»Sehr gut. Sie rufen mich an, wenn Sie etwas brauchen.«

»Ich rufe Sie an, wenn es erledigt ist.«

Er hing den Hörer auf, guckte, ob Geld zurückkam, seufzte enttäuscht und ging zu seinem Oldsmobile zurück. Er nahm die Walther aus dem Handschuhfach, prüfte, ob sie auch richtig geladen war, und legte sie neben sich auf den Sitz. Nachdem er Macklin vergangene Nacht zu seinem Motel gefolgt war, hatte er so lange gewartet, bis das Licht in seinem Zimmer ausging, erst dann war er in sein eigenes Hotel gefahren, um die Pistole zu holen. So nahe am Oberschenkel fühlte sie sich richtig gut an, fast wie früher eine Erektion.

19

Moira King verließ ihre Aufnahmekabine, um Kaffee zu trinken und eine Zigarette zu rauchen. Am Nachmittag war ihr die Arbeit nicht gut von der Hand gegangen, und jetzt hatte sie Kopfschmerzen vom Druck der Kopfhörer.

Der kleine Personalaufenthaltsraum war leer. Sie holte sich aus dem Automaten einen Styroporbecher Kaffee und setzte sich gleich an den ersten Tisch, mit dem Rücken zur offenen Tür. Der Raum roch nach Kaffee und billigem Bohnerwachs. Das war eine eindeutige Verbesserung gegenüber den Studiolotterbetten, in denen sie seinerzeit gedreht hatte, wo es stechend bitter nach Haschisch gestunken hatte, und über allem noch das ekelerregende Aroma der menschlichen Biologie in ihren tiefsten Niederungen.

Sie arbeitete gern bei der Telefongesellschaft. Sie konnte anziehen, was sie wollte – heute zum Beispiel Cordhosen und eine ärmellose blaue Baumwollbluse –, und mußte keine zu engen Strapse tragen oder aufreizende Nylonschlüpfer mit Schlitzen vorne und hinten oder Netzstrümpfe, die ihre Füße nach einem langen Arbeitstag in Pumps mit Pfennigabsätzen wie Stacheldraht quälten. Und sie lernte auch immer etwas von den Informationen, die sie auf Band sprach, erfuhr etwas über das Wetter, über das Buchsortiment in der Bibliothek oder über die Möglichkeiten, in Michigan zu angeln. Oder über irgendein anderes der annähernd fünfzig Gebiete, auf denen die Telefongesellschaft ihren Kunden Ansagedienste zur Verfügung stellte. Sie hatte eine gute Mikrofonstimme, allerdings verdankte sie die bestimmt nicht den winzigen Sprechrollen, die ihr die Drehbuchautoren in den Filmen zugebilligt hatten. Und manchmal verdiente sie sich sogar noch etwas extra, indem sie Bücher oder Zeitschriftenartikel für Blinde auf Band sprach. Falls ihre Vorgesetzten von ihrer früheren Beschäftigung wußten, so hatte es jedenfalls keiner erwähnt, vermutlich, weil keiner wollte, daß jemand erfuhr, daß er sich solche Filme anguckte.

Aber heute hatte sie sich beim besten Willen nicht auf die Texte konzentrieren können, die sie las. Es waren Unmengen von Wiederholungen nötig gewesen, bis sie schließlich die Nase voll hatte, dieselben Worte immer und immer wieder zu lesen. Schließlich war sie so gereizt, daß sie noch zusätzlich Fehler gemacht hatte. Sie war abgelenkt. Wiederholungen waren nicht ihre Stärke. In ihrem früheren Beruf gab es so etwas praktisch nicht, das geringe Budget ließ es einfach nicht zu, nach höchster Perfektion zu streben, und außerdem war es sowieso so gut wie ausgeschlossen, so grobe Fehler zu machen, daß eine Wiederholung erforderlich wurde. Beim Sex kann man keinen wirklichen Bockmist bauen.

Als sie daran dachte, fiel ihr auch die vergangene Nacht wieder ein. Mit Macklin war es ganz anders gewesen. Sie wußte selbst nicht, woran das lag. Eine Abenteuerin war sie ja nun kaum mehr, und deshalb glaubte sie nicht, daß sie das Wissen um seinen Beruf erregt hatte; allerdings hatte sie Frauen gekannt, die ständig von den gräßlichen Morden sprachen, über die sie in der Zeitung gelesen hatten, und die allen Ernstes laut darüber fantasierten, wie es wohl sein möge, mit dem Täter ins Bett zu gehen. Dabei war er gar nicht einmal besonders gut gewesen. Nur ein bißchen Vorspiel, erst an den Brüsten, dann an der Möse herumfummeln, und dann kam er gleich zur Sache. In weniger als fünf Minuten war er fertig. Aber in seinem Sex lag etwas so elementar Animalisches, das sie weder bei dem krampfhaft verlängerten Vorgeplänkel im Scheinwerferlicht kennengelernt hatte noch bei einem Marathonmann wie Roy, von den hechelnden Buben aus der High-School, die sie auf den Autorücksitzen abgeleckt hatten, einmal ganz abgesehen. Bei Macklin ging es schlicht und einfach um Bedürfnisse und Befriedigung, er wußte, wie er kriegen konnte, was er brauchte, und brachte es doch die ganze Zeit im Bett noch fertig, auch an sie zu denken.

Sie kam zu dem Schluß, daß es sich um Liebe nicht handeln könne. Sie mochte den Mann nicht einmal. Er machte ihr mindestens ebensoviel angst wie Roy. Aber wenn sie nach Monaten zum erstenmal wieder eine Liebesnacht vorhatte, sollte es schon einer sein, der sie nicht ganz vergaß dabei.

»Ich frage mich, was in deinem Köpfchen vorgeht, Süße.«

Als sie von ihrem leeren Becher hochsah, war Roy gerade dabei, ein Bein über die andere Sitzbank an ihrem Tisch zu schwingen. Er hatte seine geliebte Marinejacke an, sie war über der nackten Brust offen, und sein dichtes semmelblondes Haar teilte sich auf der Stirn in zwei gleich dicke Strähnen, wie James Cagney in *Chicago*. Moira konnte sich noch genau erinnern, wie er diese Pose vor dem Spiegel eingeübt hatte, nachdem er den Film gesehen hatte.

Er hatte Cagneys höhnisches Grinsen und Robert Mitchums schläfrigen Blick, und das war ein Punkt, der sie schon immer an ihm gestört hatte: daß sie nie wußte, was nun echt an ihm war und was von den alten Filmen abgeguckt, die es nachmittags immer im Fernsehen gab und die er selten versäumte.

»Wie bist du hier reingekommen?« Ihre Stimme war schrill. Sie blickte sich schnell um. Sie waren allein, aber sie zwang sich trotzdem, leiser zu sprechen. »Der Raum hier ist nur für Angestellte.«

»Jaja, es waren aber keine Wachen da. Als ich die Verbotsschilder gesehen habe, habe ich mir vor Schiß bald in die Hose gemacht, aber ich habe meine Angst überwunden, und da bin ich nun. Ich dachte, du würdest dich freuen, mich zu sehen.«

»Ich habe dich schon einmal gebeten, mich in Ruhe zu lassen.«

Er klaubte ein riesen Taschenmesser aus der Hosentasche seiner engen Jeans, grinste dabei unverschämt breit und fing an, damit zu spielen, klappte die große Klinge auf, klappte das Messer wieder zu. »Wohl Besuch gehabt gestern abend, wie? War aber ein kurzer Fick.«

Seine Klippschulsprache hatte sie schon immer auf die Palme gebracht. Er hatte ein Jahr an der Pennsylvania State University studiert, bevor seinen Eltern das Geld ausging. Als Roy bemerkte, wie sie auf das Messer starrte, grinste er noch breiter.

»Es ist ganz neu und noch ein bißchen steif. Als ich eingefahren bin, haben sie mein gutes einbehalten. Das war so locker, daß ich es an der Klinge aufklappen konnte. Mannomann, dieser Nigger auf dem Parkplatz hat ganz schön blöd aus der Wäsche geguckt.«

»Wozu brauchst du das Ding? Kein Mensch hat heutzutage noch ein Taschenmesser.«

»Das ist genau der Fehler. Sieh mal, das ganze Land ist eben am Arsch. Die Typen haben kein Taschenmesser mehr. Dann haben sie Kennedy erschossen, und nun ist die Kacke ganz am Dampfen. Wer ist denn dein neuer Boyfreund? Ein bißchen alt für dich, findest du nicht auch?«

»Warum spionierst du mir nach?«

»Der kriegt ihn bestimmt nur einmal in der Woche hoch. Ich habe immer 'nen Steifen. Diese Psychiaterschnepfe in Ypsi sollte einen Bericht über mich schreiben. Sie meinte, ich sei ein psycho-physisches Phänomen.« Er verhedderte sich bei diesem Wort. »Tja, aber dann sind die anderen Irrenärzte gekommen und haben mich rausgelassen. Mit 'ner Spucktüte wäre die übrigens gar nicht so schlecht gewesen. Schön feste Titten. Wie sind denn deine jetzt, Süße, immer noch so prall und fest?« Er sah sie an.

»Ich rufe den Wachschutz.«

»Dann warte ich so lange.« Er griff nach ihrem leeren Styroporbecher und fing an, ihn mit dem Messer zu bearbeiten. Er schnitt kreisrunde Scheiben heraus.

Sie saß unbewegt da. »Ich verliere meinen Job.«

»Es gibt haufenweise andere Jobs. Du legst ein paar Pfund zu, machst dich ein bißchen hübsch, schwingst dich in die richtigen Klamotten und ab geht die Luzy. Denk nur an Linda Lovelace und *Deep Throat*. Echt geil!«

»Ich will damit nichts mehr zu tun haben, das habe ich dir schon einmal gesagt. Als du diesen Mann damals erstochen hast, stand mein Entschluß fest. Habe ich eigentlich jemals erwähnt, daß mich die Geschichte damals überhaupt nicht überrascht hat? Das einzige, was mich überrascht hat, war, daß ich so lange bei dir geblieben bin, um es noch mit anzusehen.«

»Du warst doch gar nicht dabei.«

»Ich meine das im übertragenen Sinne.«

»Wer ist denn nun dein neuer Boyfreund?«

»Was heißt hier Boyfreund? Ich bin doch kein Teenie mehr.«

»Vielleicht finde ich es ja allein heraus.« Roy hatte in der Zwischenzeit den Becher ganz zerschnippelt und machte sich jetzt daran, die Styroporstücke noch weiter zu zerlegen. Die Klinge kratzte metallisch auf der Tischplatte.

»Warum tust du das?«

»Man muß ein Messer immer wieder mal benutzen, sonst kann man es ständig zum Schleifen bringen.«

»Du weißt genau, was ich meine.«

»Wir plaudern doch nur. Ich unterhalte mich gern und du auch. Egal, was wir getrieben haben, du hast pausenlos gequatscht. Weißt du noch? Nur bei einer Gelegenheit hätte ich mir gewünscht, daß du endlich die Klappe hieltest.«

»Meine Pause ist zu Ende.« Moira stand auf.

Er packte sie fest am Handgelenk. In der anderen Hand hielt der das Messer auf dem Tisch, mit der Klinge nach oben. »Ein langweiliger Oppa, Süße.«

»Du drückst mir das Blut ab.« Aber sie versuchte nicht, sich loszumachen.

»Das geht noch besser.«

»Miss King?«

Beide blickten durch die offene Tür in den Flur. Dort stand ein Mann in mittleren Jahren mit grauen Haaren, Schnurrbart und Brille. An der Außentasche seines blauen Anzugs hatte er ein Hörgerät stecken, es war durch einen dünnen Draht mit einem Knopf in seinem rechten Ohr verbunden.

»Ich wollte gerade wieder an meinen Platz gehen, Mr. Turner.« Moira blickte Roy an, der freundlich lächelte und ihr Handgelenk losließ. Das Messer hatte er zusammengeklappt und weggesteckt.

Jetzt bemerkte ihn auch Mr. Turner. »Sind Sie hier angestellt? Wenn nicht, müßte dich Sie leider bitten, diesen Raum zu verlassen.«

Roy klappte den Mund mehrmals auf und zu, aber kein Ton drang zwischen seinen Lippen hervor.

»Wie bitte?« Mr. Turner klopfte an sein Hörgerät.

Roy stand auf, beugte sich vor, legte beide Hände an den Mund und öffnete ihn weit. Er gab keinen Laut von sich. Turner nahm den Apparat heraus und klopfte noch einmal mit zornigen Blicken darauf.

»Roy...«, bat Moira.

Jetzt verstand Mr. Turner, was gespielt wurde. Er befestigte das Hörgerät wieder an seiner Anzugtasche. »Aha. Wirklich sehr lustig. Miss King, ist dieser Mann ein Bekannter von Ihnen?«

»Ich wollte ihm gerade den Weg zur Gebührenstelle zeigen.«

»Sind Sie dafür zuständig?« fragte Roy.

»Mir obliegt die Aufsicht in der Nachmittagsschicht.«

»Ich will mich wegen meiner Telefonrechnung beschweren. Ihr habt mir zwei Ferngespräche aufs Auge gedrückt, die ich gar nicht geführt habe. Wahrscheinlich macht ihr das, weil euch die anderen Gesellschaften die Kunden wegschnappen.«

»Es kann sich nur um ein Versehen handeln. Wenn Sie...«

»Versehen? Scheiße!« Er brüllte. Sein Gesicht war weiß vor Zorn, ganz angespannt. »Ihr Scheißer denkt wohl, daß wir alle Idioten sind. Was halten Sie davon, daß ich Ihnen Ihren todschicken Binder abschneide und Ihnen in den Arsch schiebe?« Er griff in die Hosentasche.

Turner sah weg. »Die Abteilung Kundendienst ist im Parterre. Miss King?«

Sie zögerte, beobachtete Roy. Er hatte die Hand wieder draußen, ohne Messer. Moira wandte sich zum Flur um.

Roy sagte: »Ich meine es ernst, Süße. Wenn sich der olle Stinkstiefel noch mal zeigt, könnte er sich ganz leicht weh tun.«

Moira ging an Mr. Turner vorbei, ohne sich noch einmal umzudrehen.

»Ich zeige Ihnen den Aufzug«, erbot er sich, »Mister?«

»Bates.« Roy ging voran. »Norman Bates.«

20

Richter Flatter schloß die Akte, übergab sie dem Gerichtsdiener, einem pensionierten schwarzen Expolizisten mit einem kleinen roten Tintenfleck am linken Nasenflügel, und faltete seine Hände vor sich auf dem Schreibtisch. »Jetzt ist alles gerecht. Ich glaube, wir können jetzt die Abschlußverhandlung festsetzen. Gibt es ernste Einwände gegen den achten November? Das ist ein Donnerstag.«

Howard Klegg, der mit überschlagenen Beinen an der einen Ecke vor dem Schreibtisch hockte, warf seinem Mandanten einen kurzen Blick zu. Macklin nickte. Dann schaute der Anwalt fragend zu Gerald Goldstick hinüber, der neben Donna Macklin an der anderen Ecke des Schreibtisches saß. Goldstick studierte einen Taschenkalender vom Format einer Kreditkarte. Klegg waren Leute, die solche Kalender bei sich hatten, äußerst suspekt. Die wußten immer schon drei Monate im voraus, was sie an dem und dem Tag machten. Vermessen, derart mit einem langen Leben zu rechnen.

»Freitag wäre günstiger«, meinte Goldstick, als er von seinem Kalender aufschaute.

»Dieses Gericht tritt freitags nicht zusammen«, sagte der Richter bedauernd.

»Na, dann eben doch Donnerstag.«

Dieses Bürschen hat an dem Donnerstag sowieso keine Termine, dachte Klegg.

Beide Anwälte schüttelten Flatter die Hand und verließen dann mit ihren Mandanten den Raum. Auf dem Flur ließ Macklin Klegg links liegen und folgte seiner Frau. Goldstick wollte bei Donna bleiben, als sie ihm mit zwei Fingern auf den Unterarm tippte, trollte er sich weiter. Klegg, der ihnen mit geringem Abstand folgte, bekam einige Brocken der Unterhaltung zwischen Macklin und seiner Frau mit.

»Hast du Roger in letzter Zeit gesehen?« fragte Macklin.

»Nein. Ich habe bei Lonnie Kimball angerufen. Der sagte, daß er gestern ausgezogen sei, er wisse aber nicht, wohin.«

»Das will mir überhaupt nicht gefallen.«

»Was soll ich deiner Meinung nach tun? Ihm einen Detektiv auf den Hals hetzen?«

»Geh zur Polizei. Schließlich ist er noch nicht volljährig.«

»Er würde sowieso nur wieder weglaufen. Wenn das, was du mit ihm besprochen hast, nicht ganz umsonst war, wird er es sich schon noch einmal anders überlegen.«

»Es war absolut verlor'ne Liebesmüh'«, meinte Macklin, »reine Zeitverschwendung.«

»Das weißt du doch gar nicht.«

»Ich kenne doch meinen Sohn.«

»Und wie! Wenn du ihn tatsächlich kennen würdest, hätten wir all den Schlamassel überhaupt nicht. Du warst doch so gut wie nie zuhause.«

»Aber du. Du mußtest ja nur die leeren Flaschen zählen, um dich davon zu überzeugen.«

Sie gingen ein paar Meter weiter, ohne ein Wort zu wechseln. Dann fragte Macklin: »Warum hast du Klegg nicht sofort angerufen, als du erfahren hast, daß Roger bei Lonnie Kimball ausgezogen ist?«

»Ich renne nicht mehr mit jeder Kleinigkeit zu dir.«

»Seit wann denn das?«

»Ich bin eine erwachsene Frau. Du glaubst doch wohl nicht, daß ich meinen zukünftigen Exehemann jedesmal um Erlaubnis frage, wenn ich aufs Klo muß.«

Macklin guckte zu Goldstick hinüber, der am Ende des Flurs stand und auf die Hinweistafel mit dem Wegweiser durchs Gebäude stierte. Die Hände hatte er vor dem Bauch fest um den Griff seiner Aktentasche geklammert. »Aha.« Macklin ließ Donna allein weitergehen.

»Worum ging's denn?« erkundigte sich Klegg, als er dazukam.

»Nicht der Rede wert. Meine Alte pennt mit ihrem Anwalt.«

»Hört sich aber ernst an.«

»Viel zu lachen hatte ich bei ihr nie.«

Der Anwalt warf Macklin einen verstohlenen Seitenblick zu und fragte sich, ob der auf seine alten Tage womöglich doch noch einen gewissen Sinn für Humor entwickelte.

»Roger Macklin«, verkündigte Gordy.

Charles Maggiore war in seinem Fitneß-Raum im Keller dabei, Gewichte zu stemmen, er hielt inne, die Hantel über der nackten Brust. »Am Telefon?«

»In der Vorhalle.«

»Scheiße.« Er stemmte weiter.

»Soll ich ihm sagen, daß er verschwinden soll?«

»Schick ihn in ein paar Minuten rein.«

Das Urvieh nickte, drehte sich um und stieg die Treppe zum Parterre hoch. Wenn er nicht zugegen war, wirkte der Raum gleich viel größer.

Maggiore machte noch zwei Stöße, dann verstaute er die Hantel. Er rappelte sich auf, griff nach einem Handtuch am Lenker seines Heimfahrrades und rubbelte sich Gesicht und Oberkörper ab. Er versuchte, nicht auf die Spiegelwand vor sich zu gucken. Selbst bei besserer Laune hätte ein einziger Blick genügt, sie zu vermiesen. Unter normalen Umständen war er ein ausgesprochener Freund von Spiegeln und anderen Dingen, die geeignet waren, sich darin zu betrachten: seine gute Figur, die gepflegte Bräune, die ganze Erscheinung eines Sonnyboys, kein Mensch würde ihm den Mittfünfziger abnehmen. Aber in letzter Zeit hatte er ständig mit seinen Anwälten und Steuerberatern im Haus gehockt und war weder unters Solarium noch zu seinem Fitneßtraining gekommen. Nun war er gar nicht scharf darauf, die Folgen dieser sträflichen Vernachlässigung vor Augen geführt zu bekommen. Er fragte sich, wo er wohl die Zeit hernehmen solle, das wieder wettzumachen.

Gerade als er mit dem Abrubbeln fertig war und in einen Frotteebademantel schlüpfte, der links ein dickes Schulterpolster hatte, um den Höcker auf seiner rechten Schulter optisch auszugleichen, kam Peter Macklins Sohn die Treppe herunter. Roger trug ein ausgeblichenes blaukariertes Arbeitshemd offen über einem schwarzen T-Shirt und Jeans, die ihm um die Taille mindestens eine Nummer zu groß waren. Unterhalb des Gürtels, den er sich so eng es ging zusammengeschnürt hatte, warf der abgetragene Stoff unschöne Falten. Er hatte keine Socken an, und seine Füße wirkten riesig in den verdreckten Turnschuhen. Im bläulichen Neonlicht der Deckenlampen war sein junges Gesicht voller Runzeln.

»Danke, daß Sie mich empfangen.« Er strecke Maggiore seine knochige Rechte entgegen.

Als Veteran der Bandenkämpfe teilte der Sizilianer Peter Macklins Abneigung gegen den Handschlag und ließ Rogers Hand sofort wieder los. »Was kann ich für dich tun, Junge? In zwanzig Minuten kommen meine Korinthenkacker wieder.«

»Ich wollte Sie nur fragen, ob Sie schon etwas für mich haben.«

»Noch nicht, ich habe dir doch gesagt, daß ich dich anrufe.«

»Deshalb. Da ist nämlich noch etwas: Ich bin nicht mehr unter der Nummer zu erreichen, die ich Ihnen gegeben habe. Ich habe jetzt in der Nähe der Gratiot Avenue ein Dachzimmerchen bei einer alten Frau, der ich ein bißchen zur Hand gehe. Kein Bad und kein Telefon.«

»Brauchst du Geld?«

»Eigentlich schon, aber ich will es mir verdienen.«

Maggiore lächelte und klopfte Roger auf die Schulter. »Komm, laß uns hochgehen.«

Als sie in der Bibliothek waren, holte Maggiore ein Scheckbuch aus der obersten Schreibtischschublade. Beim Ausfüllen fragte er: »Helfen dir ein paar hundert fürs erste?«

»Das ist aber nur geliehen.«

»Sagen wir, ein Vorschuß auf dein erstes Honorar.«

»Ich will wirklich arbeiten, Mr. Maggiore. Meine Nerven haben sich schon ziemlich beruhigt.«

»Hast du deinen Vater in letzter Zeit mal getroffen?« Er unterschrieb den Scheck und riß ihn vom Block ab.

»Neulich erst.« Roger wollte nach dem Scheck greifen, aber Maggiore zog die Hand zurück und sah ihn an.

»Du hast ihm doch wohl nichts erzählt.«

»Sie meinen, daß ich für Sie arbeiten will? Also . . . doch schon, aber er wußte es irgendwie bereits. Er hatte es von Mutti.«

»Wie bitte? Du willst mir doch wohl nicht erzählen, daß du mit deiner Mutter darüber gesprochen hast?«

»Sie muß es sich zusammengereimt haben. Für so was hat die einen Riecher. Wissen Sie, sie säuft und kriegt kaum was mit. Aber manchmal . . .«

»Das ist doch nicht zu fassen. Du hast also deiner Mutter angekündigt, daß du unter die Killer gehen willst.«

Roger zuckte die Achseln und schielte auf den Scheck.

Maggiore lehnte sich zurück, faltete das Formular der Länge nach und spielte damit. Schließlich streckte er die Hand mit dem Scheck aus. Als Roger seine Finger darum schloß, hielt er ihn fest.

»Und was hat dein Vater gesagt?«

»Der wollte mir Schiß einjagen, um mich davon abzubringen. Hat einen allerfeinsten Spaziergang durchs Leichenschauhaus mit mir gemacht.« Er versuchte ein Grinsen. »Der kann sich vermutlich gar nicht vorstellen, daß meine Alpträume viel schlimmer sind. Von Schlangen und Spinnen und daß mir der Pimmel abfällt. Aber es wird allmählich besser«, fügte er eilig hinzu.

»Ich meine, was hat er über mich gesagt?«

»Scheißkerl hat er Sie genannt.«

»Sonst noch was?«

Roger schüttelte den Kopf. »Sie haben doch nicht etwa Angst vor ihm?

Mit der Hand, die nicht den Scheck hielt, machte Maggiore eine plötzliche Bewegung. Roger schrie auf und zog seine Hand zurück. Der Füller, mit dem der Sizilianer das Formular ausgefüllt hatte, stak im Handrücken, die Feder zur Hälfte ins Fleisch gebohrt. Roger zog den Füller heraus und hielt sich die Hand, aus der das Blut herauspulsierte.

»Als ich den ersten umgelegt habe, war ich jünger als du«, meinte Maggiore. »Ich habe ihm mit einem Stein den Schädel eingeschlagen. Wenn du das hinter dir hast, kannst du wiederkommen und mir etwas über Angst erzählen.«

Plötzlich stand Gordy in der Tür.

»Leute vom Finanzamt«, dröhnte er. »Die sagen, sie hätten einen Hausdurchsuchungsbefehl.«

»Scheiße«, fluchte Maggiore. »Hast du ihn dir angesehen?«

»Nur den Umschlag.«

»Lies dir alles durch.«

»Auch das Kleingedruckte?«

»Mitsamt Stempel, alles. Ich brauche noch zwei Minuten.«

Das Urvieh stand da, blickte von seinem Arbeitgeber zu Roger, der sich immer noch die Hand hielt. Dann latschte er aus der Bibliothek. Maggiore schob Roger den Scheck entgegen.

»Glaubst du, daß du eine Telefonnummer merken kannst, ohne sie dir aufzuschreiben?«

Roger nuckelte an seiner Wunde, um das Blut zu stillen.

»Glaube schon.«

»Weil nämlich . . . wenn du es nicht kannst und die Nummer bei dir gefunden wird, werden sich die Gerichtsmediziner fragen, wo du den Fleck auf deiner Hand herhast.«

»Ich kann sie mir bestimmt merken.«

Maggiore gab ihm die Nummer, und Roger wiederholte sie zweimal. »Ruf jeden Abend zwischen sechs und halb sieben an und sag nur deinen Namen. Wenn keiner rangeht, gibt es nichts für dich. Sonst kriegst du Anweisungen.«

»In Ordnung.« Maggiore stand auf und zog sich den Gürtel seines Bademantels fester um die Taille. »Nimm den Hinterausgang, am Swimmingpool vorbei.«

Roger drehte sich um, aber Maggiore hielt ihn zurück.

»Du hast deinen Scheck vergessen.«

Roger nahm ihn sich vom Schreibtisch.

»Laß dir die Hand besser untersuchen. Mit einer Blutvergiftung ist nicht zu spaßen.«

Randall Burlingame legte Louise Gabel einen kleinen Stoß säuberlich getippter Bögen auf den Schreibtisch. Seinen Mantel hatte er zusammengefaltet über dem Arm.

»Schicken Sie das bitte morgen ab? Es ist die Spesenabrechnung, Washington hat die gern hübsch ordentlich, aber bloß nicht allzu pünktlich.«

Sie nickte und guckte fischblütig aus dem Fenster, das auf die Detroiter Seite des Flusses hinausging. »Es könnte Regen geben. Sie sollten einen Hut aufziehen.«

»Seit Hoover tot ist, trage ich keinen Deckel mehr. Der hatte so einen Tick von wegen in der Öffentlichkeit nur mit Filzhut. Für den war der Kopf wohl auch eine erogene Zone.«

»Sie werden sich eine Lungenentzündung holen. Das hat er dann davon.«

»Wie lange bemuttern Sie mich nun schon, Louise?«

»Wie lange bin ich Ihre Sekretärin?«

In diesem Moment stürzte ein junger Mann mit einem braunen Dienstumschlag ins Zimmer. Er hatte einen rötlichbraunen Anzug an, sein sandfarbenes Haar war um die Ohren herum untadelig abrasiert. Vorschriftsmäßig hatte er sich seinen Dienstausweis mit einer blauen Wäscheklammer aus Plastik an der Außentasche seines Jacketts angebracht. Der Büroleiter, der seine verloren hatte und statt dessen eine Büroklammer benutzte, fand, daß er wie eine Kreuzung aus dem Alten und Derrick aussah. »Mr. Burlingame, da bin ich aber froh, daß ich Sie noch vor dem Essen erwische.«

»Was liegt an, Fieldhouse?«

Der junge Mann lächelte geschmeichelt. »Daß Sie sich noch an mich erinnern?«

»Ihr Name steht auf dem Dienstausweis. Wo brennt's denn?«

»Hier ist ein Fernschreiben aus Washington, gerade eingetroffen.«
Fieldhouse reichte ihm den Umschlag. »Ich weiß, daß Sie das gleich
sehen wollen. Es geht um den Mann, den die Intertrap-Leute zusammen
mit dem Chinesen und mit Wassilij Kurof fotografiert haben. Der
mit den Koteletten.«

Burlingame machte den Umschlag auf und las das Fernschreiben.
Als er fertig war, blickte er den jungen Beamten an.

»Wer hat das sonst noch zu Gesicht gekriegt?«

»Niemand. Ich weiß, daß ich das eigentlich meinem Vorgesetzen
hätte zeigen müssen.«

»Wer ist Ihr Vorgesetzter?«

»Reed Wallace, in der Registratur.«

»Mrs. Gabel, Mr. Fieldhouse ist ab sofort in meiner Abteilung, mir
direkt unterstellt.« Und an Fieldhouse gerichtet fügte er hinzu: »Das
heißt, falls Sie nichts dagegen haben.«

»Aber nein, Sir.«

Burlingame machte den Umschlag wieder zu. »Sie haben soeben
Ihrem Vorgesetzten Bericht erstattet. Sie brauchen Mr. Wallace
damit nicht zu behelligen. Sonst auch niemanden.«

»Ja, Sir.«

»Ach, und Fieldhouse«, meinte Burlingame noch, »lassen Sie sich
doch die Haare an den Seiten etwas wachsen. Sie sehen ja aus wie ein
FBI-Agent.«

21

Die Farm war über und über mit Gemeiner Quecke, Löwenzahn und
diesen häßlichen Kletten überwuchert, die sich nur da breit machen,
wo einst bebautes Land seinem Schicksal überlassen wird. Der Stall
war eingestürzt, und vom Hause selbst waren inmitten einer Wiese,
die jetzt nur noch aus Brennesseln und wildem Weizen bestand, nichts
als die verkohlten Grundmauern und ein offener Keller übriggeblieben.
Die Ziegelsteine, die ehedem den Schornstein gebildet hatten,
hatte die Straßenreinigung weggeschafft. Neueren Datums war nur
der Stacheldraht, der die vierundzwanzigeinhalb Hektar Land einfaßte.
Er war stramm um die mit Holzschutzmittel behandelten Zedernpfosten
gespannt, die, wie Gewehrpatronen im Abstand von vier
Metern aufgereiht, knapp anderthalb Meter in den Boden gerammt
waren und ebenso weit herausragten.

Macklin öffnete das Vorhängeschloß, stieß das Tor auf, stieg wieder in seinen Wagen und steuerte ihn ganz vorsichtig über die holprigen Überreste der Zufahrt. Er parkte hinter den Zweigen junger Ahornbäume, die aus dem Regenwasserspeicher wuchsen. Dann ging er zum Tor zurück und verschloß es wieder.

Es war windig, und hohe Zirruswolken warfen ihre gefiederten Schatten, die geschwind über den Erdboden huschten. Macklin trug statt seines Sportjacketts ein rot-schwarz kariertes Übergangsjackett aus fünfzig Prozent Wolle, das ihm bis kurz über die Taille ging. Der Geruch des Materials und wie es sich anfühlte erinnerte ihn auf sehr angenehme Weise an die Jagdferien, die er mit seinem Vater immer verbracht hatte – bevor die Zeiten schlechter und sie sich fremd wurden. Während er auf die Grundmauern des Farmhauses zuging, holte er die Zehn-Millimeter-Pistole aus dem Halfter, fischte aus der Hosentasche das volle Magazin, pustete einmal dagegen, um eventuelle Fusseln zu entfernen, und schob es in den Griff der Waffe. Selbst mit der Munition war sie immer noch unwahrscheinlich leicht.

Das Grundstück gehörte Macklin, oder besser gesagt, ihm und der Bank; er hatte es gegen eine Anzahlung von zehntausend Dollar von der Witwe eines Spielhöllenbesitzers aus Hamtranck erworben, der es sich als Altersruhesitz zugelegt hatte, bevor ihm einer, der schlecht verlieren konnte, statt der ausstehenden Schulden einen Haufen zweiunddreißiger Projektile zudachte. Von den hunderttausend Dollar, die er als Honorar für seinen Einsatz auf dem Ausflugsdampfer einkassiert hatte, hätte er das Anwesen natürlich gleich ganz kaufen können, aber größere Finanztransaktionen erregten zuviel Aufmerksamkeit, und eine bessere Geldwaschanlage als Ratenzahlungen und Grundsteuern kriegte auch der gewiefteste Vermögensberater nicht hin. Das Land lag nicht ganz fünfzig Kilometer westlich von Detroit und war unter falschem Namen im Grundbuch eingetragen, direkt nebenan befand sich ein Freizeitpark, der in dieser Jahreszeit geschlossen war, und an der anderen Seite grenzte eine große Farm an, deren Eigentümer sich kräftig dafür schmieren ließ, daß er die Getreideüberschüsse des Landes nicht vergrößerte. Macklin brauchte sich also wegen der Nachbarn nicht den Kopf zu zerbrechen.

Er hatte keineswegs vor, sich zur Ruhe zu setzen oder Farmer zu werden. Aber Schießplätze wurden in einer Stadt, in der die Paranoia vor Feuerwaffen zusehends wuchs, immer rarer, und auf den wenigen verbleibenden wimmelte es vor mehr Cops als in einer Bar gegenüber einem Polizeirevier. Nach Pennsylvania gab es in keinem anderen

Staat der USA so viele Freizeitjäger wie in Michigan. Wenn am 15. November die Jagdsaison begann, würde hier auf dem Lande angesichts all der modernen Hobby-Lederstrümpfe, die rundum ihr Schützenglück auf die Probe stellten, niemand auf ein paar Schüsse mehr achten. Wie zur Bestätigung dieser Einschätzung hörte Macklin in diesem Moment von fern einen Schuß. Er bahnte sich, eine verrostete Konservendose vom verödeten Müllhaufen der Farm in der Hand, einen Weg durch das hohe Unkraut.

Als er so weit von der Landstraße entfernt war, daß man von dort seine Waffe nicht mehr sehen konnte, suchte er sich einen Hügel aus Steinen, die ein längst verblichener Landmann aus den Ackerfurchen geklaubt hatte, und stellte die Dose darauf. Dann schritt er achtzehn Meter ab, drehte sich um, stellte sich in Positur, stützte die rechte Hand, in der er die Pistole hielt, mit der Linken ab. Er zielte schnell, aber sorgsam. Es gab einen lauten Knall. Der Rückstoß bereitete ihm einen stechenden Schmerz, der ihm bis ins Handgelenk hochfuhr. Die Dose fiel scheppernd um.

Seine Hand prickelte. Er nahm die Pistole mit der anderen und schüttelte derweil die Rechte, damit das Blut wieder einströmte. Er stierte skeptisch auf sein Ziel. Handfeuerwaffen mit einem schweren Rahmen, der den Rückstoß abfing, waren ihm bedeutend lieber. Der Rückschlag von dieser hier hatte ihn aus dem Konzept gebracht, oder vielleicht war auch das Visier verzogen, jedenfalls hatte er die Büchse nur rechts oben gestreift, statt sie richtig in der Mitte zu treffen. Er zielte noch einmal. Selbst mit der besten Handfeuerwaffe ist ein Schuß auf diese Entfernung ein fragwürdiges Unterfangen, für alles, was weiter weg ist, braucht man in jedem Fall ein Gewehr.

Diesmal war er auf den Rückstoß vorbereitet, die Kugel flog ganz gerade, sie drückte die Dose an einen hochstehenden Felsbrocken, von dem ein Stückchen absprang. Macklin wechselte den Winkel und feuerte ein drittesmal, diesmal auf den runden Blechboden der Dose. Er erwischte ihn genau in der Mitte. Das Visier war also doch in Ordnung. Er legte den Sicherungshebel um und sammelte die verschossenen Patronenhülsen auf.

Plötzlich spaltete sich die Luft über seinem Kopf. Der Knall kam den Bruchteil einer Sekunde später, ein ekliger lauter Knall. Dann übernahmen seine Reflexe die Regie. Er ging in die Knie und rannte in der Hocke, ohne sich auch nur umzugucken. Kurz darauf folgte ein zweiter Schuß, dann ein dritter. Er machte einen langen Satz, landete zunächst auf einer Schulter, rollte über die Brust auf den Rücken und blieb schließlich auf der anderen Schulter liegen und versteckte sich hinter einem der Steinhaufen, unmittelbar danach landete eine weitere Patrone auf einem moosbewachsenen Granitbrocken. Beim Aufprall zerbarst das Projektil, die Funken der Metallsplitter stoben wie winzige summende Hornisse. Einer davon erwischte Macklin am Jackenärmel.

Er lehnte sich mit der Schulter an den Steinhügel, schwer atmend fummelte er Spuren von Grashalmen und Dreck aus dem Verschluß seiner Zehn-Millimeter. Danach rückte er etwas zurück, um an den Steinen vorbeisehen zu können. Der Wind trieb an dem Teil des Zaunes kleine Rauchfetzen, der parallel zur Straße verlief, vor sich her. Er stützte den rechten Arm mit der Waffe auf einen Felsbrocken und zielte auf den Rauch.

Der Mann trug ein grünes Oberteil, und im ersten Moment verwechselte ihn Macklin mit einer der Kiefern, die die Straße säumten. Aber dann sah er ihn genauer, es war ein kleiner Untersetzter mit einem komischen Hut. Er stand ein paar Meter links von der abgebrannten Grundmauer, hatte die Beine spreizt und hielt etwas Blitzendes in beiden Händen. Macklin betätigte den Abzug. Er bewegte sich nur wenige Millimeter vorwärts.

Er fluchte und legte den Sicherungshebel um. Noch ein Grund, weshalb er halbautomatische Pistolen verabscheute. Als er endlich soweit war, daß er feuern konnte, bewegte sich sein Objekt, mit dem Rücken zu Macklin. Er gab drei Schüsse ab.

Die Pistole war neu und gab bedeutend zuviel Rauch ab. Mit einer Hand wedelte ihn Macklin weg. Der dicke Schemen war verschwunden. Macklin hielt noch nach ihm Ausschau, als ein Automotor aufheulte. Reifen quietschten, Kies knirschte, und ein lackiertes Stück Blech düste zwischen den Bäumen hindurch Richtung Osten. Noch in der Ferne hörte Macklin den Wagen, dann war alles still.

Er stand nicht gleich auf. Dieser Trick war mindestens so alt und abgedroschen wie der, das Licht auszuknipsen, damit alle vermuten, das Haus wäre leer. Einer fährt weg, in der Zwischenzeit wartete der andere darauf, daß die Beute ihren Unterschlupf verläßt. Macklin lehnte sich an einen Kalksteinbrocken und lud sein Magazin. Er nahm die Kugel aus der Kammer und putzte die Pistole mit seinem Taschentuch ab, bevor er sie wieder zusammensetzte.

Ein anderer Wagen kam die Landstraße entlang, Musik von Boy George donnerte aus dem offenen Fenster. Er fuhr an Macklins Grundstück vorbei, ohne die Geschwindigkeit zu drosseln. Einen

Kilometer weiter heulte ein Traktor wie eine Kaffeemühle auf, kurz darauf erstarb das Geräusch wieder. Irgendwo begann ein Hund zu bellen, er jaulte vor sich hin, als hätte er längst die Hoffnung aufgegeben, daß noch einmal jemand auf ihn hören würde. Am Himmel dröhnte ein Düsenjäger.

Macklin legte die Pistole zur Seite und zog das Jackett aus. An den Schulterblättern entlang der Wirbelsäule war sein Hemd schweißnaß, er spürte, wie der kühle Wind ein Y auf seinem Rücken beschrieb. Er hob die Waffe auf, knüllte sein Jackett zusammen und legte es auf die Erde, um eine Patrone in die Kammer zu legen. Dann hob er das Jackett wieder auf, ging in die Hocke und warf es, soweit er konnte.

Auf den ersten Blick wirkten der fliegende Jackenschoß und die Ärmel wie ein Läufer. Nach einem trägen Bogen fiel das Jackett zirka sechs Meter weiter zu Boden.

Der Düsenjäger düste. Der Hund bellte.

Immer noch in der Hocke, kam Macklin hinter seinem Steinhaufen hervor. Er wartete noch einen Moment und richtete sich dann auf. Kein Schuß. Er stand eine Weile da, die Pistole in der Rechten, dann ging er sein Jackett holen und suchte dabei den Boden nach Patronenhülsen ab. Die, die er auf den Steinhaufen abgefeuert hatte, hatte er bereits aufgesammelt. Die ersten fand er vergleichsweise schnell, aber nach der dritten mußte er ein ganzes Weilchen in den Grasbüscheln stöbern. Schließlich steckte er sie alle zusammen in die Hosentasche und ging auf seinen Wagen zu.

Es hatte seit einem Monat nicht mehr geregnet, und der Boden war so trocken und hart, daß es keine Fußspuren gab. Aber da glänzte etwas gelblich in der Sonne. Es war eine kleine Patronenhülse, kleiner als die, die er selbst benutzte. Er drehte die Ringscheibe so, daß er das Kaliber ablesen konnte. Es war eine 7.65. Er steckte die Hülse in eine andere Tasche, verstaute seine Pistole im Halfter und ging zum Wagen hinüber. Er drückte den Türgriff und zog daran.

Fünf Sekunden später flogen die Tür ab, und gelb-rote Flammen schossen durch die zertrümmerten Fensterscheiben des Cougar.

»Was war das zum Teufel?« Der dumpfe Donnerschlag im Westen ließ den Tankwart zusammenfahren, dabei glitt ihm die Hand, in der er den Benzinschlauch hielt, aus, und der Treibstoff sprudelte über den Asphalt und die Schuhe des Kunden, den er gerade bediente. Er glotze verständnislos in den anbrechenden Sonnenuntergang, vor dem eine schwarze Rauchsäule aufstieg.

Der Alte stierte vorwurfsvoll auf seine Schuhe und trat einen Schritt zurück. »Vielleicht eine Sprengung?«

»Kann hier in der Gegend nicht so viel Krach und Rauch geben.«

»Dann vielleicht ein Autounfall. Soll ich etwa auch für das Benzin bezahlen, in dem wir jetzt stehen?«

Der Tankwart, klein von Wuchs und recht wuchtig in einem schmuddeligen Overall, schwarze Ölspuren im Haar, guckte auf den Tankstutzen und fuhr noch einmal zusammen. Dann steckte er den Schlauch wieder in den Tank des Oldsmobile. »Ich ziehe was ab, tut mir leid. Muß ein Tankwagen umgekippt sein. Die Fahrer sind auch nicht mehr das, was sie mal waren.«

Kilometer weiter östlich begann eine Sirene aufzuheulen. Die Tankstelle befand sich am Rand eines Dorfes, dessen Ortsschild es als Stadt auswies, vier Kilometer von Macklins Besitz entfernt. Der Alte erkundigte sich nach einem Telefon.

»Drinnen.«

Die Bude war leer. Er nahm den Hörer von der Wand, warf einen Vierteldollar ein, wartete, bis die Feuerwehr draußen vorbeigeprescht war, dann wählte er Mr. Browns Nummer. Als das Telefonfräulein ihn aufforderte, noch eine Münze nachzuwerfen, bat er sie, seinen Gesprächspartner mit den Gebühren zu belasten.

»Martha – Anton – Nordpol – Theodor – Ida – Siegfried?«

»Ja, Mantis, wie die Gottesanbeterin.«

»Brown«, meldete sich die Stimme an anderen Ende.

»R-Gespräch von einem Herrn namens Mantis. Übernehmen Sie die Gebühr?«

»Ja.«

Der Alte wartete, bis sich das Telefonfräulein ausgeschaltet hatte, dann meldete er: »Das Paket abgeliefert, Mr. Brown.«

»Keine Komplikationen?«

»Keine.«

»Ausgezeichnet. Wann können Sie kommen, um die näheren Einzelheiten zu besprechen?«

»Sowie ich mir die Schuhe geputzt habe.«

Er legte auf, verließ die Bude. Dann ging er aber doch noch einmal zurück und holte sich seinen Vierteldollar aus der Restgeldpfanne.

22

Diesmal wurde Moira nicht verfolgt, als sie von der Arbeit nach Hause fuhr.

Kurz war ihr so gewesen, als würde sie beschattet, aber nach drei Kreuzungen bog der Wagen ab und tauchte nicht mehr auf. Von dem silbernen Cougar, den sie mittlerweile schon mit Macklin verband, keine Spur. Aber auch Roy hatte sich seit dem Zwischenfall in der Telefongesellschaft nicht mehr blicken lassen. Als sie ihn danach mit Turner allein gelassen hatte, war sie einen Moment lang besorgt gewesen und hätte ihren Vorgesetzten gern vor Roy gewarnt, aber ihr war beim besten Willen nicht eingefallen, wie sie das hätte anstellen können, ohne in die Einzelheiten ihrer beruflichen Vergangenheit zu gehen. Vor lauter Angst und Abscheu vor sich selbst hatte sie sich nach der Pause noch häufiger versprochen als in der ersten Hälfte der Schicht; und schließlich waren die Leute von der Technik so entnervt, daß sie sie dringend baten, nach Hause zu fahren und ihr Pensum am nächsten Tag nachzuholen. Als sie gerade ihre Handtasche aus dem Spind holen wollte, traf sie auf dem Flur Mr. Turner. Als sie ihm erklärte, warum sie das Haus so früh verließ, hätte ihm eigentlich auffallen müssen, wie erleichtert sie plötzlich war. Aber er bemerkte nur: »Ich verlange mehr Wachschutz auf diesem Korridor. Daß dieser Bates hier einfach so hereinplatzen konnte, gefällt mir überhaupt nicht.«

»Bates?«

»Na, der junge Mann, der sich über seine Telefonrechnung beschweren wollte. Er sagte, er hieße Norman Bates.«

»Aber Mr. Turner. Der Killer in *Psycho* hieß Norman Bates.«

»Ach so? Dann habe ich mich vielleicht verhört.« Er spielte an seinem Hörgerät. »Wie dem auch sei, wenn Ihnen in Zukunft auf diesem Flur noch einmal Fremde über den Weg laufen, möchte ich, daß Sie mir sofort Bescheid sagen.«

»Das werde ich tun.«

»Ich bin mit ihm zusammen ins Parterre gefahren«, sagte er.

»So?.«

»Ein merkwürdiger Mensch.«

Und damit war er weggegangen.

Als sie jetzt nach Hause kam, spürte Moira wieder diesen Druck in der rechten Augenhöhle, der ihr schon so wohlvertraut war, sie ließ den Schlüssel in der Wohnungstür stecken und ging schnell ins Bad, um erst einmal eine Valium hinunterzuspülen. Seit drei Jahren litt sie unter Migräne. Moira konnte sich gut erinnern, daß sie einmal etwas von diesen quälenden Kopfschmerzen erwähnt hatte, um ungeschoren an einer moralbeflissenen Mahnwache vorbeizukommen, die vor dem Sexkino postiert war, in dem sie oben filmte. Aber die Demonstrantin, ein unangenehmes, ekliges Weib um die Vierzig, sie hatte auf jedem Knie ein Gör mit einem schmutzigen Gesicht sitzen und war offensichtlich schon wieder schwanger, hatte sich ihr in den Weg gestellt. Sie hatte ein Transparent bei sich, auf dem stand: ANSTAND : PORNO = 1:0. »Alles nur Schuldgefühle, Herzchen«, hatte sie gesäuselt. »Tugend ist die beste Kopfschmerztablette.« Als Moira sich an ihr und ihrer Brut vorbeischlängelte, rief sie ihr über die Schulter etwas zu, was die Dicke bewog, sich behäbig umzudrehen. Sie brüllte ihr nach: »Du solltest dich was schämen, solche Ausdrücke vor den Kindern. Schlampe!«

Moira stützte sich auf den Rand des Waschbeckens und hoffte, daß die Valium bald wirkte. Sie studierte ihr Gesicht im Spiegel. Ganz vorurteilsfrei. Seit sie sich selbst zum erstenmal auf der Leinwand gesehen hatte, war sie in der Lage, sich völlig sachlich zu betrachten. Kein Mensch nimmt dir deine dreiundzwanzig ab, Moira, dachte sie, als sie die scharfen Linien zwischen Mund und Nase bewußt wahrnahm und die wattigen Polster unter den Augen, die im Handumdrehen echte Tränensäcke sein würden, wenn sie nicht ganz schnell etwas dagegen unternahm. Als sie auf der Schule *Das Bildnis des Dorian Gray* lasen, hatte sie sich noch über den Gedanken lustig gemacht, man könne die Lebensweise eines Menschen an seinen Gesichtszügen ablesen. Aber dieses Mädchen in der High-School mußte ganz jemand anders gewesen sein. Und wenn sie sich noch so sehr darauf konzentrierte, Moira bekam beim besten Willen die Persönlichkeit dieses Mädchens nicht mehr zusammen, das sie damals war. Im nächsten Jahr würde das fünfjährige Abschlußjubiläum gefeiert werden. Sie würde fernbleiben. Und was hast du so gemacht, Moira? Pillen fressen und für Geld ficken, das übliche eben.

Das Medikament wirkte, oder vielleicht ließ der Schmerz auch einfach deshalb nach, weil sie wußte, daß sie es geschluckt hatte. Sie wusch sich das Gesicht und rubbelte es trocken. Wenn sie sich so im Spiegel betrachtete, fand sie, daß sie ohne Make-up besser aussah, aber das machte vermutlich auch die Tablette. Sie milderte die Konturen der Welt, genau wie die Weichzeichner mit Vaseline auf der Linse, die fast schon überholt waren, als sie ins Filmgeschäft einstieg.

Sie fragte sich, ob Macklin wohl an diesem Abend wieder vorbeikommen würde, oder ob er vielleicht schon draußen wartete. Allein beim Gedanken an ihn kribbelte es ihr im Magen. Sie wußte nicht warum. Oder doch. Sie war die Königin und er der grausame Leibwächter, der ihr zu Diensten war, während der König auf Kreuzzug weilte. Darum ging es in einem ihrer Filme. Wie hieß er doch gleich? Ach ja, *Der Mann mit dem Schwert*. Nur hatte man sie damals noch für zu jung gehalten, um die Rolle der Königin übernehmen zu können, und sie hatte statt dessen die Kammerzofe gespielt, zwei Szenen mit dem Stallknecht auf dem Heuboden. Das war ein Student, der in der Mittagspause an einer rohen Zwiebel mümmelte. Heutzutage könnte sie bestenfalls mit der Rolle der Königinmutter rechnen. Zu alt für jegliche Art von Sexspielen, selbst die harmlosen, die in ihrem Kopf gedreht wurden.

Es gibt schon gar nichts mehr, was mich nicht an diese Filme erinnert, dachte sie angewidert. Das wird noch zur Manie. Schlimmer noch, wenn sie an ihre Vergangenheit dachte, kam ihr unwillkürlich auch Roy in den Sinn. Dabei fiel ihr der Schlüssel ein, der immer noch in der Tür steckte. Entsetzt stürzte sie zum Eingang. Der Schlüssel war weg.

Der Himmel bezog sich purpurrot und tauchte das verwilderte Feld in ein mittleres Grau. Einzig das grell zuckende Gelb nahe bei der Ruine des Farmhauses verdarb das Stilleben in Pastell – und die Blinkleuchten auf den Dächern der Feuerwehren und Streifenwagen, die diesseits des zerschmetterten Tores standen. Dann huschte dreimal nacheinander ein Mann in einem schwarzen Regenmantel aus Gummi und einem Glasfaserhelm auf dem Kopf vorbei, er trug einen Kanister in der Hand; die Flammen bäumten sich auf und erstarben, aus den Türhöhlen und Fenstern des ausgebrannten Wracks quoll schwarzer Rauch hervor. Vorsichtshalber versprühte der Feuerwehrmann noch ein viertes Mal sein flammenerstickendes Gas. Nachdem er einmal um das Fahrzeug herumgestrichen war, ging er auf einen älteren weißhaarigen Mann zu, der ganz ähnlich gekleidet war. »Niemand, Chef.«

»Woher auch.« Die andere Stimme drang hinter einem Mundschutz hervor. »Das war Brandstiftung, kein Unfall.«

Ein dicklicher Mittdreißiger in brauner Uniform und dem breitkrempigen Filzhut der örtlichen Polizeidienststelle nickte. »Die fahren den Wagen auf das nächstbeste freie Gelände und setzen ihn in Brand, um die Indizien zu zerstören. Als ob wir von einem Auto schon jemals Fingerabdrücke genommen hätten, die der Mühe wert wären, damit zum Richter zu rennen. Kinder! Gucken zuviel fern.«

Die drei Männer beobachteten die Feuerwehrleute, die das verkohlte Gras um das Wrack herum mit einem Wasserschlauch besprengten.

»Aber ein ganz schön heftiger Knall für ein einfaches Streichholz«, sinnierte der Mann mit dem Kanister.

Vermutlich war der Benzintank fast leer. Dann gehen sie mit bedeutend mehr Kawumm hoch.« Der Chef spie aus.

»Das Tor war verschlossen.«

»Dietrich«, meinte der Vize.

»War aber verdammt höflich von denen, danach wieder abzuschließen.«

»Du weißt doch, wie Kinder so sind.«

Das Plätschern aus den Feuerwehrschläuchen überlagerte die Stimmen. Durch die unebene Steinwand, durch die der Mann, der zusammengekrümmt in dem offenen Keller lag, von ihnen getrennt war, wurde das Geleier noch zusätzlich gedämpft. Auf dem fruchtbaren Boden gedieh das Unkraut prächtig, die Stiele und Blätter, durch den frühen Frosteinfall braun und brüchig geworden, kratzten ihn im Gesicht. Er war jetzt bei Bewußtsein, rührte sich aber immer noch nicht aus Angst, sich Knochenbrüche oder innere Verletzungen zugezogen zu haben.

Nach dem Schußwechsel war Macklin noch so benommen gewesen, daß er völlig vergessen hatte, den Wagen wie üblich auf versteckte Explosiva hin zu untersuchen. Als die Tür offen war, fiel es ihm schlagartig wieder ein. Er drehte sich um und stürzte blindlings davon, ohne auf das tiefe Loch im Boden zu achten. Das Loch hatte ihm das Leben gerettet. Denn als er die Wagentür öffnete, riß ein Draht und setzte einen Fünf-Sekunden-Zünder in Betrieb. Durch die Explosion spritzte das brennende Benzin meterweit in alle Richtungen, nur nicht bis hinein in die Vertiefung, in die sich Macklin geflüchtet hatte. Beim Aufprall hatte er das Bewußtsein verloren. Durch Feuerwehrsirenen und das Dröhnen von schweren Stiefelschritten war er Minuten später wieder zu sich gekommen.

In diesem Keller war es stockdunkel. Eine geraume Zeit lang hatte er nicht gewußt, wo er sich befand, benommen hatte er überlegt, ob das wohl der Tod sei: bei Bewußtsein reglos im Grab, das Wissen, daß das Feisch allmählich verwest, daß blinde Aasgetiere schlängelnd in alle Körperöffnungen einfallen. *Die Würmer kriechen hinein, die*

Würmer kriechen heraus. Aber als sein Kopf nach und nach wieder klarer wurde, kamen auch die Erinnerungen an den instinktiven Akt von Selbsterhaltung zurück, der ihm das Leben gerettet hatte, die Erinnerung an seinen kopflosen Kopfsprung ins Ungewisse, an den heftigen Aufprall. Fast zweieinhalb Meter, den ein Meter achtzig waagerechten Flug über die Grundmauern gar nicht mitgerechnet. Für solche Turnübungen war er eigentlich schon zu alt.

»Gib die Nummer durch«, vernahm er eine der Stimmen. »Laß die Kollegen aus Detroit mal gucken, ob sie sie auf ihre Liste von kürzlich gestohlenen Wagen finden. Die klären immer noch die meisten dieser Kinderspielchen auf.«

»Wem gehört eigentlich das Grundstück?« fragte eine andere Stimme.

»Irgendeinem Juden aus Hamtramck.«

»Nein, der ist gestorben oder so. Vor zirka einem Monat hat der Besitzer gewechselt.« Noch eine Stimme.

»Das herauszukriegen, kann ja nicht so schwer sein.«

Im Finstern, mitten im Unkraut hoffte Macklin, daß die Stimmen und der Krach endlich verschwanden.

Wie besinnungslos fuhr sie mit der Hand über den Türknauf. Die Schlüssel waren weg. In dem entsetzlichen, schier endlosen Moment des Begreifens ergriff sie eine Woge der Panik, aber sie kämpfte sie nieder, drehte sich betont langsam um und ging auf das Telefontischchen zu, achtete genau auf jeden einzelnen ihrer Schritte. Sie zog die Schublade heraus. Sie war leer.

»Du mußt in den Ritzen gucken, Süße. Ist doch eine so winzige Knarre. Geht leicht verloren.«

Sie holte tief Luft und drehte sich noch einmal um, diesmal noch langsamer. Roy trat hinter der Tür hervor und schloß sie hinter sich. Er hatte wieder seine Marinejacke an, sie war offen über seiner nackten, unbehaarten Brust. Die fünfundzwanziger Pistole war so klein, daß er sie mit seinen langen Fingern gleich zweimal umfassen könnte. Er hatte sie auf nichts Besonderes gerichtet, hielt sie nur so in der Hand.

»Ich war schon einmal hier«, meinte er. »Ich weiß, wo du deinen ganzen Kram aufbewahrst, die Binden und alles andere.«

»Du bist hier unbefugt eingedrungen.«

Auch jetzt wieder das Cagneysche Hohnlächeln. »Was ist denn das für eine Sprache, die gibt's doch nur noch in Cowboyfilmen. Wann hast du das letzte Mal gehört, daß einer wegen ›unbefugten Eindringens‹ verhaftet wurde? Wir sind doch jetzt alle gleich. Jedem gehört alles. Wie bei den Kommunisten. Alle Macht dem Volke. Da war so ein Typ in Ypsi, der sich einbildete, Karl Marx zu sein. Hatte einen Rauschebart und alles, was dazugehört, auch die Blauen Bände. Von dem habe ich eine ganze Menge gelernt.« Er steckte die Pistole ein. »Die behalte ich besser. Sonst tust du dir noch weh damit.«

Er schlenderte durch die Wohnung. »Das hier ist eine Bruchbude. Warum bist du eigentlich in der Bagley ausgezogen?«

»Ich konnte mir die Miete nicht mehr leisten.«

»Das liegt nur daran, daß du nicht mehr filmst. Du hättest weitermachen sollen. So, wie sich die Branche entwickelt, könntest du jetzt fünfhundert die Woche einsacken. Verdammt, du könntest ein Star sein, eine stinkreiche Hollywoodschnepfe, der der Puderzucker in den Arsch geblasen wird, vielleicht eine Fickszene pro Streifen, und die könntest du auch noch finten. Denk bloß an Jackie Bisset.«

»Ich rufe die Polizei.« Moira hatte die Hand schon am Telefon.

Er sagte keinen Ton. Stand nur da. Wenn sie sich bewegte . . .

»Hör zu, wenn du jetzt gehst, verspreche ich dir, daß ich alles vergesse. Laß nur die Schlüssel und die Pistole hier. Du solltest sowieso keine Waffe haben, Wenn sie die bei dir finden . . .«

»Dann kriege ich eine Strafe wegen unerlaubten Waffenbesitzes, höchstens neunzig Tage. Ich bin doch nicht auf Bewährung draußen, Süße. Ich bin frei wie die Vöglein im Walde. Schau doch, Süße, ich war krank. Aber jetzt bin ich wieder ganz gesund. Die Ärzte in der Klappse haben mir das sogar schriftlich gegeben, daß ich wieder ganz gesund bin. Willst du mal sehen, *wie* gesund und kräftig ich bin?«

»Roy, ich gehe jetzt. Wenn du Hunger oder Durst hast, kannst du dich gern im Kühlschrank bedienen, während ich weg bin. Aber wenn ich wiederkomme und du bist noch da, rufe ich die Polizei.«

Jetzt hatte er sein Messer offen in der Hand, wetzte es mit einem leisen schmatzenden Geräusch an seinem Jackenärmel.

»Rufst du den Oppa an, erzählst ihm, was ich gesagt habe? Ich will heute nacht nicht gestört werden.«

Sie ging einen Schritt, dann noch einen. Es war ihr zutiefst zuwider, einen Fuß vor den anderen zu setzen, während er sie so schamlos beobachtete. Das war wie bei ihrem ersten Auftritt vor der Kamera. Später hatte ihr der Regisseur dann erklärt, daß das das Allerschwierigste sei beim Filmen. Alle ihre Glieder schienen unabhängig voneinander zu funktionieren. Sie ging an ihm vorbei, lief schneller, und dann packte er sie. Zerrte sie herum und stieß sie so brutal mit dem Rücken an die Tür, daß sich der Rahmen beinahe verzog. Roy preßte seinen Körper an sie. In seiner Linken hatte er ihr rechtes Handgelenk, über die linke Schulter an die Tür gequetscht. Mit dem Messer fuchtelte er vor ihrem Gesicht herum, auf der Klinge spielte das Licht.

»Erinnerst du dich an *Alley Man*, Süße? Die Vergewaltigung in dem Motelzimmer?«

Sie versuchte sich loszumachen. Er verstärkte den Druck. Ihre rechte Schulter knackte. Er wiederholte seine Frage, atmete nur wenig schwerer als sonst.

»Da war ich nicht mit dabei.«

»Da ist dir wirklich etwas entgangen.«

»Wenn du es sagst, wird es schon stimmen.«

»Aber keine Angst«, meine er, »das holen wir alles nach. Verdammt, wir werden es sogar noch viel besser machen. Schau, ich bin nicht aus der Übung gekommen. Da war doch diese Kleine in Ypsi. Bißchen zurückgeblieben, verstehst du? Aber hat die schnell gelernt. Mannnomann.«

»Ich bringe dich um.«

»Na, nimm mal den Mund nicht so voll. Nicht bevor du es wirklich getan hast.« Er schob den Kragen ihrer Bluse mit der Klinge zur Seite und zog die Konturen ihres Schlüsselbeins mit dem stumpfen Messerrücken nach.

»Was hast du vor?«

»Nichts, was du nicht schon gemacht hättest. Aber diesmal kein Honorar. Sagen wir, es ist eine Probe.«

»Ach das.«

Sie war erleichtert. Von Herzen erleichtert.

23

»Magst du Austern?«

Wie Gerald, noch in Weste, Krawatte und dem rosa Oberhemd, über allem das weiße Schürzchen, an seinem Herd stand, erinnerte er Donna Macklin an jemanden. Sie versuchte sich zu erinnern, an wen.

»Nein«, antwortete sie, »für Lebensmittel, die einem entgegengesprungen kommen, habe ich nicht allzuviel übrig.«

»In Ordnung, dann kratze ich sie vorher von deinem Steak ab.«

Jetzt fiel es ihr wieder ein: der Fernsehkoch aus dem Nachmittagsprogramm, der alles in Wein kochte und den Rest abtrank. Den hatte sie immer gern gesehen. Bis er dann einen Unfall hatte oder dergleichen und »neu geboren« aus dem Krankenhaus kam. Heutzutage muß alles recyclet werden, Papier, Kleider und Christen, dachte sie. Pisse.

»Du machst wirklich Steak mit Austern?«

»Das ist ein Rezept meiner Mutter. Die bringen den Eigengeschmack des Fleisches, den Pilze nur abschwächen, besser zur Geltung. Außerdem sind Austern gut für Libido.«

»Das habe ich bisher immer für eine Legende gehalten.«

»Mir kommen selten Klagen zu Ohren.«

Eingebildeter Gockel. Als ob sie mit ihm ins Bett ginge, wenn sich etwas Besseres gefunden hätte. Er mit seiner unbehaarten Brust und dem kleinen Knackarsch im blauen Slip. Mac hatte seit sie ihn kannte immer nur stinklangweilige weiße Schlabberunterhosen getragen. Und über diese Abteilung ihrer Beziehung hatte sie sich nie beklagen können. Sein kleiner Nebenherfick vermutlich auch nicht. Donna war einfach schon zu lange aus dem Verkehr gezogen. Sie fragte sich, wann wohl die ganze männliche Bevölkerung zu diesen kleintittigen Schlampen in farbiger Reizwäsche übergelaufen war.

»Machst du bitte den Wein auf. Das Essen muß jeden Augenblick fertig sein.«

Sie sagte »okay« und ging ins Wohnzimmer, wo Gerald den Ausziehtisch schon gedeckt hatte. Den Wein aufmachen. Wieder so eine Männersache, die jetzt auch schon den Frauen zugeschoben wird. Die Flasche war kalt. Aus dem Eisschrank. Donnas Vater, ein Weinkenner mittlerer Preislage, hatte immer behauptet, daß ein Wein, den man nicht bei Zimmertemparatur servieren kann, nichts auf dem Tisch zu suchen habe. Sie hätte wetten können, daß an den Steaks kein Fitzelchen Fett sein würde. Ein Mister Gerald Goldstick pfuscht doch nicht mit dem Cholesterin herum. Spielt keine Rolle, wenn das Fleisch wie abgekochtes Kiefernholz schmeckt. Sie drehte den Flaschenöffner in den Korken, preßte die Flasche an den Bauch und den Öffner an den kleinen Füßchen heraus. Der Korken machte ein sattes Plopp. Als sie ihn zusammen mit dem Öffner beiseite legte, gab es Burgunderflecke auf dem weißen Tischtuch. Sie goß beide Gläser voll. Gerald kam mit den Steaks auf einem Tablett ins Wohnzimmer. Sie betrachtete das Fleisch kritisch.

»Mein Gott, die müssen die Kühe aber im Dauerlauf um den Block gejagt haben.«

»Man muß sich etwas vorsehen.« Er bugsierte die Steaks mit Hilfe einer Vorlegegabel auf die Porzellanteller.

»Ich habe gerade zwei Pfund abgenommen. Du mußt mich nicht auf Diät setzen.«

»Ich spreche von der Gesundheit. Und jetzt noch zwei Teller.« Er balancierte das leere Tablett wie ein Ober auf dem Unterarm und wieselte in die Küche zurück.

Genaugenommen hatte sie nur etwas mehr als ein Pfund abgenommen, aber ihre billige Badezimmerwaage zählte in Zweiereinheiten, und wann immer die Nadel einen Strich zurückwich, rundete sie das Ergebnis auf. Am schlanksten wirkte sie in Blau. An diesem Abend trug sie auch ein blaues Kleid, ganz schlicht, ohne Gürtel oder sonstigen Fisimatenten, die die klare Linie unterbrachen und ihre diversen Fettpölsterchen betonten. Gerald hatte sie ermuntert, sich wieder auf ihren Sinn für Mode und vorteilhafte Kleidung zu besinnen, den hatte sie völlig vernachlässigt, als es mit Mac und Roger so schlimm wurde und sie ganz andere Dinge im Kopf hatte.

Sie nippte an ihrem Wein. Das heißt, zunächst nippte sie, aber als die vertraute Wärme in ihr aufstieg, trank sie gleich das halbe Glas auf einmal aus. Sie füllte es ganz schnell nach, damit Gerald es nicht bemerkte. Gerade als sie die Flasche wieder zurückstellte, kam er, wiederum in Kellnerpose, mit zwei Tellern auf dem Unterarm herein. Er arrangierte die Teller auf den Tisch, nahm die Schürze ab und hielt ihr den Stuhl.

»Was ist das Grüne da am Hüttenkäse?«

»Wintergrün.« Gerald hatte ihr gegenüber Platz genommen, er faltete seine Serviette auf.

»Auch ein Rezept von deiner Mutter?«

»Nicht ganz. Sie nahm Schalotten. Aber da war sie schon verheiratet und mußte sich wegen des Mundgeruchs keine Sorgen mehr machen.«

»Die Suppe ist ja kalt.«

»Soll sie auch, ist Gazpacho.«

»Na dann Mahlzeit.«

»Koste erst einmal.«

Sie nahm einen Löffel voll und ertappte sich dabei, wie sie auf die Suppe pustete. Als sie sie heruntergeschluckt hatte, stiegen ihr die Tränen in die Augen, und sie griff nach ihrem Weinglas. Diesmal trank sie es in einem Zug aus.

»Jetzt verstehe ich, warum du sie gekühlt hast«, japste sie.

»An Gazpacho muß man sich erst gewöhnen, Aber iß dein Steak, bevor es ganz kalt wird.« Er füllte ihr Glas nach.

Das Fleisch schmeckte ihr ausgezeichnet, und sie sagte es ihm auch. Im Sitzen deutete er eine kleine galante Verbeugung an, wie ein Schulbub in der Tanzstunde. »Heute in der Verhandlung warst du übrigens wirklich gut«, meinte sie.

»Das mußte auch sein. Flatter scheint zunächst reichlich lahmarschig, aber wenn er merkt, daß man ihn austricksen will, wird er agil wie eine Wasserschlange. Von Klegg war ich richtig beeindruckt. In einem Scheidungsverfahren ist man mit dem Lehrling eines Supermarktes meistens besser beraten als mit einem Anwalt, der mit viel Erfahrung mit Familienrecht hat. Aber er hat sich wirklich verhalten, als hätte er nie im Leben etwas anderes gemacht. Dein Mann ist gar nicht so blöd.«

»Er ist überhaupt nicht blöd. Manche Leute halten ihn für ein bißchen beschränkt, weil er immer so ernst ist. Aber nicht, weil er die Scherzchen nicht versteht. Er findet sie einfach nicht lustig.«

»Er ist ganz anders, als ich ihn mir vorgestellt habe.«

»Was hast du erwartet: einen Ringer mit mehrfach gebrochenem Nasenbein?«

»Irgend so was, ja. Wenn man ihn so sieht, macht er einem gar keine Angst. Er wirkt eher wie ein Vertreter oder wie ein Verwaltungsbeamter, bei dem es mit der Karriere klemmt.«

»Ich habe Männer erlebt, die leichenblaß wurden, wenn sie ihn sahen.«

»Wie viele Menschen hat er getötet?«

»Das habe ich ihn nie gefragt. Ich weiß übrigens erst seit ganz kurzer Zeit mit Sicherheit, daß er überhaupt Leute umbringt. Ich hatte seit Jahren so einen Verdacht, wollte aber die Sprache nicht darauf bringen. Weißt du, das war so, wie wenn jemand, der dir sehr nahesteht, sterben muß. Du denkst, es tritt erst ein, wenn du darüber sprichst. Eigentlich weißt du, daß es so sein wird, aber da ist immer noch ein Rest Hoffnung, darin klammerst du dich fest.«

Er goß noch ein wenig Wein nach. »Hat er selbst nie davon gesprochen?«

»Nein. Sonst wäre er in seinem Beruf wohl kaum neununddreißig Jahre alt geworden. Er machte es schon, als wir uns kennenlernten. Heute bin ich mir da ganz sicher, obwohl ich es mir nicht eingestehen wollte, solange wir noch zusammengelebt haben. Stell dir bloß vor. Was muß das für eine Frau sei, die fast siebzehn Jahre verheiratet ist,

ohne zu wissen, wovon der Göttergatte den gemeinsamen Lebensunterhalt bestreitet.«

»Wie bist du ihm auf die Spur gekommen?«

»Er war ständig auf Geschäftsreisen oder arbeitete bis in die Nacht
im Büro. Wann immer ich ihn dort anrief, sagte mir seine Sekretärin,
er sei in einer Besprechung und dürfe nicht gestört werden. Lange Zeit
dachte ich, daß er mich betrügt. Das tat er auch, aber das war es
nicht.«

Donna schob den Teller von sich und griff nach ihrem Glas. »Ich
weiß selbst nicht genau, irgendwie muß die Erkenntnis wohl allmählich eingesickert sein. Manchmal war er über Wochen weg. Dann hat
er immer gesagt, er müsse Filialen abklappern, denen beim Aufbau
helfen. Einmal war er mehr als einen Monat fort. Dann bekam ich
einen Anruf. Es hieß, er befinde sich in Detroit im Krankenhaus. Mit
einer Schußwunde. Ein Jagdunfall, sagten sie. Ein Kunde, mit dem er
unterwegs war, habe ihn in den Irish Hills mit einem Fasanen
verwechselt. Er hatte den ganzen Körper voller Kanülen und Schläu-
che. Und ich hatte nicht einmal gewußt, daß er hier in der Gegend war,
mir hatte er gesagt, er fahre nach Chicago. Das war 1972.«

»Der große Bandenkrieg«, murmelte Gerald.

»Davon hatte ich keine Ahnung. Erst nach seiner Entlassung aus
dem Krankenhaus fing ich an, mich um solche Dinge zu kümmern.
Ganz tief im Innern muß ich es irgendwie immer gewußt haben.
Verstehst du, nicht direkt wissen, im Sinne von Beweise haben,
sondern mehr so wissen im Sinne von ahnen.« Sie zündete sich eine
Zigarette an. Ganz in Gedanken hatte sie sie aus ihrem Päckchen
gefingert und in den Mund gesteckt.

»Und da hast du dann angefangen zu trinken?«

»Das kam erst später. Früher habe ich keinen Tropfen angerührt.
Alkohol schmeckte mir einfach nicht. Tut er heute übrigens auch noch
nicht. Aber heiße Milch mit Honig hilft dir auch nicht, wenn du dich
einsam fühlst an diesen langen Tagen und in den Nächten, wenn dein
Mann durch die weite Welt streift und Menschen umlegt.«

»Ich glaube, das ist nur eine Ausrede.«

»Aber eine verdammt gute.«

»Nein, ich meine, du dramatisierst. Was dich am meisten verletzt
hat, war doch, daß du herausgefunden hast, daß dein Mann Geheimnisse vor dir hat. Ich glaube, wenn er dir nur reinen Wein eingeschenkt
hätte, wärt ihr immer noch glücklich verheiratet. Auch wenn er den
Beruf nicht gewechselt hätte. Mit oder ohne Seitensprung.«

Donna nahm noch einen Schluck Wein. »Du hast zuviel mit Gerichtspsychiatern zu tun.«

»Vielleicht.«

»Ich denke sowieso nicht, daß wir jemals eine glückliche Ehe hatten. Wir haben nur geheiratet, weil ich schwanger wurde. Später habe ich mir dann eingebildet, daß ich ihn wirklich liebte, aber das lag nur daran, daß ich mich an ihn gewöhnt hatte. Und Roger ist ihm ähnlicher, als einer der beiden zugeben möchte. Das hat die Sache auch nicht gerade einfacher gemacht.«

»Aber deinen Sohn liebst du doch, nicht wahr?«

»Das ist genau dasselbe. Ich habe mich einfach daran gewöhnt, daß er um mich ist. Das heißt, im Moment wohnt er ja nicht einmal bei mir. Ich war eine saumäßige Mutter. Mac war ja nie da, wenn Roger ihn brauchte. Und deshalb habe ich ihn ganz fürchterlich verwöhnt.«

»Machen das nicht alle Mütter so?«

»Laß das bloß nicht die Feministinnen hören«, meinte sie lachend.

»Ich sehe hier weit und breit keine Feministin. Hier bist nur du.«

»Und dann hat er mit Drogen angefangen. Und ich war so blöd, daß ich es erst mitgekriegt habe, als es zu spät war. Oder zu besoffen. Aber ich glaube heute, mit ihm ist schon viel früher etwas schiefgelaufen. Jetzt will er . . . ach, vergiß es. Sagen wir einfach, daß ich alles verpfuscht habe. Wenn Mac unsere Wohnung nicht nur zum Wäsche-wechseln betreten hätte, wäre das nicht passiert.«

Gerald sah ihr in die Augen. »Was will Roger?«

»Ich sagte doch, vergiß es. Ich rede sowieso zuviel. Mac hat immer gesagt, daß ich zuviel quatsche. Ich dachte immer, das läge nur daran, daß er so selten den Mund aufkriegte. Aber seit er ausgezogen ist, kann ich die Klappe überhaupt nicht mehr halten. Gibst du mir bitte noch einen Schluck Wein?«

»Du hast genug. Er will dasselbe werden wie sein Vater, nicht wahr? Killer.«

»Hör auf damit, Gerald.«

Er lehnte sich in seinem Stuhl zurück. »Die sind nicht gut für dein Herz.«

Donna blickte auf ihre Zigarette und nahm einen Zug. »Wir sind alle Mörder. Aber manche üben eben lieber an sich selbst.«

»Nein, das ist schon ein besonderer Menschenschlag. Man muß mit spezifischen Defiziten auf die Welt kommen, um sich ausgerechnet diese Arbeit auszusuchen.«

»Denk doch nicht, daß wir etwas Besseres sind als Macklin.« Sie drückte die Zigarette aus, lächelte und berührte Geralds Hand. »Aber ich bin nicht hergekommen, um mich bei dir über ihn auszuheulen.«

»Der Nachtisch ist im Ofen.«

»Dann laß ihn anbrennen.«

»Ich bin also nur ein Sexobjekt für dich?«

»›Nur‹ würde ich nicht sagen.«

Mein Gott, die hörte sich selber zu.

Sie saßen noch eine Weile schweigend am Tisch. Dann stand er auf und half ihr aus dem Stuhl.

Wenig später lag Goldstick neben Donna im Bett und starrte an die Decke. Er konnte es immer noch nicht fassen. Er schlief mit der Frau eines gedungenen Mörders. Das war fast besser als Austern.

24

Die Dunkelheit war längst eingebrochen, als auch der letzte Feuerwehrmann den Motor seines Fahrzeugs startete, ihn warmlaufen ließ und den ersten Gang einlegte. Dann beschrieb der große Wagen einen weiten Bogen, die Scheinwerfer fuhren wie eine Lichtsichel durch die Finsternis. Der Kies knirschte, der Wagen bog auf die Landstraße ein, der zweite Gang wurde eingelegt, dann dieselte er ohne Sirene davon.

Viel später, so schien es Macklin jedenfalls, lief ein Mann oben herum, er hörte die Schritte und auch ein metallisches Klimpern. Handschellen an einem Gürtel. Macklin war sich sicher, daß der Mann allein war, denn er hörte keine Stimmen. Der Mann gab sich allem Anschein nach keine besondere Mühe, sich ruhig und unauffällig zu verhalten.

Dann erstarb das Geräusch. Einen Moment später rieselte ein Kieselstein hinab, er blieb wenige Zentimeter von Macklin entfernt liegen. Der Mann war direkt über ihm. Macklin zwang sich zur Ruhe. Wenn der Strahl einer Taschenlampe auf ihn fiele, würde er sich totstellen. Und falls der Mann hinunterstiege, sich zu vergewissern . . . Das Federgewicht der 10-Millimeter-Pistole an seiner rechten Niere gab ihm ein beruhigendes Gefühl.

Immer noch Stille. Dann hörte er das Zippen eines Reißverschlusses. Und Wasserplätschern. Da wurde ganz in der Nähe das Unkraut gegossen. Ein beißender Geruch stieg ihm in die Nase.

Gottchen, dachte er. Tiefer kann ich kaum mehr sinken.

Der Mann entfernte sich wieder. Eine Weile lang hörte Macklin überhaupt nichts. Wenig später fiel eine Autotür ins Schloß. Es hörte sich wie ein Schuß an, er zuckte unwillkürlich zusammen. Der Anlasser heulte zweimal auf, der Motor kam auf Touren, die Reifen drehten auf dem plattgedrückten feuchten Gras quietschend durch. Am Ende der unkrautüberwucherten Zufahrt kam der Wagen noch einmal zum Stehen. Macklin hörte das Fahrgestell rattern, als die schwere Maschine auf die Landstraße holperte. Bis die Motorgeräusche in der Ferne verschwanden, lag er lauschend da. Dann rappelte er sich auf, testete jeden einzelnen Muskel, angefangen mit den Beinen. Er biß die Zähne zusammen, als er die Bauchmuskulatur anspannte, aber die Rippen machten mit. Die letzte Quetschung hatte er gerade hinter sich. Seine Arme waren auch in Ordnung, nur ein bißchen steif, besonders der linke, den es beim Aufprall erwischt hatte. Er stürzte sich mit den Händen auf dem Boden ab und richtete sich langsam auf. Reichlich Schrammen und blaue Flecke. Muskelkater kommt später. Am rechten Jackettärmel hatte er unterhalb des Ellbogens einen Winkelriß, da war er wohl an einer Distel oder sonst etwas hängengeblieben.

Er tastete vorsichtig um sich, bis er die Holztreppe fand, die aus dem Keller herausführte. Sie bestand fast nur noch aus Sägespänen und Holzsplittern, er trat behutsam auf und ließ ein oder zwei Stufen aus, wenn sie sein Gewicht nicht aushielten. Oben atmete er tief ein. Kühle Abendluft, vermischt mit dem Geruch verkohlten Grases und angesenkten Blechs. Der Mond war nicht zu sehen. Am Horizont leuchteten vereinzelt Lichter auf, wie Pfirsiche an einem absterbenden Baum. Im Sternenlicht sah er seinen Atem.

Macklin hielt sich gar nicht erst damit auf, die traurigen Überreste seines Wagens in Augenschein zu nehmen. Was sollte schon sein: ein geschwärztes Autoskelett auf Alufelgen mit armseligen Fetzen geschmolzenen Gummis. Er würde so lange stehenbleiben, bis der Abschleppwagen kam und ihn abtransportierte. Also ging er gleich auf die Landstraße, das Tor ließ er hinter sich offen, den Holzrahmen hatten die Feuerwehrleute ohnehin mit der Axt erledigt. Er lief auf die Hauptstraße zu.

Ein dumpfer Aufschlag, Steinchen spritzten auf. Er zog mit einer flüssigen Bewegung die Pistole, verglich sich dabei selbst mit einem Cowboy aus dem Film, legte den Sicherungshebel um und feuerte. Quieken, dann wieder Stille. Er wartete einen Moment, bevor er einen Schritt nach vorne machte und das Ding am Schwanz packte. Als er es in die Büsche im Straßengraben warf, mußte er sich schon sehr wundern: Erst lasse ich mich anpinkeln, dann ermorde ich eine Beutelratte, mal sehen, was als nächstes kommt.

Tuut Tuut.

Roger zählte die Rufzeichen mit. Er stand an einer Ecke in einer offenen Telefonzelle drei Straßen von dem Haus entfernt, in dem er augenblicklich wohnte. Beim elften Klingeln knallte er den Hörer auf. Seine Münzen klickerten in den Rückgabeschacht, er steckte sie wieder ein. Auf seiner Uhr, ein Geschenk seiner Mutter zu seinem sechzehnten Geburtstag, er hatte sie gerade wieder im Pfandhaus ausgelöst, war es genau sechs Uhr acht. Ach, was soll's, sagte er sich und wählte noch einmal. Als sich nach dem sechsten Klingeln wieder niemand meldete, gab er auf und ging nach Hause.

Kein Licht. Die alte Dame war im Bett. Sie ging immer in dem Moment schlafen, wo sie hätte eine Lampe anknipsen müssen. Das ging ihm mörderisch auf die Nerven, denn immer, wenn er nach Hause kam und das Licht anmachte, um über die Treppe in sein Bodenstübchen zu kommen, sah sie das durch die Ritzen der Schlafzimmertür und hielt dann einen Vortrag über die Stromrechnung und meinte, er müsse sich an den Kosten beteiligen. Herrgott, dabei ging es doch nur um ein paar Pennies. Während er sich die Treppe hinauftastete, verfluchte er sie bestimmt zum tausendstenmal. Sie war mit Sicherheit eine von diesen alten Schnepfen, die vor lauter Geiz verhungern. Und wenn sie dann tot sind, findet die Polizei eine Viertelmillion in Töpfchen und Tiegelchen übers ganze Haus verstreut. Er hatte schon einmal mit dem Gedanken gespielt, nach dem Geld zu suchen, aber sie schlief wegen dieses verdammten Fimmels mit dem Licht immer nur mit einem Auge und ging nie aus dem Haus. Roger kaufte für sie ein. Sie gab ihm das Geld immer in Fünf- und Zehndollarscheinen, die sie hübsch zusammengerollt aus ihrer Schürzentasche zauberte. Wo es eigentlich herkam, hatte er nicht in Erfahrung bringen können. Vermutlich vom Sozialamt, aber andererseits hatte er noch nie erlebt, daß sie einen Scheck eingelöst hatte. Und dann noch die Rabattmarken. Jesses, sie sollte einmal miterleben, wie ihn die Kassiererinnen und die Leute in der Schlange anstarrten, die Frauen, die ihr Scheckbuch zückten, wenn sie eine Tüte Milch kauften. Und dann er mit seinen Marken. Die starrten ihn an wie einen Taschendieb. Okay, Geld ist nicht alles auf der Welt, aber keines zu haben, ist mit Sicherheit gar nichts.

In seinem Zimmer schloß er hinter sich ab und stopfte zwei alte

T-Shirts unter die Schwelle, damit er die Birne anschalten konnte, die an einer Strippe nackt von der Decke baumelte und, bis sie zur Ruhe kam, wie ein Lasso Schatten warf. Sein ganzer Reichtum bestand aus einem verzogenen verschalten Kleiderschrank und einer buntlackierten Wickelkommode mit einen Spiegel, der dringend aufpoliert werden mußte. Die schrägen Wände hatten einen Winkel von 45 Grad. In seiner ersten Nacht in diesem Bett hatte er sich zweimal den Kopf angestoßen, aber jetzt paßte er schon auf. Das Fenster am Ende des schlauchförmigen Raums war schäbig, die Farbe abgeblättert, und er mußte sich jedesmal die Nase an der Scheibe plattdrücken, wenn er hinausschauen wollte. Das mußte allerdings nicht allzu häufig sein. Einmal hatte eigentlich schon völlig gereicht. Er hatte einen atemberaubenden Blick auf die Reizwäsche der Alten, die an einer Leine im Hinterhof hing, und auf die Pfütze, wo sie ihr Spülwasser auskippte, weil der Ausguß immer verstopft war.

Auf der Kommode lagen zwei Waffenmagazine, eine Nummer des *American Rifleman* und eine Ausgabe von *Guns and Ammo*, die er gleich erstanden hatte, als er mitkriegte, daß es keine Glotze gab. Aber augenblicklich hatte er gar keine Lust zu lesen. Er betrachtete sich ein Weilchen im Spiegel und war von seinem schlechten Aussehen nicht gerade begeistert. Dann schob er die Kommode einige Zentimeter zur Seite, ging in die Knie und langte in ein Eichhörnchenloch, das er gleich am ersten Tag seines Aufenthaltes hier entdeckt hatte. Er zog ein in ein Stück Stoff gewickeltes Päckchen heraus. Es war der Alten durchaus zuzumuten, daß sie in seiner Abwesenheit den Kleiderschrank und die Schubladen der Kommode durchwühlte. Bei der Gelegenheit guckte sie dann vermutlich auch unters Bett. Er wickelte die zweiundzwanziger Halbautomatik aus und bewunderte minutenlang ihr rassiges Profil. Schließlich steckte er sie mit dem Lauf nach unten in seine rechte Hosentasche, spreizte lässig die Beine und ließ die Hände vor den Oberschenkeln baumeln. So gefiel ihm sein Anblick im Spiegel schon besser. Er nahm die Pistole wieder heraus und zielte auf den Spiegel.

»Hab ich dich endlich, Scheißer.«

Nein, nicht cool genug. Es mußte mehr Stil haben.

»Dein Pech, Alter.«

Ja, das war schon besser. Er übte es ein paarmal, feuerte bei »Alter« immer einmal trocken ab, bis es unter seinen Füßen zu hämmern anfing. Das war die Alte, die mit dem Besen, den sie im Hause ständig mit sich herumschleppte, um eventuelle Einbrecher damit in die

Flucht zu schlagen, an ihre Schlafzimmerdecke klopfte. Roger packte die Pistole wieder ein, verstaute das Päckchen an seinem Ort und verbrachte den Rest des Abends mit der Lektüre eines langen Artikels über einen neuen, superleichten Fünfundvierziger, den die Armee gerade erprobte. Dann knipste er das Licht aus und legte sich hin, sein *Dein Pech, Alter* zerging ihm auf der Zunge.

Diesmal war der Scheiß-Computer tatsächlich im Arsch.

Randall Burlingame legte den Hörer nicht gerade sanft auf. Er knipste seine Schreibtischlampe an und stierte auf die Fotokopie des westdeutschen Passes, der vor ihm lag, auf das pausbäckige Engelsgesicht mit der hohen kahlen Stirn und den Brillengläsern mit Colaflaschenschliff; ein übergewichtiger Lionel Atwill, aber freundlicher. Der Paß war auf den Namen Ingram Wanze ausgestellt, einfach nur Ingram, keine weiteren Vornamen. Geburtsort: Köln. Der war genauso deutsch wie ein russischer Windhund.

Draußen war es dunkel. Das Großstadtpanorama auf der anderen Seite des Flusses hatte an Tiefe verloren, Fenster, aus denen das Licht widerschien, ordneten sich zu einem skelettartigen Muster aus Kreuzen, auf dem Kopf stehenden Pyramiden und zufällig entstehenden Buchstaben an. Im Gebäude diesseits des Detroit River brannte nur noch im Büro von Randall Burlingame Licht, jedenfalls in diesem Stockwerk. So lange wie heute hatte er schon seit Wochen nicht mehr gearbeitet. Gerade als er heimgehen wollte, hatten ihm die Jungs vom Zoll die Kopie des Passes zugehen lassen, und als er die Informationen über Ingram Wanze abrufen wollte, gab der Computer den Geist auf. Nun verpaßte er also die Doppelgeburtstagsparty für seine Tochter und die Enkelin, und es war ihm alles andere als lieb, nun noch einmal zu Hause anrufen und ihnen mitteilen zu müssen, daß er nun noch später als erwartet eintreffen würde. Zwar schimpfte Elisabeth, seine dreiunddreißigjährige Ehefrau, nie und legte auch sonst keine Anzeichen von Zorn oder Ärger im üblichen Sinn an den Tag, aber sie hatte so eine Art, »verstehe schon« zu sagen, daß er sich jedesmal fühlte, als hätte er vor einem Mädchenheim die Hosen heruntergelassen. Nun wollte er diesen Anruf gerade hinter sich bringen, als das Telefon klingelte.

»Geht wieder«, meldete eine junge Männerstimme.

»Okay, dann sagen Sie mir bitte sofort Bescheid, wenn er etwas ausspuckt.«

»Tja, also . . . als er zusammengebrochen ist, ist uns auch der Input gleich mit durch die Lappen gegangen. Würden Sie bitte die Eingabe wiederholen?«

Er verbiß sich im Mundstück seiner eiskalten Pfeife. »Macht nichts. Ich füttere ihn von hier oben aus.«

Er durchquerte Louise Gabels Reich, das in ihrer Abwesenheit, bei abgedeckter Schreibmaschine, verwaist wirkte, und ging den Flur hinunter ins Büro seines Assistenten. Sie sprachen praktisch nie miteinander. Er war zehn Jahre älter als Burlingame und saß die Zeit bis zur Pensionierung auf der Pobacke ab. Burlingame hatte ihn als Teil eines Gesamtpakets von zehn neuen Außendienstbeamten übernommen, das er von Washington angefordert hatte, um das Detroiter Büro zu erweitern und die Arbeitskräfte zu ersetzen, die aufgrund von Kündigung und Versetzungen ausgeschieden waren. Gegen Mittag würde er irgendwann hereingeschneit kommen, sich aufs Sofa flezen und sich gegen zwei wieder nach Hause trollen, vorausgesetzt, es käme einer auf die Idee, ihn zu wecken. Seine Sekretärin war mittlerweile hinter die Geheimnisse des Zauberwürfels gekommen und nahm an einem Fernkurs über allgemeine Buchführung teil.

Ohne das Licht anzumachen, setzte sich Burlingame hinter dem Schreibtisch seines Assistenten an das Tischchen, auf dem der Computer stand, stellte ihn an und tauchte in das grüne Flimmern des Bildschirms ein. Es war theoretisch sein Gerät, aber Computer hielt er sich lieber vom Leib, ließ keinen näher an sich heran als bis auf diese Entfernung von seinem Büro. Er hatte während des Koreakrieges in der Registratur gelernt und somit in jungen Jahren zuviel Zeit damit verbracht, sich ganze Latten von Daten einzuprägen, als daß er heute bereit wäre, seine Selbständigkeit einem popligen Mikrochip zu opfern. Er tippte den Code ein, ließ die flapsige Grußformel, die irgendein Witzbold in die Zentraleinheit eingespeist hatte, über sich ergehen und gab seine Anfrage aus dem Gedächtnis ein. Während er wartete, schraubte er seine Pfeife auseinander und reinigte sie mit einer geradegebogenen Büroklammer. Nach weniger als einer halben Minute flatterte die erste Zeile über den Bildschirm, wie Maschinengewehrsalven donnerten, schneller als die beste Sekretärin tippen kann, kleine grünleuchtende Buchstaben auf ihn zu. Während die Informationen an ihm vorbeirollten, saß er bewegungslos da, beide Hälften der Pfeife in der Hand. Zeile für Zeile. Block für Block. Wie wenn nach dem Krieg die Namen der Toten bekannt werden.

Und genau das war es.

Der Typ, der früher im *Raumschiff Enterprise* mitgespielt hatte, trug heute eine verrückte Perücke, und in seiner blauen Uniform steckte er wie ein Kaugummi im Einwickelpapier. Er wurde beschuldigt, im Dienst einen vermutlich unbewaffneten Tatverdächtigen erschossen zu haben, die alte Geschichte! Aber statt ihm vom Dienst zu suspendieren oder ihn wenigstens eines Teils seiner Amtspflichten zu entheben, übertrugen ihm die Dienstaufsichtsbehörden ausgerechnet diesen Fall. Fantastisch!

Im Wohnzimmer schepperte das Telefon. Er ließ seine Frau rangehen. Gottchen, in einer einzigen Verfolgungsjagd hatte der *Enterprise*-Typ nun schon drei parkende Autos aufgemischt. Er wollte wenigstens noch so lange zugucken, um mitzukriegen, ob der Typ hinterher irgendwelchen Papierkram zu erledigen hätte. Das wären, Moment, ein Formular für die Akten, eins für die Dienstaufsicht, je eins für die Versicherungen. Das mal drei, nein – vier, denn es kommt ja noch einer dazu, den er auf der Kreuzung zu Mus gemacht hat – alle Achtung, das gibt vorzeitige Pensionierung wegen Arbeits- und Berufsunfähigkeit. Sehnenscheidenentzündung.

»George, es ist dieser Sergeant Love-dings.«

Er warf noch einen letzten finsteren Blick auf die Mattscheibe-Einstellung: Der Streifenwagen schießt mit Mordstempo einen steilen Hügel hoch, sechshundert Dollar für neue Radaufhängung mal gleich weg, ein weiteres Formular für die Versicherung der Abteilung –, rappelte sich aus dem Sessel hoch und nahm seiner Frau den Hörer aus der Hand.

»Ich dachte, Sie hätten schon Feierabend gemacht.« An den Rundbogen zum Eßzimmer gelehnt, ließ er die Verfolgungsjagd nicht aus den Augen.

»Ich arbeite vor, Weihnachten steht vor der Tür.« Sergeant Loveladys Stimme kippte über. »Eine Kollegin vom Straßenverkehrsdezernat hat eben die Zulassungsnummer eines Autowracks aufgenommen, ganz ausgebrannt, vermutlich Diebstahl, irgendwo draußen auf dem Lande. Ihr Mann ist in der Mordkommission. Der Name des Fahrzeughalters kam ihr bekannt vor, und da hat sie uns schnell informiert. Ich dachte, das könnte Sie interessieren.«

Schuß. Nahaufnahme: zersplitterte Windschutzscheibe. Schnitt. Werbung. Pontier drehte der Glotze den Rücken zu. »Dann schießen Sie mal los.«

»Es handelt sich um einen zwei Jahre alten silberfarbenen Mercury Cougar. Zugelassen auf den Namen Peter Macklin, 10052 Beech Road, Southfield.«

»Wer hat's gemeldet?«

»Der Chef des Polizeireviers von dort, heißt Connor. Caesar, Otto, Nordpol, Nordpol . . .«

»Schon gut. Haben Sie schon mit ihm gesprochen?«

»Noch nicht.«

»Und worauf warten Sie noch?«

»Geht in Ordnung. Sonst noch was?«

»Rufen Sie mich dann noch einmal zurück.«

»Okay.«

Er legte kopfschüttelnd den Hörer auf. Als er sich wieder in den Fernsehsessel setzte, trank der *Enterprise*-Typ, jetzt in Zivil, gerade mit einem Kollegen ein Bier. Der sah aus wie ein weißer Michael Jackson. Es war immer noch hell. Pontier kam zu dem Schluß, daß in Kalifornien wohl auch der letzte Streifenbeamte eine eigene Sekretärin hatte, die ihm die Berichte verfaßte und die Formulare ausfüllte. Warum ziehe ich mir diesen Schwachsinn eigentlich rein, fragte er sich, wo es doch im anderen Programm eine Folge von *Mister Ed – das lachende Pferd* gibt.

25

»Und, wie war die Feier?«

»Nett, jedenfalls das, was ich noch davon mitbekommen habe. Beantworten Sie die, wie es Ihnen gerade richtig erscheint.« Die meisten der Briefe, die ihm seine Sekretärin reichte, legte Burlingame gleich wieder auf ihren Schreibtisch zurück.

Tatsächlich war er am vergangenen Abend gerade noch rechtzeitig gekommen, um sich von Tochter und Enkelin zu verabschieden und seiner Frau dabei zu helfen, etwas Ordnung zu schaffen. Den Rest des Abends hatte er dann damit verbracht, Elisabeths *Verstehe schon* zu lauschen.

Er ging in sein Büro, schloß die oberste Schublade des Schreibtischs auf und las sich den Computerausdruck noch einmal durch. Halb hatte er gehofft, daß er das alles nur geträumt hatte, aber jetzt, im hellen Morgenlicht, war das alles nicht weniger unbegreiflich als am vergangenen Abend. Das war mal wieder eine der Gelegenheiten, bei denen

ein Mann jenseits der Fünfzig mit dem Gedanken spielt, ein Fischer-
käppi mit einer Bierdose drauf zu erstehen und den ganzen Saftladen
einem zu überlassen, der morgens noch aufstehen kann, ohne sich auf
dem Nachttischchen abzustützen.

Mrs. Gabel piepste ihn an. Er nahm den Hörer auf, ohne den Blick
von dem Computerausdruck zu lösen.

»Ein Gespräch auf der eins.«

»Wer ist es?«

»Das lassen Sie sich am besten von ihm selbst sagen. Mir würden Sie
sowieso nicht glauben.«

Er legte den Bogen hin und nahm das Gespräch entgegen.

Der Hof hinter dem gelben Backsteinhaus roch streng nach Ratten-
dreck und abgestandenem Wasser. Macklin zog am Knauf der abgegrif-
fenen Eisentür. Sie war offen. Der Eingangsflur wurde von einer
Fünfzehn-Watt-Birne beleuchtet, die schon alle Hände voll damit zu
tun hatte, für sich selbst genug Licht zu produzieren. Als sich seine
Augen an die schummrige Beleuchtung gewöhnt hatten, drückte Macklin auf einen Knopf. Nach angemessener Wartezeit kam der Aufzug ins
Erdgeschoß gekeucht wie ein Tattergreis, der sich in die Badewanne
kämpft, und die Türen trudelten auf. Die Waffe voran, stieg er ein.

»Fieldhouse.«

Die Luft knisterte. Wie ein Hammer traf ihn der Schmerz am
Handgelenk. Sein ganzer Unterarm war taub. Die 10-Millimeter-
Pistole fiel ratternd zu Boden. Der Mann, den der Detroiter FBI-Chef
Fieldhouse genannt hatte, war in den Zwanzigern, hatte brötchenblon-
des Haar und war so attraktiv, wie Dressmen attraktiv sind. Der dunkle
Anzug und die Weste paßten ihm wie angemessen, das unterschied ihn
von seinem Vorgesetzten, bei dem das Oberhemd um die Knöpfe
herum spannte. Fieldhouse rieb sich die Kante seiner rechten Hand.
Geschieht ihm ganz recht, dachte Macklin, hoffentlich hat er sie sich
gebrochen.

Wirklich, er haßte Aufzüge.

Mit einem Blick wies Burlingame Fieldhouse an, den Halteknopf zu
betätigen. Torkelnd kam die Kabine zwischen zwei Stockwerken zum
Stillstand. Dabei merkte Macklin erst, daß sich der Aufzug überhaupt
von der Stelle grührt hatte.

»Ich habe schon davon gehört, aber noch nie eine gesehen.«
Burlingame hielt Macklins Pistole in der Hand. »Aber vermutlich
werden Sie mir ja nicht verraten, wo Sie sie her haben.«

Der Killer schwieg. Burlingame suchte die Magazinsperre, ließ das Magazin herausschnappen und nahm die Patrone aus der Kammer. Sie klirrte auf dem Boden. Die entladene Pistole gab er Macklin zurück, der sie noch einen Moment in der Hand behielt und sie dann ins Halfter zurücksteckte. Er zog das Wolljackett über dem Kolben zurecht. Fieldhouse glotzte ungläubig.

An ihn gewandt, brummte Burlingame: »An diesem Ort sind alle gleich.« Und zu Macklin: »Sie haben auf diesem Treffen bestanden. Ich verdiene Ihre Steuergroschen nicht damit, daß ich in einem Gebäude herumhänge, das wir nur für Verhöre brauchen. Also, was wollen Sie?«

»Den Ort haben Sie vorgeschlagen. Ich wäre auch bereit gewesen, Sie in Ihrem Büro aufzusuchen.«

»Die Vorhalle des Federal Buildings ist immer gerammelt voll mit Reportern, die den nächsten Skandal wittern. Von denen könnte sie beim Reinkommen einer erkennen. Sie wissen ja, wie das läuft.«

»Wo haben Sie denn Ihre Pfeife gelassen?«

»Fieldhouse hat eine Tabakallergie. Wie ich gehört habe, spielen Sie jetzt Ihr eigenes Spiel?«

Macklin gab sein wölfisches Grinsen zum besten. »Das höre ich heute zum erstenmal. Das mit dem Spiel.«

»So etwas ist ganz nach Fieldhouse' Geschmack. Er ist vor der Glotze aufgewachsen.«

»Fieldhouse scheint ja mächtig was zu zählen bei Ihnen.«

»Er ist mir teuer, wie mein Erstgeborener.« Burlingame zwinkerte dem jungen Agenten zu. Irgendwelche hübsche Feuerchen gelöscht in letzter Zeit? Macklins Spezialität ist die Brandbekämpfung im Treppenhausbereich«, sagte er zu Fieldhouse. »Er ist 'ne Art städtischer Oberförster.«

»So wie es aussieht, werde ich tatsächlich vom Feuer verfolgt. Gestern abend bin ich schon fast wieder verkohlt.«

»Was ist denn mit Ihrer Jacke passiert?«

»Wir wollen Fieldhouse doch nicht langweilen. Also, was ist? Was wissen Sie.«

»Ich weiß, daß Sie es allmählich mit der Angst zu tun kriegen. Sonst hätten Sie diese dumpfe Tour eben nicht abgezogen. Mit einer Pistole auf zwei bewaffnete FBI-Leute loszugehen. Was ist es eigentlich, das die Leute an Ihnen nicht mögen?«

»Ich hatte gehofft, daß Sie es mir verraten würden.«

»Ach, Scheiß, Macklin«, sagte Burlingame, »lassen Sie uns doch aufrichtig sein. Ich mag keine Killer. Ich bewundere sie noch nicht einmal. Erst letzte Woche hat in Seattle ein Achtjähriger beim Spielen seinem Bruder das Gesicht weggepustet. Je älter ich werde, desto weniger bleibt, vor dem ich Respekt habe, und vor einem Kerl, der sich für das bezahlen läßt, was jedes x-beliebige achtjährige Kind in Seattle ohne üben zustande kriegt, habe ich nicht das geringste bißchen Respekt. Abgesehen davon mag ich Sie persönlich nicht. Aber nur, weil Sie mir nicht besonders sympathisch sind, heure ich niemanden an, Sie umzulegen. Und einem Irren mit einem aufgeblasenen Feuerzeug würde ich das schon gar nicht überlassen.«

»Verstehe. Aber wer sonst?«

Burlingame schwieg.

»Los, Burlingame, das sind Sie mir schuldig.«

»Einen Scheiß bin ich Ihnen schuldig. In der Szene pfeifen die Spatzen von den Dächern, daß Boniface hundert Riesen für Ihren Einsatz auf dem Ausflugsdampfer abgedrückt hat. Er kriegt seine Verhandlung, wie wir es abgesprochen hatten, und das war's dann.«

Macklin wollte sich in die Jackettasche greifen, aber Fieldhouse hielt ihn am Arm. »Schon gut. Holen Sie es selbst heraus.«

Während er mit der einen Hand Macklin noch am Arm festhielt, fuhr er ihm mit der anderen in die Tasche und beförderte einen hohlen Messingzylinder vom Durchmesser einer Kuliverschlußkappe zutage. Bei dieser Gelegenheit ließ er es sich nicht nehmen, auch noch seine anderen Taschen abzutasten. Schließlich trat er einen Schritt zurück und händigte seinem Vorgesetzten die Patronenhülse aus. Die aus seiner 10-Millimeter hatte Macklin bereits auf dem Rückweg in die Stadt weggeworfen.

»Wer benutzt heutzutage eine Walther?« erkundigte er sich.

Burlingame betrachtete die leere Patrone. »MI-6, Scotland Yard, die Sûreté. Und jeder Sammler, der sich Zugang zur Munition beschaffen kann. Diese Waffe ist allenthalben recht beliebt.«

»KGB?«

»Warum nicht. Aber die Russen haben an sich bessere Waffen. Um die kümmert sich die CIA.«

»Aber nicht innerhalb der Vereinigten Staaten.«

»Was wissen Sie, Macklin?«

»*Wissen* tu' ich gar nichts, sonst wäre ich nicht hier. Bisher wollte mir ein amerikanischer Exmarinesoldat an den Kragen, ferner ein chinesischer Tausendsassa und ein Typ, der sich mit dem Chic eines Louis Trenker kleidet und mit einer Knarre um sich ballert, die sich bei ausländischen Geheimdiensten größter Beliebtheit erfreut. Und der außerdem Sprenggeschosse verwendet, aber nicht etwa simple Dumdumdinger, sondern etwas viel Ausgefuchsteres. Darüber hinaus hat er meinen Wagen präpariert. Das war kein Spielchen mehr. Die Knallereien vorher waren nur dazu daß, daß ich den Kopf verliere. Beute verstören – Falle zuschnappen lassen. Der ist besser als die beiden anderen, ein Profi. Hier in der Gegend kenne ich alle Kollegen, von denen ist das keiner. Aber Sie haben einen größeren Überblick.«

»Die Russen töten nicht einfach so«, warf Burlingame ein, »da muß man denen schon wirklich ans Eingemachte wollen.«

Bevor dieser Typ hier anrückte, hatte ich mit der Sowjetunion höchstens in Form einer Flasche Wodka zu tun. Das heißt, falls er überhaupt Russe ist.«

»Sie bearbeiten augenblicklich gerade einen Auftrag, nicht wahr?«

»Ich bin Berater für zwischenmenschliche Beziehungen.«

»Ja, und Hitler war Reichskanzler. Jetzt müssen aber Sie auspakken, Macklin?«

Macklin wies auf Fieldhouse.

Burlingame trat einen Schritt vor und setzte den Aufzug wieder in Gang. »Fieldhouse, ich setze Sie kurz ab.«

»Aber Sir, ich bin vertrauenswürdig.«

»Für unseren Freund hier nicht. Es dauert nur etwa eine halbe Stunde. Wenn Sie wollen, können Sie schon ins Büro zurückgehen.«

»Ich warte hier auf Sie.«

Nachdem er ausgestiegen war, schickte Burlingame den Fahrstuhl wieder hoch und ließ ihn in der früheren Position zwischen zwei Stockwerken halten.

»Unser Mann ist kein Russe«, erklärte er Macklin, »sondern Bulgare, er heißt Simeon Novo, oder jedenfalls nennt er sich bei sich zuhause so. Wenn er mal da ist, was allerdings nicht allzuoft vorkommt. Die meiste Zeit über ist er am Annullieren. Das ist in den feinen Kreisen der Spionage der international anerkannte Fachausdruck für Mord. Er ist achtundfünfzig oder zweiundsechzig, je nachdem, nach welcher Geburtsurkunde Sie gehen, und befindet sich im Vorruhestand. Das heißt, daß er nur noch ein oder zwei Menschen pro Jahr umlegt. Im Büro habe ich einen irrsinnig langen Computerausdruck, der sich wie eine Einführung in die Geschichte des internationalen Attentats der letzten fünfzehn Jahre liest. Damals fingen wir an, eine Statistik über ihn zu führen. Die CIA verfügt vermutlich noch über eine ausführlichere Liste.«

»Wieso haben Sie eigentlich überhaupt etwas über ihn? Die Zuständigkeit des FBI endet doch an den Staatsgrenzen der USA.«

»Washington unterhält ein ganzes Büro, das sich ausschließlich um die Aktivitäten der CIA kümmert. Wir beschäftigen Hacker, die einen Computercode schneller knacken können, als Sie sich mit der Nagelfeile an die Nase kommen. Ich weiß selber, daß sich das ein bißchen komisch anhört, wie wenn man beim eigenen Spielpartner kiebitzt, aber was soll's. Letztes Jahr hat das Pentagon elfhundert Dollar für einen Enthefter ausgegeben, den man in jedem Schreibwarenladen für eins achtundneunzig kriegen kann.«

»Dann hatte ich also mit dem KGB tatsächlich recht. War an und für sich nur ein Schuß ins Blaue.«

»Nun, vielleicht ist er beim KGB. Nach unseren Informationen arbeitet er ebenso häufig für die CIA. Er ist einer von der Sorte, die wir ›amerikanische Stalltüren‹ nennen, schwingt in beide Richtungen auf. Auf dem Markt wird er unter dem Codenamen Mantis gehandelt. Sie wissen: Mantis religiosa. Die Gottesanbeterin.«

»Mein Gott.«

»Nun rücken Sie endlich mit der Sprache raus. Für wen arbeiten Sie?

»Allein.«

»Klegg können wir jederzeit in die Enge treiben. Wir wissen, daß er in die Geschichte verwickelt ist, und er kann sich seinerseits denken, daß wir in der Lage sind, genügend gegen ihn zusammenzukratzen, um ihn jahrelang von einem Prozeß in den nächsten zu hetzen. Und diese Jahre hat er nicht mehr. Bevor er das zuläßt, knallt er Sie lieber ab.«

Macklin sah sich in der Kabine um und fuhr mit den Händen rechts und links hinter das Geländer.

Burlingame beruhigte ihn. »Hier wird nicht abgehört. Das einzige Fleckchen im ganzen Haus, das wanzenfrei ist. Deshalb sind wir ja hier. Aber alles, was Sie sagen, wäre vor Gericht sowieso ungültig.«

»Ich arbeite für die Tochter eines alten Freundes von Klegg«, sagte Macklin. »Sie hat Probleme mit ihrem Freund. Er droht, sie umzubringen.«

»Und sie bezahlt Sie dafür, daß Sie ihm zuvorkommen und ihn zuerst töten.«

»Ich arbeite für sie. Mehr sage ich nicht.«

»Das reicht mir nicht. Namen.«

Macklin hob den rechten Zeigefinger. »Einen: Roy Blossom. Ein

Filmpotenzling, der letzten Monat aus Ypsi freigekommen ist. Er war in der Klapse, weil er einem miesen Autofahrer seine Initialen eingraviert hat.«

»Wo wohnt er?«

»Das weiß ich nicht. In der Anstalt wollten sie es mir nicht sagen, und die Pistole mochte ich denen nicht auf die Brust setzen.«

»Die Adresse können wir für Sie in Erfahrung bringen. Wenn Sie kooperationsbereit sind.«

»Im Moment interessiert mich nur, auf wessen Abschlußliste ich stehe und warum.«

»Wir füttern Blossom in die Maschine und gucken mal, was sie ausspuckt. Ihre Probleme haben ja offensichtlich an dem Tag begonnen, an dem Sie Klegg im Büro aufgesucht haben. Falls da ein Zusammenhang besteht, werden wir ihn herausfinden. Aber Sie müssen uns auf dem laufenden halten, was bei Ihnen passiert.«

»Sie verheimlichen mir doch etwas.«

»Sie etwa nicht?«

Macklin stützte sich mit beiden Händen aufs Geländer.

»Die Hand gebe ich Ihnen nicht.«

»Ich würde sie auch nicht nehmen.« Burlingame hielt ihm das Magazin der Zehn-Millimeter hin.

Macklin steckte es ein.

Fieldhouse hatte unmittelbar vor der Fahrstuhltür gelauert, jedenfalls mußte er zur Seite treten, als sie aufging und Macklin ausstieg. Im Gleichschritt marschierte er neben seinem Vorgesetzten her. Als sie das Gebäude verlassen hatten, wandte sich Macklin nach Süden, und die beiden anderen gingen in entgegengesetzter Richtung auf das Federal Building zu. Fieldhouse bat Burlingame, ihn über den weiteren Verlauf seiner Unterredung mit Macklin zu informieren.

»Wir haben ein Geschäft gemacht.«

»Mit *ihm*?« Er blickte sich über die Schulter nach Macklin um, der in der Ferne entschwand.

»Natürlich habe ich ihm nicht alles erzählt. Über Kurof weiß er nichts und auch nichts darüber, daß wir Kurofs Partner zur CIA zurückverfolgt haben. Er glaubt, daß Mantis beim KGB ist. Nun, vielleicht hat er damit sogar recht. Chamäleons bleiben ihrem Ruf treu.«

»Aber von Mantis haben Sie ihm erzählt?«

»Ich glaube, jeder hat das Recht zu erfahren, wer ihn ums Leben bringen will.«

»Können wir ihm trauen?«

Burlingame legte einen Schritt zu, um den Kreislauf anzuregen. Es war feucht und kühl. Novemberwetter, dem Kalender wieder einmal einen Monat voraus.

»Da war mal ein Kriegsdienstleistender«, erzählte er, »und in den letzten Wochen vor seiner Entlassung wurde der Briefwechsel mit seiner Frau immer geiler. In seinem letzten Brief schrieb er ihr: ›Wenn du mich am Flughafen abholst, schnallst du dir am besten eine Matratze auf den Rücken.‹ ›Okay‹, schrieb sie zurück, ›aber dann sieh du auch zu, daß du als erster aussteigst.‹ «

An einer Ampel mußten sie warten, bis Grün war. Fieldhouse ließ Burlingame nicht aus den Augen.

Der half ihm auf die Sprünge. »Macklin ist die teure Gattin.«

26

Als der Alte die Koffer packte, klingelte das Telefon. Er ließ Läuten Läuten sein, machte den größeren seiner beiden Koffer zu, drehte am Zahlenschloß und zurrte die Riemen fest. Von Walther, Munition sowie Quecksilberausrüstung hatte er sich getrennt, und jetzt war sein Gepäck nicht schwerer als bei seiner Ankunft. Dann ging er an den Apparat.

»Mr. Brown hier.« Die Stimme kannte er schon. »Ja, Mr. Brown.«

»Es sieht ganz so aus, als sei das Paket nicht richtig angekommen.«

»Unmöglich.«

»Unser Mann im Federal Building sagt, daß doch. Das Paket ist gesehen worden.«

»Vielleicht ein Irrtum.«

»Bestimmt ein Irrtum«, sagte Brown, »aber nicht seiner. Werden Sie das richtigstellen?«

»Zu Ihrer vollsten Zufriedenheit.« Er stand vor dem Spiegel über der Kommode. Zog eine Grimasse. »Ich brauche dasselbe wie beim erstenmal.«

»Einverstanden. Wir haben auch noch andere Aufträge für Sie.«

»Gut.«

Als er auflegte, betrachtete er sich traurig im Spiegel. »Simeon, Simeon«, murmelte er betrübt.

»Miss King, bitte. Moira King.«

»Ich werde mal sehen, ob sie im Hause ist«, antwortete eine Frauenstimme. *Bitte warten.*

Das konnte dauern, er legte sich auf der Matratze zurück und streckte die Beine unter der Bettdecke aus. Die Schulter, die er sich beim Stürzen geprellt hatte, tat weh, und nach dem langen Fußmarsch des vergangenen Abends spürte er die Muskeln in den Waden. Er hatte nämlich erst ein paar Kilometer zu Fuß zwischen sich und sein verkohltes Wrack gelegt, bevor er einen Wagen angehalten hatte.

In einem kleinen Hotelzimmer wie diesem war er bislang noch nie abgestiegen. Es war ein Eckzimmer in einem Etablissement, das, abgesehen von einigen Räumen, die stundenweise an Liebespärchen und Sportfans vermietet werden, hauptsächlich aus Privatwohnungen bestand. Er hatte im Bad, das sich auf dem Flur befand, geduscht und dann zwei Stunden gedöst. Seine innere Uhr hatte ihn geweckt, dann rief er Moira King bei ihrer Arbeitsstelle in der Telefongesellschaft an.

»Es tut mir leid, aber Miß King ist heute nicht zur Arbeit erschienen.«

»Ist sie krank?«

»Ich darf leider keine Auskünfte über unsere Angestellten geben.«

Er drückte auf die Gabel und wählte ihre Privatnummer. Nach zwölfmal Klingeln hängte er auf. Einen Augenblick später schlug er die Decke zurück und setzte sich auf den Bettrand. Es fiel ihm schwer, richtig wach zu werden. Früher hatte er die Augen mit demselben Gedanken geöffnet, mit dem er eingeschlafen war, wie Neongas hatte das Blut in seinen Adern getobt. Das war nicht mehr so, und indem ihm das bewußt wurde, gestand er sich etwas ein, das zu akzeptieren er sich viele Monate lang geweigert hatte. Aber jetzt war es da. Wie Rotchina. Er griff nach seinen Kleidern.

Der Himmel hatte sich in jenem schmuddeligen Purpurgrau bezogen, das immer entsteht, wenn das Mischungsverhältnis von Farben nicht ganz stimmt. Seit seinem Treffen mit Randall Burlingame am Vormittag hatte sich die Kälte die Zähne gewetzt. Er zog den Reißverschluß seiner Jacke zu und setzte sich in das glasüberdachte Wartehäuschen der DSR-Bushaltestelle. Neben ihm saßen ein jugendlicher Errol-Flynn-Fan in einem pflaumenfarbenen Satinblouson und eine dicke Schwarze in einem dünnen Stoffmantel, die Sonnenblumenkerne zwischen den Zähnen knackte und die Hülsen ausspuckte. Der Flynn-Typ stank nach Schweiß und Pomade. *Tu es in Detroit* flehte ein Plakat.

Als der Bus endlich eintrudelte, setzte er sich auf die hinterste Bank, direkt über dem Motor, wo die Erschütterungen so verdammt auf den Rücken gehen. Deshalb hatte er die Bank auch ganz für sich allein, guter Überblick über den Mittelgang und nur ein Katzensprung zum hinteren Ausstieg. Solche Manöver waren ihm so in Fleisch und Blut übergegangen, daß er schon gar nicht mehr darüber nachdenken mußte, wie man automatisch das Briefchen mit den Streichhölzern zuklappt, bevor man eines anzündet.

Als er in Redford ausstieg, wurde er im Lendenwirbelbereich von beißenden scharfen Schmerzen drangsaliert. Im Comic würde es jetzt an dieser Stelle vor Sternchen und kleinen Blitzen nur so wimmeln. Er schob sich die Pistole im Kreuz so zurecht, daß sie nicht zu sehr drückte. Auch seine Wadenmuskeln spürte er noch, aber das war in Ordnung. Sie fühlten sich stramm an und zu jeder Schandtat bereit.

Niemand war ihm gefolgt, da war er sich ganz sicher. Als er sich von Burlingame getrennt hatte, hatte er ein bißchen in die Trickkiste gegriffen, um eventuell Verfolger, die er eventuell auf ihn angesetzt hatte, abzuschütteln, dem Schatten, den Inspektor Pontier bemüht hatte, war er längst entkommen. Trotzdem wurmte es ihn, daß er den Alten gestern nicht rechtzeitig entdeckt hatte. Die anderen auszumachen, war ein Kinderspiel gewesen, die hatten sich zu viel Mühe gegeben, unauffällig zu wirken. Der alte Mann aber *war* unauffällig. Das, und nur das, ist es, was den Profi ausmacht, Instinkt und Reflexe kommen erst an zweiter und dritter Stelle. Alte Männer wie ihn sah man überall. Ihn in der Menge ausfindig zu machen, war so, als wollte man einen einzigen Tropfen frisches Wasser quer durch den Great Salt Lake verfolgen. Aber vielleicht ließen Macklins Augen auch in demselben Maß nach wie seine Energie. In seiner Branche war das eine der natürlichen Todesursachen.

Das Sicherheitssystem in dem Haus, in dem Moira King wohnte, war ein Witz. Keine Gegensprechanlage, nur ein elektrisch gesteuertes Schnappschloß; jeder konnte in jedem Appartement die Haustür öffnen, ohne zu sehen, wer geklingelt hatte. Macklin studierte das Klingelbrett und suchte sich einen Knopf aus, der vermuten ließ, daß er zu einer Wohnung gehörte, die in den oberen Stockwerken lag und nach hinten rausging. Unmittelbar nachdem er ihn gedrückt hatte, ertönte ein sonores Schnarren. Er lehnte sich gegen die Tür und trat ein.

Moiras Wohnung war ein Eckappartement im ersten Stock. Er klopfte, wartete, klopfte noch einmal. Als sich immer noch niemand meldete, probierte er es mit dem Türknauf. Er ließ sich einmal ganz undrehen, die Tür ging nach innen auf. In seiner Brust spreizte etwas seine finstren Schwingen.

Er stand mit gezückter Pistole rechts neben der Tür. Stieß sie auf. Keinesfalls würde der Eindringlich so töricht sein, direkt durch die Türöffnung zu schießen. Vermutlich würde er auf die Seite zielen, an der sich das Scharnier befand.

Aber es fiel überhaupt kein Schuß. Macklin faßte seine Zehn-Millimeter fester, atmete tief durch, stürzte die Tür, drückte sich an die Innenwand des Appartements. Das Wohnzimmer war leer.

Der Raum war ein bißchen unordentlich, aber sonst schien alles okay. Das Sofa war aufgeklappt, das Bettzeug zerwühlt und zerknäult, auf dem Boden am Fußende lag ein Sofakissen. Über der Armlehne hing schlapp eine blaue Kostümjacke. Ein benutztes Glas und ein Aschenbecher, aus dem die Kippen überquollen, standen inmitten zerfledderter Zeitschriften auf dem Couchtisch. Nichts schien beschädigt, nichts deutete auf einen Einbruchdiebstahl hin.

Mit der Pistole in der Hand ging Macklin in die Winzküche hinüber, stellte sich auf die Zehenspitzen, um über die ein Meter zwanzig hohe Theke, die die Küche mit dem Wohnzimmer verband, den Raum zu betrachten. Der Fußboden war sauber.

Ihm war, als nähme er einen vertrauten Geruch war. Aber ganz sicher war er sich nicht. In Räumen, in denen Frauen schlafen, herrscht stets eine Mixtur von Düften, die ihm immer fremd bleiben würden. Er ging ins Bad. Dort war der Geruch intensiver, ein scharfes, dumpf muffiges Aroma, mit nichts sonst zu vergleichen. Jetzt erkannte er es.

Etwas, das in der Sonne, die durch die silbrig schimmernden Kleinbürgerspitzenvorhänge fiel, braun aussah, sprenkelte die elfenbeinfarbenen Bodenfliesen. Macklin tippte mit der Fußspitze auf einen der Flecken. Er schmierte. Der Duschvorhang war vor der Badewanne vorgezogen, undurchsichtiger rosafarbener Plastikstoff, bedruckt mit blauen Fischen. Macklin trat einen Schritt zurück, hielt die Pistole in Hüfthöhe und zog die Vorhänge auseinander. Die Plastikringe schepperten sanft. Die plötzliche Bewegung schreckte zwei Handvoll fetter Fliegen auf. Eine davon setzte sich auf die Wange, er verscheuchte sie mit dem Pistolenlauf.

Als er in die Wanne blickte und sah, was die Fliegen dort suchten, drehte sich dem Killer der Magen um.

27

Feliz Suiza schloß die Vormittagseinnahmen im Büro in den Safe und ging wieder in den Laden zurück, um die Jalousien herunterzuziehen und alle Lampen außer der Schaufensterbeleuchtung auszuschalten. *Mein Laden*, sagte er immer, nie einfach »der« Laden. Dieses Geschäft war der erste Besitz seines Lebens. Er war ein kleiner, sehr dunkelhäutiger Kubaner mit ebenmäßigen Gesichtszügen, erst zweiundvierzig, aber vom Zuckerrohrschneiden in der brütenden Sonne war seine Haut vorzeitig faltig geworden. Er war zusammen mit seinem Sohn Tranquillo mit der *Freedom Flotilla* ins Land gekommen. Tranquillo war jetzt Reservepitscher bei den Detroit Tigers. Mit dem Geld, das er bei Vertragsabschluß erhalten hatte, hatte er den Laden bei der National Bank of Detroit finanziert und ihn dann seinem Vater geschenkt. Feliz hatte ein Foto seines Sohnes in seiner Baseball-Kluft an die Kasse geklebt, und immer, wenn jemand kam, um eine Schreibmaschine zu beleihen oder ein Saxophon auszulösen, wies er mit dem Finger darauf und bedrängte ihn, im nächsten Jahr bei der Endausscheidung an den Namen Tranquillo Jesus Suiza zu denken.

Abgesehen vom heiligen Sonntag hatte er jeden Tag geöffnet und machte ganz gutes Geld, bedeutend mehr denn als Zuckerrohrschneider. Aber Gewohnheiten, die man ein ganzes Leben lang pflegt, lassen sich nur schwer abstellen, und so machte er täglich Punkt fünfzehn Uhr ein Mittagsschläfchen von einer Stunde. Als er gerade auf dem Weg war, um sein Feldbett im Büro hinter dem Laden aufzusuchen, klopfte vorne jemand an der Tür. Er beachtete es nicht. Als das Klopfen jedoch nicht aufhörte, murmelte er einen spanischen Fluch vor sich hin und ging nach vorne zurück, zog die Jalousie an der Ladentür hoch und rief: »Wir geschlossen. Später kommen.«

Der Mann an der Tür ließ sich nicht abwimmeln. Er war wesentlich älter als Feliz und wirkte ein bißchen wie eine Eule, mit der lustigen runden Brille und dem Hütchen mit der gelben Feder. Ein Durchschnittstyp, in einem grünen Pullover gezwängt, der aus seinem Mantel lugte.

»Ich habe vorhin angerufen«, brüllte er zurück, die plumpen Hände wie ein Trichter um den Mund gelegt. Drollig finster rollte er die Augen. »Wegen eines Revolvers.«

»Nach vier, habe ich gesagt.«

»Es dauert nur einen kleinen Moment.« Als Felix noch zögerte, die Tür zu öffnen, beförderte der Mann eine Handvoll zweifach zusammengefalteter Dollarscheine hervor. Felix schloß die Ladentür auf.

»Sie haben gesagt, daß Sie eine Walther da haben?« fragte der Mann.

»Kommen Sie rein, und schreien Sie nicht auf der Straße herum.«

Drinnen zog der Mann den Hut ab. Er war bis zum Wirbel kahl.

»Aber die Pistole ist doch hoffentlich neu? Keine Vorbesitzer?«

Er sprach mit starkem, schwerfälligem Akzent. Kein spanischer Akzent. Er sah nicht aus wie ein Polizist und hörte sich auch nicht wie einer an, außerdem war er wesentlich älter als die Detektive, die manchmal in den Laden kamen und Feliz mit Fragen bombardierten. Als er nicht auf der Stelle antwortete, begann der Mann, Hundertdollarnoten von einer Hand in die andere zu blättern. Das bestätigte Feliz in der Vermutung, daß es sich nicht um einen Polizisten handeln konnte. Um eine simple Verhaftung wegen unbefugten Waffenhandels zustande zu bringen, war es zuviel Geld.

»Ist noch originalverpackt.« Er schloß die Ladentür wieder zu und ließ die Jalousie runter. »Sechshundert Dollar.«

Der Alte ließ sechs Hundertdollarscheine draußen, behielt sie aber in der Hand. »Ich muß ihn erst sehen.«

Feliz bat ihn, sich einen Moment zu gedulden. Im Büro hinten schloß er den Safe auf, hob den doppelten Boden hoch und nahm einen der Kästen heraus. Er nahm ihn mit nach vorne und legte ihn auf die Theke. Der Mann stellte einen antiken Kerzenleuchter, den er sich angesehen hatte, zurück, nahm den Karton in die Hand und nickte zustimmend, als er sah, daß er noch nicht geöffnet war. Er öffnete den Deckel, nahm die Halbautomatik heraus und betrachtete das leere Magazin. »Munition haben Sie auch?«

»Ja, aber Patronen gehen extra.«

Der Mann klaubte sein Bündel wieder aus der Tasche, schälte vier weitere Scheine ab und legte insgesamt tausend Dollar auf die Theke.

»Sie sind mir als vertrauenswürdiger Mann empfohlen worden. Ein Mann, der schweigen kann«, sagte er.

»Ich kümmere mich um meine Geschäfte, die anderen sollen sich um ihre kümmern.« Feliz lugte nach dem Geld.

»Ich benötige noch zwei Männer, die derselben Philosophie anhängen wie Sie.«

Feliz griff nach den Scheinen. Der Mann hielt ihn nicht davon ab. Er zog sie glatt, legte die Ecken sauber aufeinander. Dann faltete er sie einmal und steckte sie in seine Brusttasche, wo sie das Hemd wie eine Bluse beulten.

»Ich setze Ihnen die Patronen ein«, erbot er sich.

Pontier zeigte dem uniformierten Polizisten im Flur Marke und Ausweis und betrat die Wohnung. Daselbst traf er Sergeant Lovelady in eine Unterhaltung mit einem Mann vertieft, von dem er wußte, daß er im Büro des Leichenbeschauers beschäftigt war. Der Sergeant trug über seiner gelben Sportjacke einen offenen grauen Regenmantel. Ein anderer Uniformierter lungerte im Zimmer herum, er wußte offenbar nichts mit sich anzufangen, und am Fenster schoß ein Fotograf probeweise mit dem Blitz auf den Boden. Das machen die immer so. Zum Verrücktwerden.

»Da konnte einer verdammt gut mit dem Messer umgehen«, meinte der von den Leichenbeschauern anerkennend. »Ich gehe nun schon seit zwanzig Jahren zur Jagd, aber so ein sauberes Zerlegen ist mir selten untergekommen. Der muß die ganze Nacht damit beschäftigt gewesen sein.«

»Nacht?«

Jetzt erst bemerkte er Pontier. »Hallo, Inspektor. Mindestens zwölf Stunden, vielleicht achtzehn. Wenn das Blut erst raus ist, fällt die Körpertemperatur schnell ab. Ich richte mich hauptsächlich danach, wie weit die Leichenstarre fortgeschritten ist. Aber etwas Definitives kann ich erst sagen, wenn ich mir den Magen vorgeknöpft habe.«

»Name?« fragte Pontier Sergeant Lovelady.

»Im Mietvertrag steht Moira King. Der Hausverwalter hat sie vorläufig identifiziert. Er war es auch, der uns angerufen hat. Wollte den Hahn im Bad reparieren, fand die Tür offen und betrat die Wohnung. Sagt er. In den Schubladen herumwühlen, ihre Unterwäsche durchgrabschen war nicht. Er doch nicht. Wenn Sie mit ihm sprechen wollen: Er ist unten in seinem Büro. Ich lasse einen Uniformierten hier oben.«

»War er's?«

»Ne. Hat ins Waschbecken gekotzt. Typen wie der können noch nicht einmal ihr eigenes Blut sehen.«

»Ist es so schlimm?«

»Mannomann, in der Badewanne steht das Blut fünf Zentimeter hoch. Er hätte wenigstens den Stöpsel rausziehen können.«

»Mit denen ist es doch immer dasselbe. Kennen einfach keine Rücksichtnahme. Hat jemand was gesehen?«

»Später. Jetzt sind die meisten Mieter bei der Arbeit. Wir knöpfen sie uns vor, wenn sie nach Hause kommen.«

»Was hat die Myra beruflich gemacht?«

»Moira. Der Hausverwalter sagt, sie war bei der Telefongesellschaft. Wir haben Gehaltsstreifen, die das bestätigen. Ruhige Person, keine Parties, ganz selten Besuch. Er meint, sie war ein bißchen verklemmt. Soll wohl heißen, daß sie nicht jedesmal die Beine breit gemacht hat, wenn er huhu säuselte.«

»Na, ihr hattet bestimmt ein nettes Plauderchen.«

»Das ist ein Scheißer. Genau wie all die anderen Vermieter, die ich kenne. Der Wasserhahn, von dem ich gesprochen habe? Habe ihn ausprobiert. Funktioniert einwandfrei.«

»Haben wir die Waffe?«

Der Sergeant zog einen durchsichtigen Plastikbeutel mit einer kleinen länglichen Pistole aus einer Tasche seines Regenmantels. »War unter dem Bett. Lag aber noch nicht lange dort, ringsum Staubflusen, aber auf dem Ding nicht. Sie ist nicht abgefeuert worden. Im Lauf ist ein bißchen Staub.«

Pontier blickte zu dem Typen von den Leichenbeschauern hinüber. »Schußverletzungen?«

»Viele Stiche. Wir müssen sie waschen. Aber ich glaube nicht, daß sie erschossen wurde. Pistole und Messer passen einfach nicht zusammen. Wer sich für eine Methode entscheidet, scheidet damit meistens die andere aus.«

»Keiner, mit dem wir gesprochen haben, hat Schüsse gehört«, fügte Lovelady hinzu.

»Sonst noch was?« Pontier guckte immer noch den anderen Beamten an. Der zog eine Grimasse.

»Nach der Autopsie. Verdammt, das hier sind nicht gerade die idealen Voraussetzungen, um sich festzulegen.«

Lovelady sagte: »Auf den Laken sind Samenflecken. Trotzdem ist das hier kein gewöhnlicher Sexualmord. Unser Typ hier ist völlig wahnsinnig.«

»Wie regeln wir das denn mit den Kollegen von Redford?«

»Nur zu, wenn einem jemand anbietet, den Lebertran für Sie zu schlucken, beklagen Sie sich auch nicht. Die Frage ist nur, wollen wir uns überhaupt um diesen Fall kümmern?«

Pontier strich sich den Schnauzer glatt.

»Glaube schon, ich habe da so ein Gefühl. Kommen Sie hier klar?«

»Wenn ich Hilfe brauche, melde ich mich. Wollen Sie sich das Gemetzel nicht angucken?«

»Ihr Wort genügt mir.«

Pontier wandte sich zum Gehen und ließ zwei uniformierte Beamte des Leichenschauhauses mit einer zusammenklappbaren Bahre durch. Lovelady hielt sie auf und pfiff den Fotografen an. »Fertig, Blitzebubi?«

28

Im Spion der Eingangstür hatte Treats Auge die verwaschene Farbe hellvioletten Klees. »Was ist denn nun los? Hast du die alte etwa schon verschlissen?«

»Nein, aber ich benötige schwerere Artillerie«, sagte Macklin. »Mach auf.«

Der Händler öffnete und ließ hinter ihnen alle Schlösser wieder zuschnappen. »Also, was brauchst du? Ich habe einen Jungen hinten.«

Tatsächlich war in einem der anderen Räume Klaviermusik zu hören. »Ich brauche ein Gewehr, das so kurz abgesägt ist, daß man eine Jacke über dem Lauf zusammenfalten kann. Zwölfer Kaliber. Am besten eine Ithaca, wenn du hast.«

»Die sind mir ausgegangen. Ich habe eine Remington, allerdings ist die noch nicht abgesägt. Kann ich oben aber schnell machen.«

»Wenn du nichts Besseres zu bieten hast.«

»Gut, dann laß uns gehen.«

»Und was ist mit dem Jungen?« fragte Macklin.

»Ein bißchen Übung kann ihm nicht schaden.«

Macklin fand die Musik gar nicht schlecht. Er ging hinter Treat in das hintere Schlafzimmer, dann die Treppe hinauf nach oben in die Werkstatt. Treat zog ein funkelnagelneues Remington-Gewehr mit einem länglichen Schaft aus Nußbaum aus dem Wandgestell, putzte mit einem schmierigen Lappen das Waffenöl ab und nahm den Lauf ab. Er wickelte ein Tuch um den Lauf, um den Stahl zu schützen, und klemmte ihn in den Schraubstock auf der Werkbank. Er sah Macklin an.

»Das macht vierhundert.«

»Das ist ein mieser Hundert-Dollar-Hühnerschreck. Ach was, nicht einmal soviel ist er wert, mit diesem verdammten unförmigen Schaft.«

»Mensch, ich gehe hier ein Riesenrisiko ein. Bei meiner Akte kann ich für ein Jahr einfahren, nur weil ich den Lauf hier absäge.«

Schließlich einigten sie sich auf dreihundert. Macklin zog die

Scheinchen aus seiner eisernen Reserve, und Treat verstaute sie in einer Schublade der Werkbank. Dann markierte er den Gewehrlauf von außen, wählte aus einer Reihe von Sägen über dem Schraubstock eine Metallsäge mit einem funkelnden Titaniumblatt und fing an. Die Säge ächzte auf dem Metall.

Als er damit fertig war, legte er das abgesägte Stück von dreißig Zentimetern Länge zur Seite und bearbeitete das Ende des Laufes mit einem Stück Schmirgelleinen. Schließlich drehte er den Schraubstock wieder auf. Der Lauf hatte nun die Länge eines Männerunterarms.

»Den Schaft auch?«

Macklin nickte, und Treat schraubte die drei Schrauben von dem Nußbaumschaft ab, klemmte ihn in den Schraubstock und sägte das Schulterstück mit einer Feinsäge bis zum Griff ab. Binnen weniger Minuten war das Gewehr wieder zusammengebaut. Vom Griff bis zur Mündung maß es jetzt weniger als sechzig Zentimeter. »So kurz, wie es jetzt ist, ist es von beiden Seiten gleich gefährlich«, warnte Treat, während er Macklin die Waffe gab.

»Nicht, wenn man damit umzugehen weiß.« Aus einem offenen Kistchen mit Gewehrkugeln, das auf einem Regal stand, nahm er sich eine zwölfkalibrige und betrachtete sie sich genauer. »Rundgeschosse?«

»Mhm. Aber kein Blei, sondern Stahl.«

Macklin zog ein Gesicht, aber er schob die Patrone in die untere Ladeklappe, ließ den Schlitten zurückgleiten, wodurch sie in die Kammer transportiert wurde. Während er die Waffe anhob, sah er mit Genugtuung, wie der Schlitten ganz von selbst wieder zurückglitt. »Ein schönes Stückchen Arbeit.«

»Bei einer Ithaca wäre das nicht nötig gewesen«, meinte Treat. »Aber wenigstens Vorkriegsqualität, nicht der Scheiß, den sie heutzutage raushauen. Aber du willst sie doch nicht so mit dir rumtragen?«

»Was taugt schon ein Wachhund, der die Zähne in der Hosentasche trägt?«

»Du wirst dir den Fuß wegpusten.«

»Ist mein Fuß.« Macklin fischte sich eine Handvoll Patronen aus dem Kistchen, füllte das Magazin und steckte den Rest in die Jackentasche. Dann zog er die Jacke aus.

Treat fragte: »Und was machst du jetzt? Ich muß nämlich allmählich wieder mal zu dem Jungen.«

»Du hast doch aber gesagt, daß ihm ein bißchen Üben nicht schaden könne.«

»Weißt du, ich werde dafür bezahlt, daß ich ihm Stunden gebe.

Wenn er seiner Mutter erzählt, daß ich die meiste Zeit gar nicht bei ihm war, geht das Geschäft zurück. Die wird dann vielleicht stutzig und fragt sich, was ich wohl treibe, wenn ich nicht neben ihm sitze.«

»Du willst mich doch nicht etwa loswerden?«

»Na ja, in aller Freundschaft,« Er versuchte ein Grinsen. Macklin faltete die Jacke über dem Gewehr zusammen und deutete mit dem Kopf auf die Treppe. Treat zögerte, sah auf die Waffe und ging auf die Stufen zu. Seitwärts, er ließ den Mann hinter sich nicht aus den Augen.

»Was macht dich denn so nervös?« erkundigte sich Macklin.

»Nichts. Ich hoffe nur, daß du nicht stolperst. Solange ich vor dir bin.«

»Es würde mir wirklich mörderisch leid tun.«

»Denk nur an das Material, das ich bei dem Freund deponiert habe«, meinte Treat. »Ich meine, Unfall, Herzanfall, wenn mir beim Rasenmähen ein Ast auf den Kopf fällt . . . macht gar keinen Unterschied. Das Zeug geht zu den Bullen.«

»Blas dich nicht auf, Treat. Sonst rasiere ich dich mit den Wurzeln ab.«

Sie kletterten die Stufen hinunter, Macklin hielt das Gewehr jetzt lotrecht. Im Hintergrund plätscherte immer noch Klaviermusik.

»Der Junge ist gut«, bemerkte Macklin.

»Er hat einen guten Lehrer.«

Für den mürrischen kleinen Waffenhändler klang diese Antwort ein bißchen zu munter. Macklin ließ Treat das Schlafzimmer verlassen und blieb selbst einen Schritt zurück. Eine Bewegung im Flur. Eine dunkle Lederjacke. Auf der anderen Seite schoß verblaßter Baumwolldrillich vorbei. Er riß das Gewehr in die Waagerechte und zog den Abzug. Der Raum dröhnte. Feuer sprang, Treats Rücken und die beiden Männer verschwanden im Rauch.

Die Stille nach dem Donnerschlag dröhnte. Einen kurzen Augenblick lang verhielt Macklin jede Bewegung. Fasern der versengten Jakke wirbelten durch die Luft. Als Macklin vorwärtsstürmte, stolperte er im Flur beinahe über Treat. Er lag inmitten einer stetig größer werdenden roten Lache, das Hemd in blutigen Fetzen und am Rücken schmauchend, auf einem Schwarzen in einer Jeansjacke, dessen Bauch fehlte.

Neben ihm lag ein zweiunddreißiger Revolver.

Die Dielen vibrierten. Gewehr voran, wirbelte Macklin nach rechts in Richtung auf die Eingangstür am Ende des Flurs. Der in der schwarzen Lederjacke hielt inne und drehte sich um, auf dem silbrig glänzenden Metall in seiner Hand fing sich das Licht.

»Halt!« Mit einem zweifachen lauten Klicken betätigte Macklin den Schlitten.

Augenblicklich ließ Lederjacke die Waffe fallen und riß die Hände hoch. »Nicht, Mister, ich bin ganz friedlich.«

Er war kaum halb so alt wie Macklin, ein langer schlaksiger Weißer mit schulterlangem Haar. Im Licht wirkte es fettig. Sein Teint hatte die kräftige Farbe gut durchgekauten Recyclingspapiers. Er zitterte.

Macklin machte einen großen Schritt über die beiden Männer auf dem Boden, senkte leicht die Waffe. Im anderen Zimmer plätscherte die Klaviermusik immer noch vor sich hin. Er hörte eine Platte.

»Jetzt schieß los«, sagte er. »Wer hat dich bezahlt?«

»Bezahlt?«

»Eins.« Macklin übernahm das Gewehr.

»Mister . . .«

»Zwei.« Er legte an.

»Ich habe nicht . . .«

»Drei.«

»Nicht!« Das war ein flehender Schrei. »Ich kenne seinen Namen nicht, ein kleiner Alter mit einer Brille und so einem komischen Hut. In der Spielhalle hat er Rolly da und mir einen Hunnie gegeben und gesagt, daß noch einmal zweihundert für uns drin wären, wenn wir einen Typen umlegen.«

»Bin ich der Typ?«

»Sie sehen so aus, wie er ihn uns beschrieben hat. Es ging nur um die Knete, Mister. Ich brauche für hundertfünfzig Stoff am Tag, kann es mir nicht leisten, Fragen zu stellen. Er hat gesagt, daß Sie bald kommen würden.

»Ist Treat auch dabei?«

»Treat? . . . Ach, Sie meinen den Kleinen. Am Anfang nicht. Der Alte hat mit ihm geredet, ihn irgendwie beschwätzt oder so. Mister, wenn Sie mich gehen lassen, dann . . .«

»Verschwinde.«

»Was?«

Macklin senkte den kurzen Lauf der Remington. »Mach, daß du wegkommst.

Als er kapiert hatte, rannte der junge Mann rückwärts den Flur entlang, die Hände immer noch in der Luft. Am Rundbogen zum Wohnzimmer drehte er sich um und lief stolpernd auf die vordere Tür zu und riß sie auf. Sie fiel hinter ihm ins Schloß, aber nicht, bevor Macklin die Schüsse hörte, zwei fiese, fetzende Knalle, ganz kurz hintereinander. Dann war es still.

Stöhnen.

Macklin drehte sich zu Treat um, der mit der Hand über den Boden scharrte. Er lag mit dem Gesicht auf dem toten Schwarzen, Rolly, und sagte etwas. Der Baumwollstoff der Jacke, die der Tote trug, dämpfte seine Stimme.

»Schei-schta-schu.«

Der Killer beugte sich zu Treat hinab, packte ihn an seiner Bürste und drehte ihm das Gesicht zur Seite.

»Scheißstahlschuß.« Blut- und Speichelfluß machten die Worte immer undeutlicher.

»Treat.«

»Laß es uns schnell erledigen.«

»Treat, wer hat die Infos über die Waffen, die du verkauft hast?«

»Ich verkaufe keine Waffen. Ich gebe Musikstunden.«

»Treat, ich bin's, Macklin. Bei wem hast du das Zeug deponiert?«

»Macklin?«

»Ja, das Material.«

»Gibt kein Material.«

»Dafür ist es jetzt zu spät«, sagte Macklin.

»Gibt gar kein Material, das ist der Witz.« Treats Körper verkrampfte sich, das Blut sickerte ihm aus dem Mund. Macklin bemerkte, daß er lachte. »Ich werde das doch nicht aufschreiben. Kannst du dir vorstellen, wie sie es mir vor Gericht vorlesen?«

Macklin ließ sein Haar los. Herrje, eine Kugel hatte sich darin verfangen. »Scheißstahlschuß«, sagte er.

»Schei-schta-schu.« Treat zuckte jetzt am ganzen Körper, das Ende war nahe.

Entfallen. Rolly und sein Kumpel, der jetzt tot im Vorgarten lag. Die Beute aufscheuchen und zuschlagen, wenn sie durchbricht. Es war Macklin, der durch die Tür hätte treten sollen. In der Ferne war ein hohes Jaulen zu hören, eine Sirene, die an den Straßenecken und Kreuzungen eingeschaltet wurde. Mantis, Wie-doch-gleich, ja, Novo, würde die Falle bald aus den Augen lassen müssen. Aber erst wenn die Polizei kam und das Haus versiegelte.

Einer Gewohnheit folgend, stieg Macklin noch einmal über die beiden Leichen und hob die ausgeworfenen Gewehrkugeln auf und steckte sie in die Tasche. Aus seiner übel stinkenden Jacke, die er über dem Arm hatte, ein mannskopfgroßes verkohltes Loch war darin, fingerte er eine neue Patrone und steckte sie in das Magazin. Dann kletterte er die Stufen hinauf.

Von dort oben aus waren nun noch mehr Sirenen zu hören. In der Schublade der Werkbank fand er die dreihundert Dollar, die er Treat für das Gewehr bezahlt hatte, und steckte sie in die Brieftasche. Er blickte sich um, betrachtete all die Kisten und Kartons mit Munition, die sich auf dem Fußboden stapelten, und auf die Feuerwaffen an den Wänden. Hier konnte ein Mann wochenlang durchhalten – vorausgesetzt, das Haus würde nicht in Brand gesetzt.

Macklin grinste.

Er wühlte noch einige Schubladen durch, bis er schließlich eine Schachtel Pall Mall und ein Streichholzbriefchen fand. Er ließ die Zigaretten liegen und nahm nur die Zündhölzer an sich, zog aus dem Knieloch in der Werkbank eine Holzkiste hervor, die voll war mit rot-weißen Kanistern, die die Aufschrift RAUCHSCHWARZES PULVER trugen, riß ein paar ballistische Karton von den schrägen Wänden und stopfte sie in die Zwischenräume zwischen den Kanistern. Dann zündete er das Papier an und rannte, das Gewehr unter den Arm geklemmt, auf die Treppe zu.

Das Ende des Flurs gegenüber dem Wohnzimmer führte in eine kleine Küche mit einer Frühstücksecke und einem Kühlschrank sowie einem elektrischen Öfchen und einem Spülstein, in dem sich das schmutzige Geschirr türmte. Die hintere Tür war verschlossen und ließ sich auch von innen nicht ohne Schlüssel öffnen. Und der Schlüssel steckte nicht. Macklin trat zwei Schritte zurück, hielt das Gewehr in Hüfthöhe und sprengte das Schloß. Dabei splitterten rundherum je zehn Zentimeter der schweren Holztür in den Hinterhof.

Nunmehr waren die Sirenen knurrend vor der vorderen Tür angelangt. Wie eine Kette von Knallfröschen schlugen die Wagentüren zu. Aus dem Polizeifunk hämmerte in voller Lautstärke eine gelangweilte Frauenstimme, die Worte waren verzerrt und von Störgeräuschen überlagert. Mäcklin hob die verschossene Hülse auf und wartete.

Die erste Explosion erschütterte die Mauern. Im Widerhall des Knalls hörte er Rufe. Er faltete seine Jacke mit dem klaffenden Loch nach innen wieder über dem Gewehr zusammen, öffnete die zersplitterte Tür und verließ das Haus. Der winzige Hinterhof wurde von einem zwei Meter hohen Bretterzaun eingefaßt. Macklin begann gerade, um das Haus herumzugehen, als bei der zweiten Erschütterung das Dach hochging und alle Fensterscheiben platzten. Unmittelbar neben Macklin ergoß sich eine Wolke wirbelnder Glassplitter. So schnell er konnte, rannte er unter einem Trümmerguß hinweg, rammte einen Uniformierten, der sich vor dem Schuttregen in Sicherheit bringen wollte, und stand unvermittelt einem korpulenten schwarzen Polizeisergeanten gegenüber, den die Flammen in orangefarbenes Licht tauchten.

Macklin bewegte sich nicht. Sein Gewehr, von der Jacke verborgen, war auf den Bauch gerichtet, der sich blau über dem Pistolengürtel wölbte.

»Gehen Sie doch aus dem Weg«, brüllte ihn der Sergeant an, packte Macklin am Arm und schob ihn auf den Bürgersteig zu. »Seht ihr bescheuerten Gaffer denn nicht, daß hier gleich die ganze Bude hochgeht?«

Auf dem Trottoir begann sich die unvermeidliche Menge der Schaulustigen zusammenzurotten. Die Leute wollten sich nicht entgehen lassen, wie sich im Obergeschoß die Flammen aus den Fenstern wälzten, und feuerten die beiden Beamten mit aufmunternden und schlüpfrigen Zurufen an, die trotz der sengenden Hitze versuchten, an die dünne, langhaarige Leiche vor dem Hause heranzukommen. Macklin bahnte sich seinen Weg durch das Gedränge der Umstehenden und an den zahlreichen Dienstwagen, die die ganze Straße vollstanden, vorbei. Hinter ihm gingen die Kisten voller Munition donnernd in die Luft.

29

»Ja, bitte.«

»Klegg?«

»Ja.«

» Macklin hier. Irgendwelche Anrufe?«

»Sie Scheißkerl.«

Macklin befand sich im Flur des Verwaltungsgebäudes der Wayne State University. Er lehnte mit dem Rücken an der Wand und starrte geistesabwesend einem Studentenpärchen hinterher, das Hand in Hand an ihm vorbeiflanierte. Beide waren Männer. Er nahm den Hörer in die andere Hand.

»Hat die Polizei Moira schon gefunden?

»Pontier war gerade hier. Er hat einen Haftbefehl für Sie. Sie werden wegen des Mordes an ihr gesucht.«

»Sie wissen genau, daß ich es nicht war.«

»Warum sollten Sie es nicht gewesen sein. Sie hat Sie engagiert, damit Sie sie vor dieser Bestie beschützen.«

»Sie hat mich angeheuert, damit ich mich seiner annehme.«

»Sie haben verdammt lausige Arbeit geleistet.«

»Wie hat die Polizei überhaupt herausgefunden, daß ich etwas mit ihr zu tun habe?«

»Wen interessiert das schon. Sie war mir so teuer wie eine Tochter. Und jetzt ist sie tot.«

»Burlingame vom FBI habe ich erzählt, daß ich Blossom suche. Deren Computer muß in dem Zusammenhang über Moira gestolpert sein. Er muß irgendwas mit den Bullen zu laufen haben.«

»Ach ja, der hat auch angerufen. Sie sollen ihn zurückrufen. Hat eine Nummer hinterlassen.«

»Ich habe seine Nummer.«

»Das hier sei eine andere, hat er gesagt.« Klegg las sie ihm vor. Macklin prägte sie sich ein.

Mit eindringlicher Stimme sagte Klegg: »Hören Sie zu, Macklin. Das beste ist, Sie stellen sich freiwillig. Die Polizei hat außerordentlich verschrobene Vorstellungen von Männern, die eine Frau erst umbringen und dann auch noch ihre Leiche verstümmeln. Die schießen, ohne lange zu fackeln, und hinterher berufen sie sich auf Widerstand gegen die Staatsgewalt.«

»Nun tun Sie bloß nicht so, als würden Sie sich um mich Sorgen machen. Sie haben doch nur Schiß, daß Sie wegen Beihilfe belangt werden.«

»Sie Scheißkerl. Ich wollte ihr helfen, etwas aus ihrem Leben zu machen. Ich wollte ihr die Ausbildung zur Rechtsanwältin finanzieren.«

»War sie denn damit einverstanden?«

»Ich hatte leider keine Möglichkeit mehr, es ihr vorzuschlagen.«

»Angestunken hat es sie, daß sie Sie bitten mußte, ihr Leben zu retten«, sagte Macklin. »Können Sie sich wirklich nicht vorstellen, was sie gesagt hätte, wo Sie sich ihr Angebot hinstecken können?«

»Suchen Sie sich einen anderen Scheidungsanwalt.« Damit war das Gespräch beendet.

Macklin drückte auf die Gabel, steckte noch einen Vierteldollar in den Münzschlitz und wählte die Nummer, die Klegg ihm gegeben hatte. Gleich nach dem ersten Klingen war Burlingame am Apparat.

»Killer-Hotline. Spezialgebiet Freiberufler und Exmafia-Gorillas.«

Macklin war verblüfft. »Woher haben Sie gewußt, daß ich es bin?

»Ich habe sonst niemand die Nummer gegeben. Sie ist neu zur Büroanlage dazugekommen und vermutlich abhörsicher. Sie läuft nicht über die Zentrale und gibt eine Art Signal ab, das die Abhörvorrichtungen außer Kraft setzt. Ich vermute, daß das für zwei Wochen gutgeht, bis dahin wird die Elektronikindustrie schon etwas ausgetüftelt haben, das auch damit fertig wird. Das mit der King war wohl nichts?«

»Scheren Sie sich zum Teufel.«

Diesmal war Burlingame verblüfft. »Ich habe nicht geahnt, daß es um etwas Privates ging.«

»Was haben Sie über Blossom rausgekriegt?«

»Mhm, mhm. Erst Sie.«

Macklin lehnte sich mit den Schultern an die Wand. Die Seminare fingen an, und auf dem Flur war nicht mehr viel Betrieb.

»Ihr Spitzel im Morddezernat wird Ihnen jetzt jeden Augenblick über eine Explosion in einem Haus in Taylor Bericht erstatten«, sagte Macklin. »Im Haus liegen zwei Tote, der Eigentümer und ein Schwarzer namens Rolly. Der Hausbesitzer heißt Treat. Wenn Sie sich mal Ihre Akte mit den Detroiter Waffenhändlern ziehen, müßten Sie ihn eigentlich finden. Im Vorgarten ist auch noch ein Toter. Name unbekannt. Er und Rolly dürften der Polizei auch bekannt sein. Die beiden im Haus sind mit der Flinte erschossen worden. Und ich könnte wetten, daß bei der Autopsie des Toten aus dem Vorgarten zwei wunderhübsche 7.65er herausgepopelt werden. Es sei denn, die sind explodiert.«

»Unser Freund?«

»Ganz sein Stil. Er hat Gusto.«

»Sie mögen ihn, stimmt's?«

»Ich werde seiner Witwe eine Karte schreiben, wenn Sie das meinen.«

»Nun tun Sie nicht so, Macklin. Sie haben im Moment doch mehr Spaß als in den ganzen Jahren vorher. Er war es aber doch nicht, der den beiden den Schrot ins Mark geschossen hat, oder?«

»Nein, er nicht.«

»Mhm, mhm.« Burlingame schwieg. Macklin war so, als hätte er gehört, wie ein Streichholz angezündet wurde. »Wie kommen Sie eigentlich darauf, daß wir jemand beim Morddezernat haben?« Er hackte die Worte zwischen pfaffenden Zügen an seiner Pfeife hervor.

»Das ist *Ihr* Stil. Und jetzt sind Sie dran.«

»Die in Ypsilanti haben uns jetzt die Adresse von Blossom gegeben.« Er nannte ihm eine Straße und Hausnummer in Melvindale. »Er arbeitet da in den Salzminen unter dem Fluß, in der Frühschicht. Wir warten jetzt auf einen Gerichtsbeschluß, der uns ermächtigt, die Akte über seinen Aufenthalt in der Anstalt einzusehen. Ich habe da so eine Ahnung, aber bevor ich nicht definitiv Bescheid weiß, sage ich lieber nichts. Macklin?«

»Ich bin noch dran.«

»War mir nicht sicher. Sie waren plötzlich so still. Ich glaube, Sie haben sie wirklich gemocht.«

»Was haben Sie sonst noch?«

»Das wär's erst einmal für heute. Bevor wir das Material aus der Klinik nicht gesehen haben, unternehmen wir nichts gegen Blossom. Und Sie?

»Sorgen Sie doch dafür, daß Pontier den Haftbefehl gegen mich aufhebt. Meinen Sie, daß Sie das erreichen können?«

»Ich kann mir nicht vorstellen, daß ich ihn dazu bewegen kann. Es könnte sogar noch um Beihilfe in der Geschichte mit den beiden in Taylor gehen. Und ein weiterer Punkt kommt hinzu, wenn Blossom auch nur ein Haar gekrümmt wird.«

Macklin lachte trocken. »Nach der Sache mit Viola Liuzzo haben Sie ganz schön was zu tun, wie?

»In dieser Angelegenheit hat uns das Gericht freigesprochen. Wie dem auch sei, das ging ohnehin auf Hoovers Konto.«

»Alles wollt ihr Typen dem Hoover aufhängen. Wenn man euch so hört, könnte man denken, ihr wärt nur Marionetten gewesen und er hätte die Fäden nach Gutdünken bewegt.«

»Ich rede mit Pontier. Glaube aber nicht, daß es viel Zweck hat.«

»Ich rufe Sie später noch einmal an.«

»Nach Dienstschluß müssen Sie sich vorsehen, was Sie sagen. Ich kann auch zuhause Anrufe unter dieser Nummer entgegennehmen, aber die letzten paar Kilometer sind bestimmt nicht abhörsicher.«

»Ich werde ganz hoch näseln und mir einen dicken Akzent zulegen.«

Burlingame gluckste erfreut. »Alle Achtung, gar nicht so schlecht, Sie machen sich, Macklin.«

»Der Deputy Chief auf der zwei, Inspektor.«

Pontier, in Hemdsärmel, die Manschetten einmal umgekrempelt, nippte an dem Käffchen, das ihm Sergeant Lovelady gebracht hatte, nahm den Hörer auf und drückte die Taste. »Schönen Tag, Sir.«

»Jetzt sind Sie nun seit einer Woche mit dieser Flammenwerfergeschichte zugange«, quängelte die Stimme mit der Musik im Hintergrund. Diesmal war es *Cabaret*. »Ich will doch annehmen, daß Sie jetzt langsam eine Verhaftung vornehmen.«

»Das stimmt tatsächlich, Sir, aber wegen eines anderen Mordes, in Redford. Derselbe Mann. Ich glaube allerdings nicht, daß wir ihm deshalb ernsthaft an den Kragen können, jedenfalls nicht mit dieser Anklage.«

»Warum denn nicht, um alles in der Welt?«

»Weil er ihn nicht begangen hat. Wir wissen, wer's war, aber den schnappen wir uns einstweilen noch nicht. Den nehmen wir als Lockvogel. Wenn alles gutgeht, kommen wir über kurz oder lang ganz groß raus.«

»Ich wollte eigentlich mit Ihnen über das offizielle Prozedere reden, Inspektor. Sie wären doch noch nicht einmal mit einem Lineal in der Lage, eine gerade Linie zwischen zwei Punkten zu ziehen.«

Jesses, jetzt auch noch *Rocky Mountain High*. Pontier haßte John Denver. »Sir, ich glaube, wir können bald zwei Morde aufklären und mit einem Schlag einen Mietkiller und einen Wahnsinnigen von der Platte putzen.«

»Sie haben mir aber doch eine Verbindung zum organisierten Verbrechen versprochen.«

»Das klopfen wir gerade noch ab.« Los, weiter. Erzähl ihm was von den Russen und dem FBI, wir leben doch im James-Bond-Land. Erinnerst du dich noch an den Streifendienst? Die ganze Zeit über Rückenschmerzen, weil sie immer noch keinen Wagen entwickelt haben, in dem man acht Stunden am Stück sitzen kann. Dann machst du Pause, holst dir gerade einen Happen Thunfisch auf Weißbrot. Und was passiert? Ballert so ein Irrer mit einer abgesägten Flinte den Schnapshändler um die Ecke zusammen. »Immerhin haben wir einen Kerl, der den Klugscheißern die Drecksarbeit gemacht hat. Die Presse wird es genauso behandeln.«

»Holla. Sie wissen also, was die Presse denkt. In der Presse- und Informationsabteilung ist eine Stelle frei. Wenn Sie Interesse haben . . .«

»Sir, da ist immer eine Stelle frei. Ich will nur sagen, wir sind jetzt am Ball. Geschossen werden muß. Warum also nicht gleich ins Tor? Ich meine, wenn Ihnen die Metapher nicht zu weit hergeholt ist.«

Denver sang immer noch. Der Song hörte und hörte nicht auf. Wie der Schnupfen. »Okay, Sie wissen, wen Sie anrufen, wenn die Entscheidung fällt.«

Soll mir recht sein. Und wenn's um zwei in der Nacht ist? Laut sagte er: »Sie werden der erste sein, der davon erfährt.«

Lovelady war noch im Raum, als Pontier auflegte. Der dicke Sergeant riß sich von Pontiers Klassenfoto von der Polizeiakademie los und legte seinem Vorgesetzten eine hingekritzelte Notiz auf den Schreibtisch.

»Von der Polizei in Taylor«, sagte er. »Geht es um den Alarm von heute früh?«

Pontier schielte auf Loveladys Sauklaue. »Drei Typen erschossen.«

»Zwei mit der Flinte. Vielleicht aber auch mehr. Das Obergeschoß ist völlig hinüber. Identifiziert sind sie noch nicht, aber das Haus lief auf einen Typen namens Treat. Vielleicht erinnern Sie sich an den Namen.«

»Treat.«

»Die Kollegen von der Feuerschutzpolizei sagen, daß das Haus voll Dynamit und Pulver gewesen sein muß, so, wie es hochgegangen ist. Dämmert Ihnen was?

»Waffendealer. Wir hatten ihn im Zusammenhang mit Bandenschießereien ein paarmal im Präsidium. Konnten ihm aber nichts richtig nachweisen. Wenn er das überhaupt ist.«

»Ich habe mir mal seine Akte gezogen. Die Adresse stimmt. Wollen wir uns um die Sache kümmern?«

»O Gott, nein, bloß nicht. Auf den Käffern nennen sie mich schon den Straßenfeger. Kipp deine ungelösten Mordfälle einfach in den Rinnstein, Pontier kommt schon und holt sie sich. Aber setzen Sie sich ruhig mit ihnen in Verbindung, bieten Sie ihnen an, daß sie im Gegenzug für direkte Infos unsere Einrichtungen benutzen können. Seit da jemand hergegangen ist und Macklins Nest angestochen hat, ist die Mordrate um ein halbes Prozent angestiegen.«

»Macklin geht Ihnen wohl überhaupt nicht mehr aus dem Kopf?«

»Vielleicht. Aber er muß sein Handwerkszeug schließlich irgendwo herkriegen. Und Treat war allererste Sahne. Im Moment behandle ich jeden Mordfall, der über meinen Schreibtisch geht, so, als wäre Macklins Daumenabdruck drauf. Restposten kommen später dran.«

»Ich lasse Blossoms Haus beobachten, wie Sie befohlen haben. Die Kollegen in Melvindale sind damit einverstanden, solange wir keine Unschuldigen erschießen. Dann wollen sie Hase heißen und von nichts wissen.«

»Also grünes Licht an allen Fronten. Heutzutage kann man schwere Geschütze auffahren und in jede x-beliebige Richtung ballern, ohne auch nur einen Unschuldigen zu treffen.«

»Ich habe da ein T-Shirt gesehen . . .«, hob Lovelady an.

»Wie meinen?«

»Ich habe vor ein paar Tagen im Supermarkt einen Typen gesehen, der so ein T-Shirt getragen hat. Mußte dich nur gerade dran denken. Da stand drauf: ›Töte erst mal alle. Gott kann immer noch aussortieren.‹«

»Gefällt mir.« Pontier spielte mit einem Bleistift. »Wir werden zusehen, daß wir den Spruch auf Macklins Grabstein kriegen.«

30

Macklin betrat sein Hotelzimmer. Es war ein recht großes Motel, das zu einer landesweit betriebenen Kette gehörte, und das Zimmer war mit Fernseher, Bad und Telefon ausgestattet. Dem traute er allerdings nicht recht über den Weg, denn es lief über die zentrale Vermittlung in der Vorhalle. Er warf sein Päckchen mitsamt Papiertüte aufs Bett und pellte sich aus seiner Sportjacke. Sie war aus billigem Polyester und ersetzte jetzt das versengte Jagdjackett, das er hatte ausrangieren müssen, und das gute karierte Jackett, das mit dem Cougar hochgegangen war. Er schwitzte fürchterlich in dem Kunststoffmaterial, aber die Pistole ließ sich gut darin verstecken, und er erregte darin nicht soviel Aufmerksamkeit, als wenn er bei dem kühlen Wetter in Hemdsärmeln durch die Stadt spaziert wäre.

Als er sich neben das Bett kniete und das abgesägte Remington-gewehr nicht finden konnte, bekam er es einen Moment lang mit der Angst zu tun. Aber dann ertastete er es schließlich doch und zog es vorsichtig zu sich heran. Ein Freund seines Vaters war an einer Doppelladung Schrot im Bauch gestorben, nachdem er über einen Stacheldrahtzaun geklettert war und sich der Lauf in den Litzen verfangen hatte. Jedenfalls hatte ihm sein Vater bei der Beerdigung die Geschichte so erzählt. Unabhängig davon, ob sie der Wahrheit entsprach oder nicht, hatte sie den Jungen damals mächtig beeindruckt.

Auf dem Bett entlud er das Gewehr und fischte das billige Reinigungsbesteck, das er zusammen mit der Jacke erstanden hatte, aus der Tüte. In aller Ruhe reinigte er das Innere des Laufs und putzte überflüssiges Öl vom Verschluß ab. Nachdem er es wieder geladen hatte, schob er das Gewehr unters Bett zurück, zog die Zehn-Millimeter-Pistole aus dem Halfter und überprüfte das Magazin. Auf diese Weise war er gut und gerne zwanzig Minuten beschäftigt.

Ihm grummelte der Magen, jenes lange, grollende Klagen seiner Eingeweide, das ihm so vertraut war. Außer einem Corned-beef-Sandwich mit einem Glas Milch in einer Imbißstube hatte er den ganzen Tag über noch nichts gegessen. Aber wenn er überhaupt noch etwas zu sich nahm, dann höchstens etwas Leichtes, um die Magennerven zu beruhigen. Nüchtern funktionierte sein Kreislauf besser, sein Gehirn war gut durchblutet, und alle Instinkte und Sinnesorgane arbeiteten optimal. Wilde Tiere jagen nur, wenn sie hungrig sind. Er war immer noch am Leben, weil er ihrem Beispiel folgte. Wenn er sein Verhalten in dieser Hinsicht umstellen würde, könnten die Folgen einem Unglück gleichkommen.

Auf seiner Uhr war es zehn nach vier. Er rief die Zeitansage an, um ganz sicherzugehen, und stellte den Fernseher an. Er war überhaupt nicht müde, wußte aber, daß er den Schlaf brauchte. Schließlich streckte er sich auf dem Bett aus und sah sich die Wiederholung der Folge von *Der Chef* in Kanal zwei an. Es ging um einen überge-schnappten bewaffneten Räuber, der darauf aus war, eine Polizistin aus Ironsides Abteilung zu töten. Auf dem Höhepunkt vergeudete er seine Zeit, daß er der Frau lang und breit erzählte, was ihr geschehen würde und wie superschlau er selbst war. Das gab dem Chef und seinen Mitarbeitern reichlich Zeit, den Räuber umzulegen und die Frau zu retten.

So ist das immer im Fernsehen. Stets steht den Killern ein guter Text zu.

Als die Sendung vorbei war, schaltete er die Kiste aus, streckte sich aus und machte sogar ein kleines Nickerchen. Punkt sechs erwachte er aus einem traumlosen Schlaf, spritzte sich im Bad eine Handvoll Wasser ins Gesicht und holte das Gewehr wieder unter dem Bett hervor. Mit ein paar Handgriffen knotete er sich aus dem Gürtel einen provisorischen Schultertrageriemen für das Gewehr. Als er die Sport-jacke anhatte, ging sie gerade bis knapp über den Lauf. Macklin stellte sich in der Mitte des Zimmers auf und übte einige Male, das Gewehr zu ziehen, dann steckte er die Pistole samt Halfter in die Innentasche der Jacke und verließ das Motel. Draußen war es schon fast ganz dunkel. Jetzt wurden die Tage zusehends kürzer.

Als Roger kurz nach sechs an seinem bevorzugten Münztelefon eintrudelte, hielt sie ein dicker grauhaariger Mann in einem anthrazitfarbenen Anzug belagert. Seine Aktentasche stand auf dem Bürgersteig unmittelbar neben seinen Füßen. Darüber gefaltet ein beigefarbener Trenchcoat. Typen wie diesen hier sah Roger ständig, immer am Telefonieren, und nicht einmal einer von den zehnen hatten diesen verdammten Mantel an. Ob wenigstens die Ärmel echt sind? fragte sich Roger.

So wie es sich anhörte, sprach er mit seiner Frau. Kerle, die so lange verheiratet sind, sprechen ihre Frauen nie mit dem Namen oder sonstwie an. Nennen sie nicht einmal »Liebes« oder »Süße«. Die quatschen einfach drauflos. Das war so, als kannten die einander so gut, daß sie ohne zu fragen einfach wußten, daß nur sie gemeint sein konnten. Roger hoffte nur, daß ihn nie im Leben einmal jemand so gut kennenlernen würde.

Er räusperte sich und verlagerte sein Gewicht von einem Fuß auf den anderen, um deutlich zu machen, daß er wartete. Er spielte mit dem Gedanken, den Mann anzusprechen, vielleicht sogar nach dem Hörer zu greifen und die Verbindung zu unterbrechen, und noch vor einer Woche hätte er irgend etwas dergleichen unternommen, aber jetzt waren seine Nerven schon wieder besser in Schuß. Schließlich, die Uhr der Bank auf der anderen Straßenseite zeigte sechs Uhr sieben, hängte der Typ ein, legte sich den Trench über den Arm und lächelte Roger verkniffen zu. Ging fort. Roger griff sich den Hörer und wählte die Nummer, die er auswendig gelernt hatte.

Es klingelte siebenmal. Roger hatte sich schon fast damit abgefunden, daß niemand ranging, wollte bis zehn warten und dann irgendwo etwas trinken gehen, als die Verbindung doch noch zustande kam und jemand sich mit »Hallo« meldete. Roger hatte die Stimme noch nie gehört.

Die Adresse, die Burlingame Macklin gegeben hatte, erwies sich als die hintere Hälfte eines Doppelhauses in der Dix Road, die sich in der flußabwärts liegenden Gemeinde Melvindale befand. Es war ein altes Holzhaus mit zersplitterten Dachschindeln, weiß gestrichen, aber an einzelnen Stellen blätterte die Farbe ab, und bleiernes Grau kam zum Vorschein. Der struppige Rasen wirkte im schmuddeligen Mondlicht nicht gepflegter, nur das Unkraut erfreute sich bester Gesundheit.

Von der Bushaltestelle waren es acht Straßen zu laufen. Obwohl er in dem DSR-Bus leicht einen Sitzplatz gefunden hätte, blieb Macklin die ganze Fahrt über stehen, weil er sich mit dem Gewehr, das er unter der Jacke trug, nicht hinsetzen konnte. Der einzige andere Fahrgast, der auch nicht saß, war ein alter Schwarzer mit einer Tuchmütze, der gequälte Ausdruck, den sein Gesicht annahm, wann immer der Bus über Kopfsteinpflaster holperte oder eine Kurve zu rasant nahm, legte beredetes Zeugnis von einem bösen Fall von Hämorrhoiden ab. Er und Macklin wechselten von Zeit zu Zeit Blicke gegenseitigen Mitleids.

Hätte Macklin mehr Sinn für Humor besessen, hätte er bestimmt mit einer gewissen Belustigung registriert, wie komisch es eigentlich war, daß ein Killer mit dem Bus aus der Stadt in die Vororte gondelte.

»Hey.«

Auf der modrig muffelnden Matratze im Gästezimmer im ersten Stock des Hauses auf der anderen Straßenseite erwachte Detective First Grade Arthur Conelly aus einem leichten Schlummer und wälzte sich auf die Seite, um nach seinem Kollegen zu sehen, der auf einem wackeligen Holzstuhl am Fenster saß. Vor dem Hintergrund des falben Rechtecks war Officer Richard Petersen von der uniformierten Abteilung, vorübergehend dem Morddezernat zugeteilt, wenig mehr als ein dunkler Schemen. »Was siehst du?« flüsterte Conelly.

»Einen Weißen, zirka einsfünfundsiebzig, neunzig Kilo.« Ein leises Geräusch in der Dunkelheit; Petersen richtete seine Infrarotbrille ein. »Um die Vierzig.«

»Geht er hinein?«

»Jedenfalls in die Richtung.«

»Das ist unser Bursche.«

Der Uniformierte, heute in Zivil, drückte auf den Sprechknopf seines Funkgerätes. »Baker zwo, rappel dich hoch.«

»Du, halt mir bloß die Fresse«, kräpelte eine Stimme zurück. »Anweisungen will ich nur von einem Blaumann, sonst werd' ich Parkwächter.«

»Was macht er jetzt?« fragte Conelly.

»Läuft immer noch. Guckt sich ein bißchen um. Jetzt ist er an der Einfahrt . . . Mist.«

»Was ist?«

»Er geht vorbei.«

»Bleib dran. Pontier sagt, der Typ ist ein Profi.«

Die Dix Road fiel steil zum Outer Drive hin ab, wo immer dichter

Verkehr herrschte, wenn, wie jetzt, bei Ford Rouge Schichtwechsel war. Nachdem er an dem Doppelhaus vorbei war, ging Macklin den ganzen Weg weiter bis zur nächsten Ecke, überquerte die Straße und marschierte auf der dunkleren Straßenseite den Weg wieder zurück. Der Einbruch der Nacht war kein Hindernis für die Infrarotausrüstung, die, wie er wußte, auf das Haus gerichtet war. Aber die Bäume und die auf dieser Straßenseite parkenden Autos würden jeden Versuch vereiteln helfen, seine Bewegungen kontinuierlich zu verfolgen.

Unmittelbar unterhalb des Scheitelpunktes des Gipfels stand ein großer blauer Mercury, Baujahr 1969. Die Fahrertür war nicht verschlossen. Er öffnete sie, griff ins Wageninnere und nahm den Gang raus. Dann trat er zur Seite. Eine ganze Weile lang rührte sich der Wagen nicht von der Stelle, und er wollte ihm schon einen Schubs geben, als sich das Fahrzeug doch noch bequemte, ganz langsam rückwärts den Abhang hinunterzurollen. Es gewann rapide an Tempo, er drehte ihm den Rücken zu und ging weiter.

»Was?« Conelly saß jetzt auf dem Rand der Matratze, er war ganz wach.

»Bin nicht ganz sicher.« Petersen justierte die Brille. »Da hat sich was bewegt. Da! Da läuft einer.«

»Ist er's?«

»Kann ich nicht sagen. Scheiß Bäume.«

Der Detective rappelte sich von seiner Matratze hoch. »Dann wollen wir mal gucken.«

Petersen wollte sich gerade den Kopfhörer von den Ohren nehmen, als ziemlich in der Nähe eine Hupe losdonnerte. Bremsen quietschten. Ein Mordsbums erschütterte die Luft.

»Jesses.« Conelly fingerte nach seinem Glencheckjackett.

»Baker zwo, Baker zwo.«

»Scheiß drauf. Los!«

Der Uniformierte, heute in Zivil, schmiß seinen Kopfhörer weg und rannte hinter seinem Kollegen her.

Zwei Häuser weiter stand Macklin in der Eingangstür und beobachtete, wie die beiden Männer die Straße in Richtung Outer Drive hinunterrannten. Da waren jetzt noch etliche Hupen zu hören, am Unfallort bereitete sich ein hübsches Verkehrschaos vor. Eben hatte er schon mit angesehen, wie zwei andere Männer fluchtartig ihr Versteck verlassen hatten und in dieselbe Richtung hasteten. Er wartete noch zwei, drei Sekunden, dann trat er aus der Tür und ging die Straße weiter.

Das Haus beschrieb ein L, Blossoms Hausnummer war in verrosteten Schmiedeeisenziffern über der Tür des rückwärtigen Teils des Hauses am Ende der Einfahrt angebracht. Das einzige Fenster, das in diesem Teil des Gebäudes zu sehen war, war beleuchtet. Macklin probierte die Klinke und überlistete den antiquierten Schnapper schließlich mit der Kante seines Führerscheins. Er ging das steile gummibelegte Treppenhaus hinauf, das von einer schummrigen Birne beleuchtet wurde, die in einer bernsteinfarbenen Ampel über dem Treppenabsatz hing. Oben verharrte er und lauschte, ob hinter der flachen Holztür Schritte zu hören waren. Schritte nicht, aber Stimmen. Die Worte konnte er nicht verstehen.

Er dachte einen Moment lang nach, dann kam er zu dem Schluß, daß jeder, der sich mit Blossom unterhielt, ein Feind sein müßte. Diese Tür versuchte er gar nicht erst. Er zückte sein Gewehr, nahm Anlauf, trat mit aller Gewalt gegen das Schloß. Die Tür flog auf, er durch den Schwung hinterher, innen donnerte sie mit Wucht gegen die Wand. Vor ihm das Huschen eines hellen Hemdes in einer dunklen Jacke. Er gab einen Schuß ab. An der Wand gegenüber der Tür löste sich ein mannshoher Spiegel in winzige Splitter auf, die den Boden übersäten.

Ohne sich aufzuhalten, raste er direkt auf die Stimmen zu, unterdrückte aber diesmal den Impuls, gleich wieder loszuballern. Auf dem bläulich flimmernden Fernsehschirm vor ihm verprügelten zwei dürftig bekleidete Damen einen schlaksigen Dunkelhaarigen. Dazu wurde hysterisches Lachen vom Band serviert.

Macklin befand sich in Gesellschaft einer Wiederholung von *Three Company*.

Vom Bürgersteig auf der anderen Straßenseite des Doppelhauses aus hörte sich der Geschoßknall drinnen wie ein massiver dumpfer Donnerschlag an. Zur gleichen Zeit wurde das Licht am Fenster einen winzigen Moment lang heller. Im ersten Augenblick vermutete Roy Blossom, daß sein Fernseher implodiert sei. Aber dann war er wieder in der Lage, zwei und zwei susammenzuzählen, und identifizierte das Geräusch als Gewehrschuß.

Er war zum Abendessen in einem Restaurant auf dem Oakwood Boulevard gewesen und gerade auf dem Nachhauseweg, als er aus einem lauten Bums folgerte, daß wieder einmal ein armer Irrer den Versuch, sich in den Berufsverkehr einzufädeln, mit dem Verlust eines Kotflügels bezahlt hatte. Als er in Sichtweite seines Hauses war, kamen zwei Männer aus dem Haus gegenüber herausgerannt und ab in die Richtung des Unfalls. Schaulustige. Obwohl, eigentlich waren die beiden zu jung, um das ältliche Ehepaar zu besuchen, das in dem Haus wohnte. Roy fragte sich, ob es vielleicht Verwandte waren. Dann hatte er noch einen Mann bei sich in die Einfahrt gehen sehen, und als der Typ unter seinem beleuchteten Fenster vorbeikam, hatte er den Kerl erkannt, den er ein paar Abende vorher bei Moira hatte ein und aus gehen sehen. Die Haltung des Mannes war stocksteif, unnatürlich fast, als hätte er Rückenschmerzen. Aber das kommt davon, wenn man mit Weibern rumfickt, die halb so alt sind wie man selbst. Blossom hatte auf der Straße gewartet, geistesabwesend mit seinem Klappmesser gespielt.

Als jetzt nach dem Schuß in den Wohnungen auf beiden Straßenseiten das Licht anging, drehte er sich auf dem Absatz um und rannte in die Richtung, aus der er eben gerade gekommen war. Als er wieder in dem Restaurant eintraf, in dem er vor kurzem erst gegessen hatte, war er völlig abgehetzt und außer Atem. Bevor er den Hörer des Münztelefons an der Wand hinter der Kasse abnehmen und zwei Dimes in den Schlitz werfen konnte, mußte er sich erst einmal verschnaufen, der Puls hämmerte ihm in den Ohren. Er hörte auf das Schnurren, murmelte nervös »Los, mach schon«, und dann meldete sich eine Stimme, die die Nummer, die er gerade gewählt hatte, wiederholte.

»Hier ist Blossom«, bellte er, bevor die Stimme auch noch die letzten Ziffern loswerden konnte. »Ich will Mr. Brown sprechen.«

31

Er opferte dem Schmonzes auf dem Schwarzweiß-Bildschirm keine weitere Minute. Diese Folge hatte er sowieso schon gesehen. Statt dessen verbarg er das Gewehr wieder hübsch ordentlich unter der Sportjacke und verließ die Wohnung.

Die Feuertür hinten in der Vorhalle des Hauses war mit einer Kette und einem Vorhängeschloß gesichert. Macklin spielte kurz mit dem Gedanken, daß Schloß mit einer Kugel zu sprengen, wollte dann aber doch nicht das Risiko eingehen, daß sie an der Stahltür abprallte, und ging den Weg, den er gerade gekommen war, wieder zurück. Als er die

Tür öffnete, zog er das Gewehr. Er guckte in ein rotes irisches Gesicht, gewaltig und nah wie ein naseweiser Gorilla im Zoo.

»Hände hoch, Drecksau!« In beiden Händen ein Magnum.

Macklin schloß seine Finger um den Abzug. Links neben ihm schnelle Schritte. Der irische Cop, noch ganz außer Atem von seinem Spurt, drehte das Gesicht in die Richtung. Den Bruchteil einer Sekunde später bemerkte er seinen Fehler, wollte ihn korrigieren. Macklin schleuderte den Kolben seines Remington herum. Er traf hart auf die Hand des Polizisten, der Magnum flog blitzend die offene Veranda hinab in das taubedeckte Gras. Der Cop verzog das Gesicht vor Schmerz, öffnete den Mund zu einem Fluch. Der Gewehrlauf kam aus der anderen Richtung, gongte ihm ans Kinn. Während er zurücktaumelte, feuerte Macklin über den Kopf des jungen Mannes, der da mit etwas schwarz Schimmerndem auf ihn losgerannt kam. Eine Mikrosekunde lang tauchte das Mündungsfeuer das ganze Geschehen in pulsierendes Licht. Es fing den jungen Mann mitten im Sprung ein, seinen Kollegen, der im Bogen von der Veranda stürzte. Macklin warf sich in die entgegengesetzte Richtung. Der Schwung schleuderte ihn auf die Knie, dabei löste sich die Gürtelschlaufe. Er taumelte hoch und vorwärts, das Gewehr fiel zu Boden. Er ließ es liegen und rannte weiter. Von nun an war es sowieso nur noch überflüssiger Ballast.

»Halt! Polizei!«

Ein verschlucktes Plopp fuhr durch die Luft. Macklin meinte eine Kugel über seinen Kopf hinwegzischen zu hören, verbuchte das aber sofort als Produkt zu lebhafter Einbildungskraft. Bei einem Magnum hört man nur selten eine Kugel kommen. Jedenfalls ließ er sich nicht aufhalten. Die Nacht begrüßte ihn wie einen guten Freund.

»Funkspruch, Inspektor!

Lovelady hatte die Tür zu Pontiers Büro aufgerissen, ohne anzuklopfen. Der fette Sergeant war außer Atem, obwohl er vom Mannschaftsraum bis hierher höchstens sechs Meter gerannt sein konnte. Pontier, natürlich am Telefon, wußte die Antwort auf die Frage, bevor er sie gestellt hatte.

»Von wem?«

»Conelly und Petersen.«

Er schmettere den Hörer auf die Gabel, ohne auf Wiederhören zu sagen – hatte schon während er das tat vergessen, mit wem er gesprochen hatte –, und eilte hinter dem Sergeanten aus dem Büro. Auf der Schwelle hörte er das Telefon klingeln. Er rannte weiter.

Burlingame, der zu später Stunde immer noch arbeitete, ließ es sechzehnmal klingeln, bevor er aufgab. Seit seinem letzten Versuch, zu Pontier durchzukommen, war nicht einmal eine Minute vergangen. Der hatte dasselbe Ergebnis gezeitigt wie all die vorhergehenden: ein Besetztzeichen. Dieser Mann verbrachte ebensoviel Zeit an diesem Terrorinstrument wie all die anderen Polizeiinspektoren, die er im Laufe seiner Berufstätigkeit kennengelernt hatte. Zwischendurch hatte er noch verschiedene andere Hebel in Bewegung gesetzt, um zu erreichen, daß der Haftbefehl gegen Macklin aufgehoben wurde, aber null Erfolg gehabt. Alle hatten sich damit herausgeredet, daß nur der für den Fall zuständige Beamte einen solchen Schritt unternehmen könne. Das war natürlich blanker Unsinn, aber versuch mal, als FBI-Mann einem städtischen Polizeibeamten vorzuschreiben, was er zu tun hat. Und jetzt war der zuständige Beamte also entweder weg, oder er ging nicht an den Apparat. Burlingame, seines Zeichens selbst Telefonfetischist, wußte, daß Leute seiner Veranlagung eher den Schwanz vor dem Höhepunkt rausziehen würden, als gelassen dazusitzen und das Telefon klingeln lassen.

Während er den Hörer auf die Gabel legte, vertraute er dem Präsidenten der Vereinigten Staaten von Amerika, dessen Porträt an der Wand gegenüber dem Schreibtisch hing, an, daß etwas im Busche sei.

»Frolleinchen? Noch ein Schluck Kaffee.« Blossom hielt seine leere Tasse hoch.

Die Serviererin, ein plumper, semmelblonder Teenager mit rabenschwarz angepinselten Augendeckeln, füllte sie aus ihrer Kanne nach und musterte ihn neugierig. Er ignorierte ihren Blick, und sie ging fort. Oben herum hatte sie nicht gerade viel zu bieten, aber die Art, wie sich ihr Hintern unter der weißen Kittelschürze bewegte, fand er scharf. Wie – na, wie war das doch gleich, na, wie zwei Katzen, die sich unter einer Bettdecke balgen. An jedem anderen Abend würde er sie aufreißen. Aber jetzt wartete er auf den Rückruf von Brown und wollte sich durch nichts vom Telefon ablenken lassen. Meine Güte, wenn irgend so ein Idiot versuchen würde, vor ihm ranzugehen, würde er das Messer ziehen.

Er war supernervös, richtig aufgedreht. Er hätte von weiter weg anrufen sollen, von irgendeinem anderen Lokal aus, wo sich die Aushilfe nicht gefragt hätte, was er nun schon wieder hier zu machen suchte, nachdem er doch gerade erst vor einer halben Stunde dort zu

Abend gegessen hatte. Wo er nicht ständig die Tür hätte im Auge behalten müssen und nach dem Kerl mit dem Gewehr Ausschau halten. Himmel, er sah ihn vor sich, als wäre er schon da, diese Fresse mit den Falten zwischen Nase und Mundwinkeln und der knapp hinter der Würgebohrung abgesägten Flinte, die so kurz war, daß er sie unter der billigen Sportjacke verbergen konnte. Das würde ein Streubild geben, das sich gewaschen hatte, wie mit dem Feuerwehrschlauch würde er das ganze Lokal aufmischen. Blossom sah es förmlich vor sich.

Seine Fantasie war schon immer besonders lebhaft gewesen. Einmal, als er noch auf der Schule war, hatte er drei Nächte hintereinander ein und denselben Alptraum: Er träumte, daß er seine Hand durch ein Loch in der Wand steckte und sich ein Dutzend Ratten quiekend seinen Arm hochschraubten und mit ihren scharfen kleinen Hauern auf ihn losgingen. Danach hatte er eine Woche gar nicht mehr geschlafen, bis ihn die Erschöpfung übermannte. Dann hatte er gleich wieder diesen Alptraum. Seit dieser Zeit hatte er häufiger in Bruchbuden mit Löchern in den Wänden übernachtet, und jedesmal, wenn er sich eines dieser Löcher anguckte, sah er die Ratten immer noch so deutlich wie sonst etwas vor sich. Kaum dachte er daran, schon waren sie da, ganz glatt und grau wie die Seehunde, die Hauer, die ihn anbläkten. Als er sie das letztemal gesehen hatte, das war in Ypsilanti, mußten ihn vier Krankenpfleger ans Bett fesseln. Das vorletzte Mal war unmittelbar vor dem Zwischenfall mit dem Farbigen auf dem Parkplatz gewesen, den er dann zerschnippelt hatte.

Jetzt hatte er Angst, sich genauer im Lokal umzusehen. Das Restaurant befand sich in einem alten Gebäude, es würde ihn nicht wundern, wenn in einer der Wände ein Loch wäre.

Das Telefon klingelte, und er verschüttete etwas Kaffee, als er hastig die Tasse abstellte. Die Serviererin ging gerade in diesem Moment am Apparat vorbei. Er war einen halben Schritt vor ihr dran.

»Mr. Blossom?«

Er erkannte das vertraute Schnarren und meinte: »Wo zum Teufel waren Sie denn? Hat Ihnen Green nicht ausgerichtet, daß mir der Arsch auf Grundeis geht?«

»So schlimm kann's nicht sein, sonst würden Sie da nicht schon seit zehn Minuten herumsitzen und sich mit Koffein vergiften.«

Woher um alles in der Welt wußte der das? »Ist mein Arsch. Wer ist der Typ mit dem abgesägten Ding, ist das einer von Ihnen? Weil, wenn das eine krumme Tour ist, dann mache ich Gulasch aus Ihnen, daß Ihren Freunden die Lust vergeht, Sie wieder zusammenzusetzen.«

»Sehr lebendig, wirklich. Aber es führt zu nichts, wenn wir uns gegenseitig unflätig bedrohen. Der Mann, den Sie Mr. Green beschrieben haben, heißt Peter Macklin. Er ist ein Profi, der für die Frau gearbeitet hat, die Sie ausgeschlachtet haben. Besonders intelligent war das übrigens nicht von Ihnen, Mr. Blossom. Kleinliche persönliche Rachefeldzüge dieser Art sind schmutzig und auf lange Sicht extrem kostspielig. Offen gesagt, bin ich nicht mehr recht überzeugt, daß Sie uns noch von so hohem Nutzen sind, um die Ausgaben zu rechtfertigen.«

»Wenn Sie mich hochgehen lassen, mache ich mein Maul auf. Ganz weit, Scheißer.«

»Eine derartige Antwort ist kaum dazu angetan, meine Kooperationsbereitschaft zu stärken, Mr. Blossom«, sagte Brown nach einer kurzen Pause.

»Nun, investieren Sie morgen 25 Cents für die *Free Press*.«

»Die Angelegenheit mit Macklin ist unter Kontrolle. Wir haben einen guten Mann auf ihn gesetzt. Ich schlage vor, daß Sie sich verhalten, als wäre nichts geschehen. Gehen Sie heim, gucken Sie fern, legen Sie sich schlafen. Dann stehen Sie morgen früh auf und gehen zur Arbeit.«

»Aber sicher doch. Ich wache auf und mein Kopf ist ans Kopfkissen genagelt. Ach, fick dich doch selber, Brown.«

»Ich sagte bereits, daß wir die Situation unter Kontrolle haben. Wir wissen bedeutend mehr über diesen Macklin als Sie, und ich kann Ihnen versichern, der ist viel zu vorsichtig, um heute nacht noch einmal bei Ihnen aufzukreuzen. Aber falls er das doch riskieren sollte, dann geht das auch klar. Wichtig ist nur, daß Sie sich ganz normal verhalten. Die Polizei beobachtet Sie.«

Diese Information verblüffte Roy. »Wie denn das?«

»Regen Sie sich nicht auf. Die sind hinter Macklin her. Aber wir können uns nicht leisten, daß die auf Sie aufmerksam werden.«

»Und was soll ich denen sagen, wenn sie mich fragen, was vorgefallen ist? Daß meinem Innenarchitekten der Spirituskocher hochgegangen ist?«

»Sagen Sie gar nichts. Sie waren beim Essen, und als Sie nach Hause kamen, war Ihre Wohnung ein Schlachtfeld und die Polizei an Ort und Stelle. Abkaufen werden die Ihnen das vermutlich nicht, aber die werden auch nicht weiter darauf herumreiten. Die sind hinter Macklin her.«

Blossom schwieg, solange zwei Geschäftsleute, die das Restaurant gerade betreten hatten, ihre Mäntel ablegten und sie an die Garderobehaken neben dem Telefon hängten. Als sie außer Hörweite waren, nahm Blossom das Gespräch wieder auf: »Sie sollten beten, Brown, daß das, was Sie mir da erzählen, Hand und Fuß hat. In den Akten gelte ich als übergeschnappt. Selbst wenn ich wirklich wegen der Geschichte mit Moira einfahren sollte, bin ich in spätestens zwei Jahren wieder draußen. Dann komme ich vorbei.«

Während er aufhängte, hörte er ein leises Quieken und das Knirschen winziger Hauerchen.

Für Floyd Arthur war der Alte ein Dozent, einer dieser Typen aus der Alten Welt, die die Hoffnung auf einen Ruf aufgegeben hatten und sich mit einer Assistenzprofessur begnügten, die bedeutend breiter gefaßt war als ihr Spezialgebiet. Er machte einen leicht heruntergekommenen Eindruck, trug einen Mantel, der viel zu dünn für das Novemberwetter war, einen verrückten Hut und eine von diesen Zweistärkenbrillen mit runden Gläsern, die man hierzulande nicht kriegen konnte. Als er sich auf die Theke zubewegte und sich umschaute, warfen die Gläser das Licht stumpf zurück – der einstudierte, aus der Mode gekommene akademische Dünkel in seinem Gesicht wich gelangweilter Gleichgültigkeit. Früher hatte Arthur diese Sorte häufiger in seinem kleinen Chemiebedarfsladen getroffen, den er in der Nähe des Campus der University of Detroit betrieb, das war noch bevor diese neue Brut der Nach-Watergate-Liberalen hereinschwappte, mit ihren gefönten Haaren und den Fischgrätjakketts über ihren Kaschmirrollis, und sie verdrängte sie. Er vermißte sie richtig.

»Ja, Sir«, sagte er freundlich, die Hände auf die Theke gestützt.

»Als ich anrief, hatte ich nicht erwartet, daß Sie noch offen haben würden«, entgegnete der Alte. Sein kräftiger Akzent hatte einen leicht britischen Einschlag. Die Landessprache mußte er wohl in Übersee gelernt haben.

»Den meisten Umsatz mache ich, wenn die Seminare aus sind. Ich öffne am Vormittag von sieben Uhr für zwei Stunden und schließe bis zwölf. Sie haben nach Quecksilber gefragt.«

»Ja, ich brauche es für ein Experiment im Unterricht.«

»Es besteht kaum noch Nachfrage dafür, wegen der schlechten

Publicity. Ich muß Ihren Dienstausweis sehen. Als Beweis, daß Sie befugt sind, damit umzugehen.«

Der Alte krabbelte eine zerfledderte Brieftasche aus der Gesäßtasche und wählte aus einem dicken Stapel von Karten, die er in dem Fach für die Fotos hatte, eine blau-gelbe heraus. Sie war verschmiert und hatte Eselsohren, die Schrift war kaum zu entziffern. Arthur nahm sie in die Hand. »Ach so, Sie sind von der University of Michigan. Ich hatte geglaubt, Sie seien hier beschäftigt.«

»Nein. Ich habe den Stoff bei uns im Institut angefordert, aber die Lieferung ist noch nicht angekommen. Und ich brauche das Quecksilber schon morgen. In Ann Arbor habe ich es nirgendwo auftreiben können.«

Der Chemiker gab dem Alten die Karte zurück, schloß den Giftschrank hinter der Ladentheke auf und entnahm dem obersten Regal ein kleines Fläschchen. Es war wesentlich schwerer, als seine Größe vermuten ließ.

»Ein faszinierendes Element«, sagte er, während er auf den Preis auf dem Etikett schielte. »Als wir in der Mittelstufe waren, haben wir uns in der Mittagspause immer in den Chemiesaal geschlichen und damit gespielt, die kleinen Kügelchen mit den Fingern über die Tischplatte geschnipst. Damals wußten wir noch nicht, daß es giftig ist. Deshalb ist vermutlich auch niemand etwas passiert. Inklusive Steuern macht das sechsundzwanzig Dollar.«

»Ja, es ist tödlich.« Der Alte blätterte zwei Zehner, einen Fünfer und einen Dollar aus seiner Brieftasche.

Arthur kassierte, verstaute das Fläschchen nebst Quittung in einer Papiertüte und reichte sie über den Ladentisch. »Vielen Dank, Dr. Wanze«, sagte er freundlich.

»Ich habe zu danken.«

32

Der Morgen lugte verdrossen durch den dünnen Battist weißer Wolken, überlagerte den östlichen Horizont in Grau und plattete die Perspektive ab, so daß die ganze Stadt wie ein umgekipptes staubiges Schachbrett wirkte. Als er mit dem Taxi im ländlichen Melvindale ankam, bat Macklin den Fahrer, vor dem Eingang zu den unterirdischen Salzminen das Tempo zu drosseln. Von der Straße aus konnte er nur die Außengebäude und einen Teil des gut kenntlich gemachten

Eingangs überblicken, außerdem sah er ein paar Männer in gelben Helmen und salzverkrusteten Overalls, die davor herumliefen. Das Taxi fuhr nur wenige Zentimeter an einem grauen Chevrolet, der gegenüber vom Eingang stand, auf den Vordersitzen hockten zwei Männer. Macklin hob die rechte Hand, als wollte er sich an der Schläfe kratzen, und forderte den Fahrer damit auf, weiterzufahren.

Nachdem er Blossoms Haus verlassen hatte, hatte er in einem kleinen Lokal ein spätes Abendessen eingenommen, dann war er in sein Motel zurückgekehrt, um den Rest der Nacht zu schlafen. Nach dem Fiasko des Abends war er etwas flattrig, aber auch zornig auf sich selbst, weil er so unvorsichtig gewesen war, aber in dem Moment, in dem er auf dem Bett lag, war der Gedanke daran vergessen. Lebenslanger Übung und dem Vorbild seines Vaters, der über Jahre doppelte Schichten als Trödler und Dispatcher gefahren (und sich an den Wochenenden das Taschengeld mit Schädeleinschlagen aufgebessert) hatte, verdankte er es, daß er ohne lange zu fackeln überall sofort einschlafen konnte. Er war dann mit der Sonne aufgestanden, hatte seine Pistole gereinigt und eingefettet, sich die Kleider abgebürstet und beim Anziehen so viel Sorgfalt auf jedes winzige Detail seiner Garderobe verwandt wie ein Torero, der sich auf den Auftritt in der Arena vorbereitet. Danach war er ohne zu frühstücken direkt zum Taxistand gegangen.

Im letzten Straßenblock vor der Zeche befand sich eine Kneipe mit einem roten Budweiser-Reklameschild im Fenster. Macklin trat durch die Glastür ein, blinzelte ein paarmal, bis sich seine Augen an das dämmrige Licht gewöhnt hatten, und setzte sich auf einen Barhocker vor dem Tresen. Die Wand hinter den Flaschen war mit Spiegelkacheln bezogen. Zu dieser Tageszeit waren außer ihm nur noch zwei andere Kunden im Lokal, zwei korpulente Männer, die auf die Vierzig zugingen und zusammen hinten in einer Nische saßen. Sie trugen grobe graue Overalls, in den Sitzfalten hatte sich Salz abgelagert.

Im Spiegel sah Macklin, daß eine untersetzte Kellnerin um die Fünfzig mit einem hellkupfern gefärbten Dutt auf ihren Tisch zulatschte und zwei schäumende Gläser voll Bier vor sie hinstellte. »Etwas Salz rein, Ed?«

»Wirklich saukomisch, Arlene. Den habe ich die ganze Woche noch nicht gehört.« Der Ältere der beiden, ein ergrauender Riese mit einer alten, gabelförmigen Narbe auf einer seiner lederhäutigen Wangen, fummelte einen zerknuttelten Schein aus der Berufstasche seines Overalls und zahlte die Biere.

»Was darf's sein?«

Macklin blickte auf, direkt in das Gesicht des sommersprossigen Wirts in seinem grünen T-Shirt und der Hundemarke vom Militär um den Hals. »'ne Cola.«

Er zahlte gleich und nippte an seinem Getränk, er tat so, als lauschte er konzentriert der Sendung, die aus dem Radioapparat über der Zapfanlage dröhnte. Die Moderatorin mit dem leicht gedehnten Akzent der Gegend von Arkansas fragte ihren Studiogast, einen Schriftsteller, wo er seine Ideen her habe. Antwortete der Autor: »Cheboygan, Michigansee.«

Eds Kumpel war zuerst mit seinem Bier fertig und stand auf, um zu gehen. Ed erhob sich auch, und sie schüttelten sich die Hand. Der andere ging, winkte der Serviererin kurz zu, danach setzte sich sein Freund wieder hin und trank weiter an seinem Bier. Schließlich stand er wieder auf, diesmal endgültig, legte zwei Vierteldollarstücke als Trinkgeld auf den Tisch und ging nach hinten auf die Klos zu. Macklin trank in aller Ruhe aus und folgte ihm dann.

Ed stand am Urinal, einer langgestreckten, weiß emaillierten Wanne, an der an einzelnen Stellen schon das schwarze Eisen hervorkam. Als Macklin eintrat, blickte er kurz in den Spiegel und nickte ihm einen Gruß zu, dann machte er jene typische Schüttelbewegung mit der Hand am Latz und zog sich den Reißverschluß zu. Macklin ging hinter ihm vorbei, warf den rechten Arm steif auf und traf den Hinterkopf mit der Kante. Ed prallte hart mit der Stirn gegen den Spiegel, der splitterte. Ed grunzte, seine Stirn blutete. Aber bevor er sich rühren konnte, stieß Macklin noch einmal mit der Handkante zu, diesmal auf den dicken Muskel am Hals. Seine Knie gaben nach. Der Killer fing ihn im Fallen auf und legte ihn sanft auf den Boden.

Macklin zog schnell den Overall aus und schlüpfte selbst hinein. Er war ihm so weit, daß er die Sportjacke ruhig darunter hätte anlassen können, er zog sie aber trotzdem aus, um seine Beweglichkeit nicht zu behindern, und krempelte sich Ärmel und Beine des Overalls um. Im zerbrochenen Spiegel betrachtete er das Puzzle seiner selbst. Ein bißchen weit war ihm der Overall tatsächlich, aber nicht so, daß es auffallen würde. Er drehte alle Taschen seiner Sportjacke um, um sich zu vergewissern, daß sie auch keine Beweisstücke enthielten, dann ließ er sie neben dem bewußtlosen Ed zu Boden fallen. Er gab ohnehin beschissene Trinkgelder.

Frische Luft kam nur durch ein Fenster aus gelblich-braunem bombiertem Glas, das in einem Fünfundvierzig-Grad-Winkel nach innen gekippt war. Er zog es mit einem Ruck in die Waagerechte, stützte sich mit den Händen auf das Fensterbrett und zwängte sich mit Kopf und Schultern durch die Öffnung. Die Kälte traf ihn wie ein Hammer. Einen Moment lang bekam er es mit der Angst zu tun, als sich der gebeulte Stoff des Overalls an den Hüften verhedderte, aber er zog mit aller Kraft und kam frei, zog ein Bein nach, stützte sich noch einmal ab und bekam auch das andere Bein frei. Mit allen vieren landete er auf dem Pflaster. Er befand sich in einem Hof zwischen der Kneipe und der kahlen Wand eines Geräteschuppens auf dem Nachbargrundstück.

Die Straße hinter der Kneipe endete an einem Zaun aus Draht und Metall, der den Eingang zur Zeche umgab, bei einem anderen Hof, der auf die Straße vorne führte. Da kam Macklin jetzt heraus und schritt durch das offene Tor, ohne sich nach den Männern in dem Chevrolet umzudrehen, der auf der anderen Seite stand. Der gelangweilte Wachposten in einer wattierten Jacke mit Rollkragen beachtete ihn kaum, als er in seinem Overall an ihm vorbeiging. Also ging er weiter.

»Hey!«

Er beschleunigte seine Schritte, ohne weiter auf den Ruf zu achten, der hinter ihm ertönte. Seine Hand langte in seine rechte Tasche, in der er die Zehn-Millimeter verstaut hatte, damit er sie jederzeit griffbereit hatte.

»Du da! Halt!«

Das Gebrüll ließ die anderen Arbeiter aufhorchen. Er drehte sich beiläufig um, seine Finger schlossen fester um die Pistole. Ein Typ mit Bart und dem Schriftzug »Vorarbeiter« auf seinem Sicherheitshelm kam in langen Schritten auf ihn zu.

»Setz dir einen Helm auf, du Blödmann«, sagte er. »Du willst wohl der Versicherung an den Kragen.«

Macklin nahm die Hand aus der Tasche. »Habe ich ganz vergessen.«

»Also. Was is'.«

Der Killer ließ ihn stehen und suchte sich einen der gelben Helme auf der Bank aus, auf die der Vorarbeiter gezeigt hatte. Er war kühl und klamm auf dem Kopf. Als er sich umdrehte, stand der Vorarbeiter immer noch da und ließ ihn nicht aus den Augen. »Wie heißt du?«

Er zögerte nur einen Moment. »Martin.«

»Mhm. Martin.« Er kratzte sich am Bart. »Für den Martin, den ich kenne, ist deine Haut ein bißchen arg hell. Hast du auch einen Vornamen?«

»Ed.«

Er kratzte sich noch einmal. »Von der Nachtschicht?«

»Habe gerade gewechselt.«

»Okay. Paß auf die Sicherheitsvorschriften auf, Martin. Wir hatten diesen Monat schon zwei Verwarnungen.«

Macklin versprach, er würde.

Der Eingang war eine mit gefirnißtem Holz verschalte Höhle, er wurde von elektrischen Birnen in Metallgehäusen beleuchtet. Salzhügel, die so weiß waren, daß es in den Augen weh tat, umgaben die freie Fläche draußen, wo das Gerumpel schwerer Loren den Boden unter den Füßen erschütterte. Macklin ging ins Innere, vermied dabei, in die schmalen Spurrinnen der Loren zu treten. Drinnen war es einige Grade kälter und so trocken, als sauge die Luft alle Feuchtigkeit direkt aus der Haut.

Nach dreißig Metern verzweigte sich der Haupttunnel in drei Schächte, die sich wie die Speichen eines zerbrochenen Rades fächerartig ausbreiteten. Bestimmt gab es noch mehr Strecken und mehr Schächte. Blossom in diesem Labyrinth aufzuspüren, war eine Aufgabe in der Größenordnung der Eroberung des Goldenen Vlieses.

Er war noch am Grübeln, als im Schacht zu seiner Linken ein Schwarzer mit Helm und Overall auftauchte und sich ein Paar Handschuhe aus dem gelben Sämisleder abstreifte, die ganz weiß verkrustet waren.

»Der Vorarbeiter will Roy Blossom sprechen«, sprach ihn Macklin an. »Hast du ihn gesehen?«

Der Schwarze sah ihn verdutzt an. »Funktioniert denn der Sprechfunk nicht?«

Mist, er wußte nicht einmal, *daß* die hier Funk hatten. Durch den Haftbefehl hatte er einen Zahn zugelegt – auf Kosten der nötigen Vorbereitung. »Meldet sich keiner.«

»Hier drinnen funktionieren die Dinger nie. Versuch's mal im Schacht C. Aus meiner Kolonne ist er letzten Monat turnusgemäß weggekommen.«

Als Macklin sich nicht rührte, machte der Schwarze ein ploppendes Geräusch mit den Lippen und deutete auf den Schacht gegenüber.

»Bist wohl noch nicht lange hier?«

»Das ist heute mein erster Tag.«

»Dann streust du am besten Brotkrumen hinter dich. Wenn du nämlich hier unten verlorengehst, wird sich in von morgen an gerechnet hundert Jahren irgend jemand die Suppe mit deinen Knochen salzen.«

Er ging in die Richtung, in die der Schwarze gedeutet hatte. Dieser Schacht war schmaler als der Haupteingang, und einmal mußte er sich flach gegen eine Felswand pressen, als ein mit Salzklumpen beladenes Bähnchen, angetrieben von einem Elektromotor, an ihm vorbeiklapperte, am Steuer saß einer mit dem unvermeidlichen Helm. Der Gang fiel in einem sanften, aber stetigen Winkel ab. Obwohl Macklin seinen Entfernungs- und Orientierungssinn über Tage abgegeben hatte, ergriff ihn die Klaustrophobie mit eisernen Krallen, als er unter dem Detroiter River war. Er war in einer Todesgruft mit Millionen von Gallonen von Wasser, die von oben auf ihm lasteten.

Er lief und lief, es mutete ihn wie Kilometer an, ohne jemanden zu begegnen. Dann ging es um eine Kurve, und er gelangte auf eine Art Lichtung, in der einige Männer fußhoch im Schnee standen.

Bei den Schwaden von Atemluft, die auf die Belüftungsrohre an der Decke zustoben, war der Gedanke an Schnee gar nicht so abwegig. Aber was er da sah, waren felsbrockengroße Salzkristallklumpen, die sich von den weißen Wänden abgelöst hatten. Die Männer standen in dieser gespenstisch beleuchteten Höhle, die vom baumstammdicken Salinensäulen gesäumt wurde, und beluden mit den Händen die Salzbrocken auf Loren, wie die Trolle im Eispalast sahen sie dabei aus.

Schließlich tauchte er wieder aus seiner Trance auf, trat zu den Männern hin und bückte sich, um ihnen beim Beladen zu helfen. Die Brocken fühlten sich an wie aus Sandpapier und waren viel leichter, als ihre Größe vermuten ließ. Bereits nach wenigen Minuten waren seine Handflächen unwahrscheinlich trocken, fast rissig. Er hielt inne, klopfte die Taschen seines Overalls ab, fand in der linken Gesäßtasche ein Paar Sämislederhandschuhe und zwängte seine Finger hinein, dabei studierte er die Gesichter der Männer um ihn herum. Aber die Helme beschatteten in dem scharfen elektrischen Licht die Gesichter, und er suchte vergebens nach den arroganten Zügen, die er sich eingeprägt hatte. Dann nahm er die Arbeit wieder auf.

Ein mit zu viel Schwung geworfener Salzbrocken verfehlte sein Ziel und erwischte einen Mann, der auf der anderen Seite der Lore arbeitete. »Paß doch auf!«

Der Mann, der den Klumpen geworfen hatte, zuckte die Achseln. »Tut mir leid.«

»Wart erst, wie dir das leid tun wird, wenn das noch mal passiert.«

Macklin beobachtete, wie der Mann, der von dem Irrläufer getroffen worden war, auf den Brocken zustolzierte und ihn in die Lore warf. Den Gang kannte er, und auch die Kopfhaltung. Er ging langsam auf ihn zu.

Einige Minuten lang arbeiteten sie Seite an Seite. Blossom drehte den Kopf nicht zu dem Mann um, der sich unmittelbar neben ihm aufgestellt hatte. Schließlich forderte einer der Helme die anderen auf, aus dem Weg zu gehen, und nahm seinen Platz am Steuer der elektrischen Zugmaschine ein. Die Wägelchen setzten sich funkensprühend in Bewegung und rollten immer schneller auf die Tunnel zu.

»Alles klar.«

Blossom und die anderen traten an die rechte Wand. Macklin folgte ihrem Beispiel. Der Arbeiter, der das Kommando gegeben hatte, zog am Griff eines Preßluftbohrers, der die Form eines Stativmaschinengewehrs hatte, und richtete die Bohrspitze auf. Als er den Knopf drückte, schaffte Macklin gerade noch, sich die Finger in die Ohren zu stecken. Ohrenbetäubendes Dröhnen. Risse fraßen sich in die zerklüftete weiße Wand, wie die Teilchen eines Puzzles rieselten lose Salzbröckchen inmitten all dieses Getöse lautlos zu Boden, eine Wolke körniger weißer Staubpartikel legte sich wie Puder auf Helme und Overall, sie brannten Macklin beim Atmen in der Nase.

Einige der Arbeiter hatten sich die Finger in die Ohren gesteckt, die meisten aber nicht. Er vermutet, daß sie Oropax benutzten, und er suchte in Eds Overalltaschen nach den Wattepropfen. Aber vergebens. Nun, wenn die ganzen Explosionen der vergangenen Tage seine Trommelfelle nicht abgehärtet hatten, dann mußte er auch nicht.

Rechts ging ein weniger hell beleuchteter Gang ab. Macklin blickte sich um, bemerkte, daß die anderen vollauf damit beschäftigt waren, beim Bohren zuzusehen, und stieß Roy Blossom den Lauf seiner Pistole in die Rippen. Er ließ ihm ein wenig Zeit, zu reagieren und ihn zu erkennen, dann wies er mit dem Kopf auf den Gang. Roy drehte sich in diese Richtung um. Macklin folgte ihm, die Waffe in Hüfthöhe. Hinter ihnen gingen die Bohrungen weiter.

33

Der Mann machte die Tür gerade so weit auf, daß er in der Öffnung Platz hatte, aber nicht weit genug, um Burlingame zu gestatten, den Raum hinter dem Mann zu überblicken. Ein schwacher Duft von Bohnerwachs und schalem Schweiß lag in der Luft. Turnhallengeruch.

»Mr. Anderson?« fragte Burlingame.

»Mein Name ist Green. Und wer sind Sie?« Ein einziger Blick in das zwischen kinnlangen Koteletten eingezwängte Gesicht des schmalen Männchens verriet dem FBI-Mann, daß der genau wußte, mit wem er es zu tun hatte. Der Schmale trug eine orangenfarbene Krawatte. Mit der Farbe hätte man einen Intercity zum Anhalten bringen können.

»Green ist gar nicht schlecht. Bereits der Deckel Ihrer CIA-Akte verrät, daß Sie nicht viel für exotischere Decknamen übrig haben. Ist Kurof da?

»Hier ist kein Kurof.« Er wollte die Tür zumachen. Burlingame setzte einen Fuß dazwischen und wedelte mit seinem Ausweis.

»Dienstliche Angelegenheit, mein Freund. Ich kann mir auch einen Durchsuchungsbefehl besorgen, aber letzten Endes sind wir doch Gebrüder in Rot, Weiß und Blau. So etwas sollte unter uns doch nicht erforderlich sein.«

»Machen Sie die Tür auf, Mr. Green.«

Bei dem Baß zuckte »Green« zusammen, trat einen Schritt zurück und gab die Tür frei.

Burlingame trat ein. In dem spärlichen Licht, das durch das bombierte Glasfenster in der gegenüberliegenden Wand einfiel, war der Mann, der in der Mitte des hochglanzpolierten Parketts aus heller Eiche stand, nur eine vage Kontur. Graue Strähnen im dichten Haar. Figur wie ein Gefrierschrank.

»Ich frage mich schon lange, warum gerade eine Sporthalle«, meinte Burlingame. »Dann habe ich mir Ihre Akte einmal näher angesehen. Rom 1960. Ringen und Hammerwerfen. Sie konnten eine Bronzemedaille mit nach Hause nehmen.

»Nostalgie, Mr. Burlingame«, sagte die Kontur, »die nimmt in dem Maße zu, wie unsere Eier welken.«

»Da sprechen Sie am besten nur für sich.«

Der andere lachte lauthals los, es war das vollmundige Gewieher eines Bauersmannes. »Ich freue mich, daß wir uns kennenlernen. Die meisten Amerikaner in Ihrem Beruf sind einfach zu bierernst. Sie haben keinerlei Sinn für die Schönheit des Spiels, sondern nur das Ziel im Auge.«

»Die mögen eben klare Fronten. Die Dame, die in beide Richtungen ziehen und schlagen darf, bringt sie nur in Verwirrung. Mich nicht. Wenn man das Spiel schon so lange spielt wie ich, findet man Geschmack am Doppelrückschlag. Hält einen blitzwach und auf dem Quivie. Anderson war übrigens eine hübsche Überraschung.«

»Mr. Green ist hier, um dafür Sorge zu tragen, daß ich keine geheimen Einrichtungen fotografiere, bevor mein Asylantrag nicht durch ist.«

»Quatsch. Er ist seit acht Jahren Verbindungsmann. Der wird nicht als Babysitter für verdächtige Spione eingesetzt.«

»Woher wissen Sie das?« bellte das schmale Handtuch aus dem Hintergrund.

»Bürogeheimnis. So wie Kurofs Beziehungen zur CIA.«

»Brown, bitte«, sagte die Kontur. »Ich habe mich richtig an diesen Namen gewöhnt und gedenke, ihn auch offiziell anzunehmen, wenn ich erst einmal eingebürgert bin. Was für Karten haben Sie in der Hand, Mr. Burlingame?«

»Keine Sorge, ich habe kein Mikro bei mir. Anderson kann sich gern davon überzeugen. Oder hört er lieber auf den Namen Green?«

Brown zuckte auffordernd eine seiner beiten Schultern. Daraufhin bat Green den FBI-Mann, die Hände zu heben, er öffnete ihm das Jackett und tastete ihn ab. Den Revolver nahm er ihm ab und steckte ihn sich in den Hosenbund.

Während Burlingame die Arme wieder herunternahm, sagte er: »Eine Zeitlang habe ich mich gefragt, ob Green vielleicht auf Abwege geraten sei, aber dafür waren zu viele Leute an Ihnen interessiert. Dann haben wir bei Gericht die Genehmigung erwirkt, Roy Blossoms Krankenakte aus der Anstalt in Ypsilanti einzusehen. Während seines ganzen Aufenthalts hat ihn nur eine einzige Person besucht. Die Beschreibung paßt genau auf Sie.«

»Weder meine Statur noch Haut- und Haarfarbe sind einzigartig«, entgegnete Brown.

»Daß Sie für die CIA arbeiten, weiß ich. Und unser Freund Green hier ist Ihr Mittelsmann. Ich weiß auch, daß Sie etwas mit Blossom am Laufen haben und daß die Angelegenheit für Sie gewichtig genug ist, daß sie drei verschiedene Killer engangieren, die Peter Macklin genau in dem Moment töten sollen, in dem er den Auftrag bekommt, Blossum umzulegen. Worauf ich aus bin, sind die Einzelheiten.«

»Aber zu welchem Zweck? Vielleicht haben Sie in bezug auf mich recht. Schließlich aber arbeiten doch das FBI und die CIA für denselben Auftraggeber.«

»Unser Gehalt kommt im gleichen Umschlag. Also was alles Weitere betrifft, so gibt es jedesmal im Kongreß eine Riesenbalgerei um die Etats, und der Verlierer kann abziehen und sich die Wunden lecken. Ich kann mir gut vorstellen, daß unsere jeweiligen Organisationen pro Jahr Millionen nur dafür verpulvern, sich gegenseitig in die Karten zu lunzen. Aber ich will kein Geschirr zerdeppern. Ich versuche nur, innerhalb meines Zuständigkeitsbereichs den Frieden zu bewahren. Und wenn ich hier gleich in dem einigermaßen sicheren Gefühl abziehen kann, daß die ganze Angelegenheit bald abgewikkelt ist, ohne daß ich Nachteile zu erwarten habe, ist alles okay. Dann werde ich glücklich sein wie ein Ferkelchen, das an seinen eigenen Nippeln nuckelt. Nur ein paar Fragen möchte ich noch beantwortet kriegen.«

»Gut. Das also wollen Sie – und was haben Sie anzubieten?

»Ich verspreche Ihnen, daß das Büro Sie in Ruhe werkeln läßt.«

»Ist das alles?«

»Es ist jedenfalls mehr, als was Ihnen mein verstorbener großer Boss zugesagt hätte, und ein zweitesmal werden Sie dieses Angebot von unserem Büro nicht mehr hören. Vorausgesetzt, ich bin mit dem zufrieden, was Sie mir zu erzählen haben.«

»Machen Sie bitte die Tür zu, Mr. Green.«

Nach umständlichem Zögern gehorchte Green. Brown wandte Burlingame den Rücken zu und ging ihm voran weiter in die widerhallende Halle hinein. Aus einem anderen Winkel konnte Burlingame Browns Kabeljauaugen besser sehen, den blauschwärzlichen Stoppelschatten auf der unteren Hälfte seines Gesichts. Er kannte ihn bislang nur von Fotos. In einem von der Seite einfallenden Lichtkegel blieb Brown stehen.

»Sie verwenden diese Informationen nicht«, sagte er. »Als Gegenzug verspreche ich Ihnen, daß das Geschäft heute beendet wird, ohne daß das Büro einen Verlust zu befürchten hat oder Unschuldige verletzt werden.«

»Jesses«, murmelte Green. »Sie wollen ihm doch wohl nicht auch noch das Ehrenwort abnehmen?«

Burlingame ignorierte diese Bemerkung. »Keine Leichen mehr?«

»Nur noch eine.«

»Macklin?«

Brown zuckte die Achseln.

»Ich brauche Antworten«, beharrte Burlingame. »Die lokale Polizei ist mit von der Partie, und ich will nicht der Blöde sein, der eine ganze Abteilung von Außenbeamten in Trapp hält, um einem anderen US-Geheimagenten nachzuspüren. Ich hätte ganz gerne, wenn ich in Ruhestand gehen könnte, wann es mir paßt. Dann fangen Sie mal an.«

»Ach ja, die Polizei ist noch so eine Geschichte. Ich verspüre nicht die geringste Lust, es mit denen zu tun zu kriegen.«

»Außer diesen Jungs selbst scheint alle Welt zu denken, daß ich da Einfluß nehmen kann. Der Inspektor, der an dieser Geschichte dran ist, erinnert mich sehr an mich selbst. Aber ich werde mal sehen, was ich tun kann.«

»Ich habe Vertrauen zu Ihnen. Wir beide sind uns, glaube ich, sehr ähnlich.«

»Sehen Sie sich vor, Sie Kommunistendandy.«

»Ein Dandy bin ich nicht.« Wieder lachte Brown sein lauthalses Lachen. »*Citizen Kane*. Spielt in der UdSSR, *die* Chronik amerikanischer Dekadenz.« Er wurde wieder ernst. »Die CIA ist ein Deckmantel. Dahinter steckt eine andere, kleinere Organisation, die weniger Wind macht und einen Namen hat, der so lang ist, daß ich ihn manchmal selbst vergesse. Für die und mit der arbeite ich seit nunmehr sechzehn Jahren gelegentlich.«

»Ist mir bekannt, Kanzlisten und Revisoren.«

»Das Material, das diese Kanzlisten und Revisoren zusammengetragen und verschlüsselt haben, zeigt, daß Watergate nur ein winziges Teilchen in einem grandiosen Meisterplan war. Aber all das ist viel zu komplex, um in die Einzelheiten zu gehen. Und offengestanden: Es langweilt mich sogar. Wie dem auch sei, mir wurde die Betreuung der Grenze zu Kanada übertragen. Nein, nicht die Grenzübergänge selbst, die haben die Zollbehörden beider Länder gut im Griff. Mein Zuständigkeitsbereich deckt die kleinen Lücken ab, an die sonst niemand denkt. Wyandotte, von wo aus man in zehn Minuten nach Windsor rüberschwimmen kann. Und die Insel Boblo, mitten auf dem Fluß, zwischen Detroit und Amherstburg. Ich habe Ihre Verhandlungen mit den Entführern des Ausflugsdampfers im August mit Interesse verfolgt, aber als sie dann in den Eriesee tuckerten und das Gebiet verließen, für das ich verantwortlich bin, hielt ich mich raus. Damals hörte ich zum erstenmal von diesem Macklin, und deshalb habe ich mich entschieden, ihn jetzt nicht auf die leichte Schulter zu nehmen. Die internationalen Salzminen unter dem Fluß.«

»Blossom. Er arbeitet in den Minen.«

»Nach seiner Entlassung aus Ypsilanti habe ich ihm dort die Stelle verschafft. Dafür war es ganz günstig, daß er früher schon einmal in Pennsylvania im Kohlebergbau beschäftigt war. Zuvor hatte ihn mein Vorgänger als Spitzel in die Detroiter Pornoindustrie eingeschleust. In diesen Filmdosen wird reichlich Kokain und Heroin geschmuggelt, und seine Aufgabe bestand unter anderem darin, die Vertriebswege auszukundschaften und aufzuzeichnen. Er hat eine ausgesprochen scharfe Beobachtungsgabe, und sein Gedächtnis für die kleinsten Einzelheiten ist einfach phänomenal. Selten, diese Sorte.«

»Das höre ich gerne. Der ist irre.«

»Seine Macke ist nicht so bedeutend. Der Freispruch wegen Unzurechnungsfähigkeit ist von einem auf solche Sperenzchen spezialisierten Anwalt herbeigeführt worden, den wir unter dem Deckmantel von Regierungskreisen engagiert haben. Solange sie uns von Nutzen sind, lassen wir unsere Leute nicht im Stich.«

»Was macht er in den Minen?«

»Darauf kriegen Sie keine Antwort. Für Sie reicht es zu wissen, daß diese Minen einen Schwachpunkt in der nationalen Sicherheit darstellen.«

»Wie kommt ein Exanwärter auf eine Mitgliedschaft im Politbüro dazu, ausgerechnet an der Staatsgrenze der USA Posten zu beziehen?«

»Ach, wissen Sie...« Ein weiteres Mal entblößte er die Zähne. »Der doppelte Doppelrückschlag. Eine Ein-Mann-Tempelwache ist eine Herausforderung für Mörder, sofern sie sie identifizieren können. Aber wer würde einen verdächtigen Doppelagenten unter der Aufsicht von CIA und FBI schon verdächtigen?«

»Typisch Washington«, sagte Burlingame nach einer Weile. »Gehe nie direkt von A nach B, wenn C so nahe liegt. Aber das ist doch nicht alles?«

»Vermutlich nicht. Aber ich gehe, wohin sie mich schicken. Ich bin zu alt, um mir einen neuen Job zu suchen. Und dieser gefällt mir im Grunde ganz gut.«

»Blossom ist kein Wächter. Man versteckt psychopathische Killer nicht an den Ausgängen, damit sie die Leute nicht eintreten lassen, sondern um sie drinnen zu halten. Ist das etwa die neue Linie in der nationalen Sicherheit? Verbrannte Erde?«

»Die fest installierten atomaren Gefechtsköpfe an den strategisch entscheidenden Punkten des ganzen Landes gehören in Washington zu den am schlechtesten gehüteten Geheimnissen. Die sind nicht dafür da, den Feind hochgehen zu lassen.«

»Jesus.«

»Genau. Der lag dieser Idee zugrunde.«

»Aber selbst ans Kreuz geschlagen hat er sich nicht.«

»Wir haben es ebensowenig vor. Es handelt sich auch nur um die

Hypothese eines Laien, die sich auf allgemein bekannte Indizien stützt. Wofür die Sprengköpfe da sind, wissen wir nicht.«

»Aber Sie wissen, warum Blossom in den Minen ist.«

»Das schon. Gehört aber nicht zu unserem Geschäft.«

Burlingame schwieg. In der geräumigen Halle herrschte eine kühle Atmosphäre, nur diese drei Menschen darinnen, Green etwas abseits, er studierte sein Spiegelbild auf dem blitzeglatten Fußboden. Eine kriminelle Platzverschwendung in diesen übervölkerten Zeiten. »Unser Geschäft endet heute.«

»Ich habe es Ihnen versprochen.« Brown streckte eine wohlgepolsterte Pranke aus.

Der FBI-Mann rührte sich nicht. »Mein Job ist es, Geschäfte mit Leuten zu machen, die Killer anheuern, um andere Killer zu beschützen. Aber was ich mit meiner Hand mache, ist eine rein persönliche Angelegenheit.«

Brown ließ seine Rechte wieder sinken. »Es tut mir leid, daß wir keine Freunde werden können.«

»Und wie Ihnen das leid tut.«

Als Burlingame das Haus verlassen hatte, atmete er tief durch. Kühle Luft und süßsaure Autogase. Heute war Teufelsnacht, dann Halloween am einunddreißigsten Oktober, schließlich kam der November und dann das lange, bittere Hinübergleiten in den Winter, in seinen letzten Winter bei FBI. Erst als er an sich hinunterblickte, bemerkte er, daß er seine Pfeife in der Hand hielt. Er schraubte sie auseinander und pfefferte beide Teile auf den Bürgersteig, bevor er davonging.

Kein Killer auf der Straße.

34

Trockene Kälte. In diesem schmalen, blendendweißen Tunnel würde ein Leichnam nie verwesen, ebenso wie die achtzig Jahre alte Anlage würde er sich das Fleisch durch das Salz und der konstanten Temperatur von fünf Grad Celsius ewig halten. Die beiden Männer gingen dreihundert Meter im Gänsemarsch hintereinander her und begegneten keinem Menschen. Hinter ihnen dröhnte in der Ferne der Preßlufthammer wie Kracher in einer Limonadenflasche. Dann verstummte er.

Macklin rief Blossom zu, er solle stehenbleiben. In der plötzlichen

Stille nach dem Krach hallte und hallte der einsilbige Befehl durch den Tunnel wider. Blossom gehorchte, er hielt, wie ihm befohlen, die Hände hoch. Aus der Belüftungsanlage summte der Sauerstoff.

Macklin wartete. Er hatte sich so weit wie möglich von den anderen Arbeitern entfernen wollen und dabei viel Zeit zu vergeudet. Jetzt würde er warten müssen, bis die Bohrung wieder einsetzte. An jedem anderen Ort hätte er ohne zu zögern geschossen und sich darauf verlassen, daß der Schuß die Maulhelden abschrecken würde. Aber hier unten, in diesem Reich der männlichen Solidarität, in der eingeschworenen Gemeinschaft der Unterirdischen, herrschten andere Gesetze. Unweigerlich würde ein Schuß die anderen herbeirufen. Sie würden ihn überwältigen und entwaffnen, und wenn sie ihn nicht auf der Stelle umlegten, würden sie ihn so lange festhalten, bis die Polizei eintraf. Er wartete.

»Hallo, Mann.« Blossom hatte leicht den Kopf gedreht. Unter dem Helm konnte Macklin seine Stirn und seine linke Wange erkennen.

»Halt's Maul.«

»Ich habe Moira nicht umgebracht. Das war einer von den Fixern. Sie wohnte in der falschen Gegend.«

Macklin schwieg.

»Hey, ich mochte sie doch auch. Vielleicht können wir zwei die Schweinehunde suchen, die sie auf dem Gewissen haben. Was meinen Sie?«

»Halt's Maul.«

Blossom sagte eine Weile lang keinen Ton. Dann: »Hey, Mann? Ich weiß, worauf Sie warten. Da haben Sie sich aber in den Finger geschnitten. Dieser Tunnel hier ist eine Abkürzung nach draußen. Hier wird jetzt jeden Moment einer langkommen. Bis das Bohren wieder anfängt, können Sie eine Stunde warten. Wie stellen Sie sich das vor? Jeden abknallen, der kommt?«

Macklin forderte ihn zum drittenmal auf, das Maul zu halten. In seinen Augen war es nichts als überflüssige Kraftverschwendung, mit den Toten zu plaudern.

»Los, das Messer«, sagte er nach einer Weile.

Pause. »Ich habe . . .«

Macklin machte zwei Schritte auf Blossom zu und setzte ihm den Lauf seiner Zehn-Millimeter an die Schläfe, die der Helm nicht schützte. Der Helm fiel zu Boden, Blossom sank gegen die zerklüftete Tunnelwand. Macklin fuhr ihm mit einer Hand in die Overalltasche und förderte ein schweres Klappmesser zutage.

»Tun Sie mir nichts«, wimmerte Blossom. Er suchte Halt an der Wand.

»Hat dich Moira auch so angefleht?« Macklin hieb den Pistolenkolben auf Blossons Schlüsselbein. Er schrie und kauerte sich hin. Er heulte.

»Ich habe sie nicht umgebracht.«

»Du mieses Stück Scheiße.« Mit dem Absatz trat er Blossom in den Rücken und schob ihn auf den Bauch.

»Sie sind zu sehr mit dem Herzen dabei.«

Als er die Stimme hinter sich vernahm, unterdrückte Macklin den Impuls, herumzuwirbeln. Statt dessen zwang er sich, sich ganz allmählich umzudrehen, gleichzeitig stecke er Blossoms Messer ein.

»Pistole.«

Der Tonfall war's. Augenblicklich ließ Macklin die Pistole los. Sie fiel klappernd auf den Boden. Er sah einen pummeligen Mann Ende Fünfzig oder Anfang Sechzig, der über einem grünen Pullover eine Mantel trug sowie einen viel zu großen Helm, der auf einer Zweistärkenbrille mit runden Gläsern aufsaß. Er hatte den Arm in Schulterhöhe ausgestreckt, in der Hand hielt er eine schlanke halbautomatische Pistole, deren Lauf nicht dicker war als ein kleiner Finger.

Als Mäcklin die Hände hob, wurde die Pistole auf Hüfthöhe gesenkt. Es war eine Walther.

»Dann sind Sie also Mantis«, sagte Macklin.

Der rundliche Alte kräuselte das Näschen. »Zeichen und Gegenzeichen, Kodename und Parolen. Wie bei den kleinen Buben, die Piraten spielen. Novo ist für mich gut genug, ich ziehe diesen Namen eigentlich sogar vor.«

»Wie sind Sie hier reingekommen?«

Er wies mit dem Kopf auf eine in Plastik eingeschweißte Karte, die mit einer Wäscheklammer an seinem Revers befestigt war. »Inspektor. Derselbe Mann, der diesen Job für Mr. Blossom besorgt hat, hat auch für mich eine Beschäftigung gefunden.« Mit der freien Hand fegte er sich den Helm vom Kopf und ließ ihn zu Boden fallen. Aus einer ausgebeuteten Manteltasche zog er einen zerquetschten Hut hervor, klopfte ihn am Oberschenkel ab und stülpte ihn sich auf den erkahlenden Hinterkopf. An der Feder im Band erkannte Macklin den Hut wieder.

»Diese explodierende Geschosse bereiten mehr Ärger, als sie wert sind«, meinte er.

»Sie sind recht effizient, und da die Überbleibsel zu winzig sind, als daß man sie identifizieren könnte, kann ich ein und dieselbe Waffe mehrmals benutzen, ohne daß es auffällt. Diesmal mußte ich mir allerdings doch eine neue anschaffen. Sie waren tot, also habe ich die alte weggeworfen. Aber Sie waren nicht ganz so tot, wie ich mir das vorgestellt hatte.«

»Auf meinem Grundstück draußen hätten Sie mich beinahe erwischt. Die Zündung hat nur eine Sekunde zu lange gedauert. In Taylor waren Sie nicht einmal nahe dran. Da hatte ich Ihr Muster raus. Diesmal aber nicht. Diesmal war ich einfach nur bescheuert.«

»Das ist das entscheidende Paradoxon an unserem Beruf«, sagte Novo. »Jede Angewohnheit ist eine Katastrophe, deshalb versuchen wir sie zu vermeiden. Aber jeder Killer hat seine für ihn optimale Arbeitsmethode, und die machen wir uns zur Gewohnheit, laden also gerade dann das Unglück zum Tanz ein, wenn wir besonders um Erfolg bemüht sind. Bei Ihnen war es Mr. Blossom. Wo er auftauchte, ließen auch Sie nicht lange auf sich warten.«

»Lobpreisen Sie ihn nicht zu früh.«

Novo blickte an Macklin vorbei. Macklin hörte, wie Blossom auf die Füße taumelte. Aus den Augenwinkeln nahm er wahr, daß Blossom die Zehn-Millimeter vom Boden aufhob. Er wollte sich zu ihm umdrehen, aber Novo hielt ihn mit einer knappen Bewegung der Pistole davon ab.

»Ich werde Sie schön abknallen«, sagte Blossom hinter Macklins Rücken. »Und dann nehme ich mir Sie mit dem Messerchen vor, genau wie Moira. Bei Ihnen gibt es noch viel schönere Sächelchen zum Abschneiden.«

Die Mündung der Walther blitzte auf. Macklin hörte den eckligen Knall und wich zurück. Er spannte die Bauchmuskeln an.

Hinter ihm wimmerte Blossom.

In der langen Stille nach dem Verklingen des Echos hätte man eine Nadel zu Boden fallen hören. Ein schwerer Gegenstand sank gegen Macklins Kniekehlen. Er lauschte, wie der letzte Atemzug aus Blossom entwich.

Er sah Novo fragend an.

»Ein Ärgernis«, beantwortete er die unausgesprochene Frage. »Bis zu einem gewissen Zeitpunkt war uns Mr. Blossom von Nutzen. Danach wurde er . . .« Er suchte nach dem passenden Wort.

»Hemmschuh«, half ihm Macklin aus.

»Ein Kostenfaktor. Mein Arbeitgeber hat sich entschlossen, die Verluste zu reduzieren. Seit gestern geht es nicht mehr um Sie. Seit eine indiskrete Person einen Spiegel in Mr. Blossoms Wohnung ermordet und noch eine weitere Abteilung der Polizei auf den Plan gerufen hat, sind nicht länger Sie die Zielscheibe.« Sein Engelsgesicht übertrieb die Unschuld. »Hier ist alles so kompliziert. Da, wo ich herkomme, gibt es nur eine Autorität, um die man sich kümmern muß.«

»Dann ist der Steckbrief also aufgehoben.«

»Steckbrief? Ach ja, dieser anschauliche Begriff Ihres früheren Arbeitgebers. Ja, er ist zurückgezogen worden.«

»Sie wußten, daß Moira King mich engagieren würde, um Blossom zu töten, bevor ich auch nur von einem der beiden gehört hatte. Wie haben Sie das fertiggebracht?«

»Meine Arbeitgeber haben auf alle ihre Bekannte jemanden angesetzt. Ihr erster Anruf bei Howard Klegg in einer ganz anderen Angelegenheit ist mitgeschnitten worden. Nachdem einige Informationen über Sie eingeholt waren, wurde jener etwas ungalante Herr mit dem Flammenwerfer in Alarmbereitschaft versetzt. Die Unterredung, die Sie dann mit Klegg in seinem Büro hatten, wurde mit technischen Mitteln abgehört, die für meinen armen Bauernverstand entschieden zu hoch sind. Das hat dann die schlimmsten Befürchtungen meiner Arbeitgeber bestätigt, und der Herr wurde in die Startlöcher geschickt.«

»Ziemlich simpel.«

»Aber doch komplex.«

»Dann sind wir also fertig miteinander, Sie und ich?« Macklin steckte die Hände in die Taschen.

»Das glaube ich nun wieder nicht.« Die runden Brillengläser reflektierten das Licht in zwei stumpfen Kreisen. »Meine Mutter selig hatte da eine Theorie über das Unkraut im Garten«, sagte er. »In ihren Augen reichte es nicht, es zu jäten, denn sie war fest davon überzeugt, daß es sich dann an einer anderen Stelle wieder festsetzen und zum Vorschein kommen würde. Sie bestand darauf, es zu verbrennen und die Asche weit, weit entfernt vom Garten zu verbrennen. Denn andernfalls hätte es wieder ausgezupft werden müssen. Und dann wären vielleicht die Tomaten nicht mehr zu retten gewesen.«

»Und Sie? Sind Sie kein Unkraut?«

»Ich mache mir da nichts vor. Das Unkraut sagt sich nicht: Paß auf, daß du kein Geschwisterchen Unkraut erwürgst. Sondern es vernichtet alles, was seinem Wachstum im Wege steht. Wir können viel von unseren Vettern und Basen Unkraut lernen. Ein Killer, der am Leben bleibt, kann nur irgendwo anders wieder auftauchen. Wo zwei von der Sorte existieren, ist keine Waffenruhe denkbar.«

»Und der Schuß«, sagte Macklin.

»Beim ersten haben die Arbeiter gedacht, daß es sich um einen Felsbrocken handelte, der von der Wand gefallen ist. Und wenn sie kommen, um zu gucken, was es mit dem zweiten auf sich hat, werde ich nicht mehr hier sein. Dieser Tunnel hier führt nach draußen. Reichen Sie mir doch bitte einmal Ihre überaus interessante Waffe, Mr. Macklin. Sie liegt hinter Ihrem linken Fuß.«

Beim Fallen war sie Blossom aus der Hand geglitten. Macklin putzte das Blut und die Gewebeteile dessen, was einmal ein Gesicht gewesen war, von der Pistole und machte einen Schritt auf Novo zu, um sie ihm auszuhänden.

»Eines dieser Geschosse in Ihrer Leiche, die richtige Waffe in der Hand des richtigen Toten, und schon wird die Polizei den für sie bequemsten Schluß ziehen«, meinte Novo und nahm die Pistole an sich. »Übrigens war der Garten meiner Mutter außerordentlich ertragreich. Das haben alle gesagt.«

Am anderen Ende des Schachtes setzte der Bohrer wieder ein, ratternd wie ein Maschinengewehr. In bezug darauf hatte Blossom also auch gelogen. Macklin fuhr in seiner Vorwärtsbewegung auf Novo zu fort, zugleich zog er die Hand aus der Overalltasche und schleuderte sie unter seinen Wanst.

Der Alte keuchte, das Blut ergoß sich heiß über die Klinge des offenen Klappmessers. Macklin drehte sie in der Wunde, die Innereien quollen blutend hervor. Zugleich nahm er die Walther aus Novos schwächer werdenden Händen und trat schnell zurück. Wie eine ins Gebet versunkene Schwangere kniete der Bulgare da, die Hände unter dem Bauch gefaltet.

Als Macklin Novos Fingerabdrücke auf Pistole und Messer verteilte und beide Waffen ihren jeweiligen Besitzern zuschob, war der Alte immer noch nicht erlöst. Zuletzt hob er die Zehn-Millimeter auf. Dreimal hatte sie zu Boden fallen müssen in den letzten Minuten. Da kippte Novo zur Seite, er zog die Beine wie ein Embryo an den Leib.

Das Bohren war sehr laut, und Macklin mußte schreien, damit ihn der Sterbende verstehen konnte.

»Sie quatschen zuviel.«

Er nahm die Abkürzung, versteckte seine Pistole und die blutbefleckten Hände in den Hosentaschen.

35

Das Appartement in Southfield, in dem er wohnte, kam ihm kleiner vor, als er es in Erinnerung hatte, es war derselbe Effekt, der immer eintritt, wenn man als Erwachsener das Haus der Kindheit noch einmal aufsucht. Er zahlte fürs Taxi und trat durch die Haustür. Er empfand es als außerordentlich angenehm, endlich wieder einmal den eigenen Schlüssel benutzen zu können.

Im Foyer war es mollig warm. Draußen herrschte klirrende Kälte, und für Halloween sagten die Wetterfrösche Schnee vorher. Er war nur in Hemdsärmeln, den Overall hatte er in einen Abfalleimer der städtischen Müllabfuhr geworfen, den Helm an der Zeche abgegeben, und die 10-Millimeter-Pistole dürfte sich via Detroiter Kanalisation auf großer Reise gen Eriesee befinden.

Ohne aufgehalten zu werden, war er an dem Wachtposten und den Arbeitern vorbeigekommen, die vor dem Ausgang der Zeche ihre Pause verbrachten. Die Insassen eines weiteren unmarkierten Wagens, der inzwischen gegenüber dem Tor Position bezogen hatte, hatten ihn eines gewissen Interesses gewürdigt, als er herauskam, aber dann trudelte ein DSR-Bus direkt vor ihm auf die Haltestelle zu, und er war eingestiegen. Der Wagen war dem Bus nicht gefolgt. Alle Welt weiß, daß Berufskiller keine öffentlichen Verkehrsmittel benutzen.

Auf der Treppe, kurz bevor er in der Etage ankam, in der er wohnte, zwickte ihn ein Hauch von Vorahnung. Aber er schob diese Empfindung auf seine Treppenhauserfahrung bei Klegg und achtete nicht weiter darauf. Er ging auf seine Wohnung am Ende des Flures zu.

Drinnen fühlte er sich ein bißchen merkwürdig, inmitten all der vertrauten Gegenstände. Er hatte sich an die unpersönliche Atmosphäre gemieteter Zimmer gewöhnt. Seine eigenen, etwas abgewohnten Möbel, die Kleidungsstücke über den Stühlen, dem Sofa und selbst über dem Rand der offenen Schlafzimmertür berührten ihn irgendwie peinlich, als ob ihm ein Nacktfoto von ihm selbst vorgelegt würde. Anonymität, das ist die Parole des Killers, und zwischen seinen bescheidenen Besitztümern fühlte er sich aufs höchste verwundbar. Er fragte sich, ob es wohl einen medizinischen Fachbegriff für die Angst vor dem Bekannten gebe.

Es kribbelte immer noch. Irgend etwas. Aber was bloß? Er sog die Luft ein. Sie war zu frisch. Überhaupt nicht abgestanden, obwohl doch seit mehr als einer Woche niemand mehr ein Fenster geöffnet hatte.

Während ihm das zu Bewußtsein kam, drehte er sich wieder zur Tür um.

Als er gerade zur Klinke greifen wollte, öffnete sich die Tür, und Sergeant Loveladys zerknitterte gelbe Sportjacke füllte ihre ganze Breite aus. In der Hand hielt er einen Achtunddreißiger, und sein Gesicht war nicht ausdrucksstärker als ein weißgetünchter Gartenzaun.

»Nur damit alles seine Ordnung hat.« Inspektor Pontier, groß, schwarz, schlank und kahlköpfig, kam mit einem langen gefalteten weißen Schreiben, dessen Ränder vermuten ließen, daß es sich um ein offizielles Dokument handelte, aus dem Schlafzimmer. »Ihr Vermieter hat uns hereingelassen.«

Macklin nahm das Papier nicht in die Hand. »Wenn Sie es haben, wird schon alles seine Ordnung haben.«

»Aufstellung«, befahl Lovelady.

Macklin lehnte sich mit den Handflächen an die Wand neben der Tür und ließ sich von dem fetten Sergeanten die Füße auseinanderkikken und von der Halsschlagader bis zu den großen Zehen abfummeln.

Lovelady trat einen Schritt zurück. »Alles klar, Inspektor.«

»Warum überrascht mich das eigentlich nicht?«

Macklin drehte sich um und ließ die Hände sinken. Einer der beiden Beamten hatte die Tür geschlossen, Lovelady hatte die Revolver eingesteckt. Pontier sagte: »Ich hoffe, Sie sind uns nicht böse. Ich habe Ihr Telefon benutzt, um mich über die Ereignisse in Melvindale zu unterrichten. Die Kollegen wollten, daß ich hinführe, aber als ich hörte, daß sie nicht unter den Leichen sind, haben wir es uns hier gemütlich gemacht. Wenn's Tote regnet, sind sie nie zugegen.«

»Ich habe nicht die geringste Ahnung, wovon Sie reden. War seit Monaten nicht in Melvindale.«

Die grauen Augen des Inspektors standen wie Fixsterne in seinem Gesicht. »Sie sind wirklich gut. Habe auch nie das Gegenteil behauptet. Burlingame hat mich über diesen Mantis informiert. Und bei so einem Komiker wie Blosson weiß man nie, was der als nächstes anstellt.«

Macklin enthielt sich einer Antwort. Er spürte, daß ihn Lovelady aus seinem Eckchen beobachtete.

»Sie wurden beim Betreten und Verlassen der Zeche beobachtet«, sagte Pontier. »Die Berichte liegen mir noch nicht vor, aber das ist nur eine Frage der Zeit. Bei einer Gegenüberstellung wird Sie jeder einzelne der Beamte identifizieren.«

»Nehmen wir mal an, dem ist so. Welche Strafe steht darauf, in die Kleider eines Minenarbeiters zu schlüpfen?«

»Wer sagt, Sie seien in die Kleider eines Minenarbeiters geschlüpft?«

»Na ja, ich jedenfalls nicht«, antwortete Macklin.

Die freundliche Miene hatte ziemlich plötzlich Dienstschluß. »Ich mag mich nicht aufspielen, Macklin. Wissen Sie, ich brauche nicht einmal mit Beschuldigungen rumfackeln. Ich kann einfach Sergeant Lovelady anweisen, Sie abzuknallen, Ihnen eine Wergwerfknarre unterzuschieben und sich hinterher auf Notwehr zu berufen. Sie müßten eigentlich wissen, wie das funktioniert. Schließlich haben Sie in der Grube auch ganz hübsch an den Beweisstücken herumgedoktert.«

»Lovelady hat nie im Leben einen umgebracht.«

»Ich hab's ja gleich gewußt«, meinte der Sergeant betrübt.

»Schnauze.« Und zu Macklin: »Er tut, was ich ihm sage. Glauben Sie bloß nicht, daß ich für so etwas zu anständig bin, sie mieser kleiner Scheißer. Selbst ein grundehrlicher Bulle hat irgendwann mal die Schnauze voll, wenn ihm die Killer immerzu durch die Lappen gehen. Ich könnte Sie umpusten und hinterher wie ein Nönnchen schlafen.«

Macklin entspannte sich ein wenig. Er hatte befürchtet, daß Pontier tatsächlich etwas in der Hand hatte. »Ich bin müde, Inspektor. Bin früh aufgestanden. Schlafe ich hier oder in der Stadt?«

»Handschellen.«

Der Sergeant drückte ihn wieder unsanft an die Wand, legte ihm ein Glied der Handschellen um das rechte Gelenk, zerrte den Arm auf Macklins Rücken, tat dasselbe mit der Linken und ließ den Verschluß einschnappen.

»Sie sind verhaftet«, sagte Pontier, »wegen des Mordes an Moira King.«

Macklin sah ihm in die Augen. Die Handschellen schnitten ihm das Blut ab. »Welche Beweise haben Sie?«

»Ihre Fingerabdrücke sind über die ganze Wohnung verteilt. Wir haben einen Zeugen, der die Beziehung zwischen Ihnen und der Frau bezeugen wird.«

»Nicht Howard Klegg.«

»Sollte er es denn sein?«

Macklin sagte nichts. Der Inspektor schien ihm allzu strebend bemüht. Klegg würde bestimmt nicht aussagen. Andernfalls müßte er im Zeugenstand zugeben, daß er Moira den Killer empfohlen hatte. Und das würde auf eine Klage hinauslaufen: Mordkomplott.«

»Und welches Motiv hätte ich haben sollen?«

»Streit unter Liebenden vielleicht. Nach allem, was wir über sie herausgefunden haben, war sie wohl nicht ganz unanfällig dafür, sich von Ihnen besteigen zu lassen.«

»Als ich ermordet wurde, war ich nicht in der Stadt. Habe mich von dem Bulgaren anballern lassen.«

»Ihr Cougar befand sich außerhalb. Haben Sie Zeugen, die beweisen, daß Sie bei Ihrem Wagen waren?«

»Sie wissen, daß ich es nicht getan habe.«

»Wir können Sie aber deshalb erst einmal festhalten, und wenn die Geschichte ausgereizt ist, machen wir weiter in Sachen Widerstand gegen die Staatsgewalt und Überfall auf einen Polizeibeamten. Melvindale, gestern abend. Wir lassen das Gewehr, das Sie hinterlassen haben, auf Fingerabdrücke hin untersuchen, und in jedem Fall werden Conelly und Petersen Sie identifizieren. Außerdem wird Sie die Polizei aus Taylor wegen des gestrigen dreifachen Mordes nebst Brandstiftung daselbst sprechen wollen. Da wartet eine allerliebste Einführung in Sozialkunde auf Sie.«

»Das alles hatte ich schon einmal. Sie können nichts mit mir anstellen, was mir nicht schon bekannt wäre.«

»Und wie wär's hiermit?« Er stieß Macklin mit der Faust in die Magengrube.

»Holla«, kommentierte Lovelady.

Der Killer klappte wie ein Taschenmesser zusammen, die Galle kam ihm hoch. Vor seinen Augen ballten sich ein dichtes Wolkenfeld zusammen, und sein Atem kam in kurzen flachen Zügen, die ihm in den Lungenflügeln brannten. Die Welle von Übelkeit und Schmerz wälzte sich auf ihn zu, schwappte über ihm zusammen und rollte von dannen. Im Fluß der Gezeiten kehrten seine Sinne zurück.

»Sie und Blossom und dieser Mantis spielen seit einer Woche Räuber und Gendarm in meiner Stadt.« Pontier preßte die Worte zwischen den Zähnen hervor. »Was für Geschäfte Sie mit dem FBI ausbrüten, interessiert mich einen Scheißdreck. Sie sind hier sowieso immer nur auf der Durchreise. Es ist meine Stadt, verstehen Sie. Meine. Wenn Sie das nächstemal die Steine ausgeben und vergessen, wem das Spielbrett gehört, dann werfe ich Sie in den Kasten zurück und nagele den Deckel zu. War das klar genug, oder wollen Sie, daß ich es wiederhole?« Er hob die Faust.

»Klar.« Macklins Atem quietschte immer noch.

»Das will ich hoffen. In Ihrem Interesse.«

Lovelady begann ihm seine Rechte vorzuleiern.

»Vergessen Sie's«, sagte Pontier. »Machen Sie ihn los.«

Der Sergeant rang mit sich. »Ist er denn nicht verhaftet?«

»Von meinen Verhaftungen führen siebzig Prozent zu einer Verurteilung, Ich werde mir diese Erfolgsrate im Oktober doch nicht noch durch den hinterletzten Abschaum versauen.«

»Und was ist mit Conelly und Petersen?«

»Sollen die doch selbst mit ihren eidlichen Strafanzeige den Haftbefehl erwirken. Aber irgend etwas sagt mir, daß Sie sich hüten werden, das zu tun. Sonst müßten Sie nämlich zugeben, daß Sie ihren Posten verlassen haben, um einen Kotflügelprügler aufzumischen. Jetzt aber weg hier. Er stinkt.«

»Das wird dem Vize aber gar nicht gefallen.« Der Sergeant klaubte seine Schlüssel aus der Tasche und schloß die Handschellen auf.

»Der Vize ist ein Arschloch.«

Macklin massierte sich die Handgelenke und beobachtete eingehend, wie Pontier seinen Krawattenknoten zurechtrückte. »Bin ich frei?«

»Das werden Sie nie sein. Nicht in meiner Stadt. Wollen Sie einen Rat? Hauen Sie ab. Denn jeder Teil des Rades fährt irgendwann einmal durch die Scheiße. Und verlassen Sie sich darauf. Wenn es bei Ihnen soweit ist, bin ich zur Stelle und latsche auf die Bremse.«

»Von Anfang an wußte ich nicht, was das alles zu bedeuten hat. Falls es überhaupt etwas bedeutet.«

»Mir nicht. Kommen Sie, Sergeant.«

»Wollen Sie mir nicht den alten Vortrag halten von wegen, daß ich die Stadt nicht verlassen soll?«

»Warum?« Der Inspektor stand bereits in der Tür, Lovelady hatte sich beeilt, sie für ihn aufzuhalten. »Blossom hat Mantis erstochen, und Mantis hat Blossom erschossen. So sieht's aus, sagen die Beamten vor Ort, und ich glaube kaum, daß sie bei der Obduktion etwas anderes finden. Wie dem auch sei, das ist die Haupt- und Staatsaktion des FBI, wie sich Burlingame ausdrücken würde. Wie dem auch sei, sie werden es mit einem funkelnagelneuen Farbband für eine ihrer grauen Pappakten tippen, und wenn sie in der Schublade verschwinden, ist das Ganze toter als Sacco und Vanzetti. Die Leutchen vom FBI sind Ihnen ziemlich ähnlich, Macklin. Die putzen auch hinter sich auf. Übrigens haben wir Ihr Gewehr schon untersucht. Es gab keine verwendbare Fingerabdrücke darauf. Aber ich denke, das wissen Sie.«

»Ich höre, was Sie sagen, Inspektor. Aber ich verstehe nicht, was Sie meinen.«

Pontier ließ ein schrilles, gellendes Quietschen ertönen. Macklin fuhr zusammen.

»So hört sich das an, wenn ich auf die Bremse trete.«

Er ging. Lovelady folgte ihm und machte die Tür hinter sich zu. Macklin schloß ab. Mechanisch ging er durch seine Wohnung, suchte im Schlafzimmer und im Bad nach übriggebliebenen Polizeibeamten und zog im Wohnzimmer die Vorhänge zu. Schaltete das Licht an, holte das Bargeld aus dem Versteck und zählte die Scheine. Sie waren alle noch da. Er verstaute sie wieder und ging in die Küche, um sich einen Drink zu machen.

Auf leeren Magen schmetterte der naßkalte Bourbon eine Arie in seinem Kopf. Hunger hatte er nicht. Er konnte immer noch Pontiers Faust im Leib spüren.

Als er gerade dabei war, sich im Schlafzimmer die Schuhe auszuziehen, klingelte das Telefon. Er ließ es läuten und streckte sich in voller Montur auf der Bettdecke aus. Er war nicht müde, wollte aber gerne schlafen. Wenn er wach bliebe und keine Polizeifritzen mehr zum Schwätzen hatte und sich auch keinen Drink mehr machte, würde er zu denken anfangen und sich Fragen stellen, auf die ihm keine Antworten einfallen würden. Und das war in seiner Branche ein Fehler.

Das Telefon klingelte und klingelte. Fünfundzwanzig, Sechsundzwanzig. Schließlich stand er doch auf, trottete ins Wohnzimmer zurück und nahm den Hörer ab.

»Macklin?«

»Mit wem spreche ich?«

»Macklin, wo zum Teufel haben Sie gesteckt. Hier ist Charles Maggiore.«

Er antwortete nicht. Es war Maggiores Stimme.

»Habe gehört, daß Sie viel um die Ohren hatten. Ich habe schon früher versucht, Sie zu erreichen, aber da waren Sie wohl nicht da. Ich wollte nur sagen, daß Sie da ein ganz schönes Früchtchen zum Sohn haben. Wie der Herr, so 's Gescherr.«

»Dann sagen Sie's.«

»Nein, nicht am Telefon. Ich wollte Ihnen nur berichten, daß sich Ihr Sohn letzte Nacht wirklich ganz geschickt angestellt hat. Sie können stolz auf ihn sein.«

Die Verbindung war beendet. Summen. Macklin stand mit dem

Hörer am Ohr da, bis die automatische Ansage kam und ihn aufforderte, aufzulegen und noch einmal zu wählen. Er legte ihn auf die Gabel und verdrehte sein Handgelenk, damit er in dem schummrigen Licht die Zeit auf seiner Armbanduhr erkennen konnte. Zehn vor zwölf. Er ging in die Küche, schaltete das Radio an, goß sich einen zweiten Drink ein und wartete.

Um zwölf gab es die Mittagsnachrichten. Die Meldung, auf die er wartete, war zwischen Ausschnitte aus der Ansprache des Bürgermeisters an den Stadtrat und einen Verkehrslagebericht eingezwängt. Um drei in der Frühe war die Leiche des Besitzers einer Kette von Einrichtungshäusern im Mülleimer hinter einer seiner Filialen gefunden worden mit einer zweiundzwanziger im Hinterkopf. Er war bereits seit mehreren Stunden tot. Bis dato gab es noch keine Verdächtigten, aber nach Angaben der Polizei war der Mann bekannt dafür, Geschäftsbeziehungen mit organisierten Verbrecherkreisen zu unterhalten. Macklin drehte am Knopf des Radios, fand aber keine andere Nachrichtensendung. Er schaltete den Apparat aus.

Und er mußte sich einen anderen Scheidungsanwalt suchen.

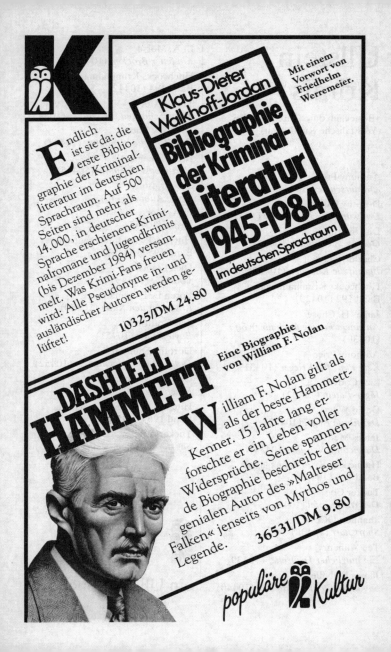

Ullstein Krimis

»Bestechen durch ihre Vielfalt«
(Westfälische Rundschau)

ein Ullstein Buch